施立松

著

小镇梦寻

团结出版社

UNITY PRESS

图书在版编目(CIP)数据

小镇梦寻 / 施立松著. —北京：团结出版社，2021.1

ISBN 978-7-5126-8641-0

Ⅰ. ①小… Ⅱ. ①施… Ⅲ. ①纪实文学–作品集–中国–当代 Ⅳ. ①I25

中国版本图书馆 CIP 数据核字(2021)第 041879 号

出　　版：团结出版社

　　　　　（北京市东城区东皇城根南街 84 号　邮编：100006）

电　　话：(010) 65228880　65244790

网　　址：www.tjpress.com

E – mail：65244790@163.com

经　　销：全国新华书店

出版策划：成都力扬文化传播有限公司　028-86965206

印　　刷：成都兴怡包装装潢有限公司

开　　本：145mm×210mm　1/32

印　　张：8.625

字　　数：185 千字

版　　次：2021 年 5 月第 1 版

印　　次：2021 年 5 月第 1 次印刷

书　　号：ISBN 978-7-5126-8641-0

定　　价：45.00 元

前　言

一

"那连绵的山丘，那静静地流向远方的美丽河水，还有那高耸的山岭，远远地望去，一部分被早晨的迷雾遮掩住，失去崎岖险峻的气势，却好像是非常温柔了。"这是 1837 年英国作家狄更斯在成名作《匹克威克外传》中，描述英国巴斯小镇的一段话。近 220 年后，在杭州城西古运河畔、近代国学大师章太炎的故居古镇仓前，一个名为"梦想小镇"的特色小镇，悄然出世。

古有古韵，千年运河支流穿镇而过，时光荏苒，建筑百岁沧桑；新有新意，古镇孕育催生新业态：吸引创业者来此筑梦。2015 年 3 月 28 日，开镇仪式上，时任浙江省省长李强说，当时之所以取这个名字，是希望这里成为天下有创业梦想的年轻人起步的摇篮，让梦想变成财富，让梦想成真。它的未来，是要成为"众创空间"的新样板，成为信息经济的新发动机，成为特色小镇的新范式。"我们希望若干年以后在这里诞生下一个马云，下一个阿里巴巴。"这是一方主政者的美好浙江梦。一个月后，浙江省政府出台《关于加快特色小镇规划建设的指导意见》，聚焦七大产业和历史经典产业，叠加产业、文化、旅游、社区功能，强调特色小镇功能上要"聚而合"、形态上要"精而美"、产业上要"特而强"、机制上要"活而新"，着力打造集产业链、投资链、创新链、人才链、服务链等要素支撑的众创生态系统，形成一支推动未来新产业发展的现代创业"新四军"，培育一批一二三产联动、历史现代未来同现、生产生态生活共融、宜居宜业宜游的新产业，引领产业发展，占领未来产业的新高地。基金小镇、梦想小镇、云栖小镇、美妆小镇、仙居神仙氧吧小镇、巧克力甜蜜小镇……一个个鲜活的名字，让许多人眼前一亮。他们或倾心于互联网新经济，或注重于历史经典产业，一时间风生水起。

在浙江方兴未艾的"特色小镇"，引起了中央高层的关注。2015年5月，习近平总书记考察浙江时，对特色小镇给予充分肯定；在中央经济工作会议上，总书记大段讲述特色小镇，梦想小镇、云栖小镇、黄酒小镇等一一被点到；9月，中财办主任刘鹤率队专程前往浙江调研宏观经济运行和特色小镇建设情况。在考察余杭区梦想小镇、上城区山南基金小镇等几个特色小镇后，刘鹤指出，对特色小镇印象最深的是处理好了政府与市场关系，政府为企业创业提供条件，大胆"放水养鱼"，让企业家才能充分发挥，这对我国经济结构升级都具有重要借鉴意义。刘鹤认为，浙江特色小镇建设是在经济发展新常态下发展模式的有益探索，符合经济规律，注重形成满足市场需求的比较优势和供给能力，这是浙江"敢为人先、特别能创业"精神的又一次体现。中财办关于浙江特色小镇的调研报告得到习近平总书记、李克强总理、张高丽副总理的批示。加上去年以来中央媒体和各大地方主流媒体对浙江特色小镇展开了多轮轰炸式报道，"特色小镇"风靡全国。

风从东方来，钱塘春满园。从浙江兴起、得到中央高度认可并进入国家层面推广新阶段的特色小镇建设，是适应和引领经济新常态、推动创新发展和转型升级的重大战略选择。跳出旧体制，打造新载体，如雨后春笋般在钱江水滋养的浙江土地上茁壮生长的特色小镇，势必在历史长河中留下精彩的一笔。2015年以来，浙江省政府先后公布了第一批、第二批共79所特色小镇建设名单，经过两年努力，全省特色小镇建设已呈现出欣欣向荣景象。这些创建中的特色小镇，既是一个个产业创新升级的发动机，又是一个个开放共享的众创空间；既处处展现江南水清地绿的秀美风光，又告别了传统工业区"文化沙漠"现象，彰显了人文气质；既集聚了人才、资本、技术等高端要素，又能让这些要素充分协调，在适宜居住的空间里产生化学反应，释放创新动能。可以说，在浙江众多特色小镇中，我们能够清晰地看到一个个鲜活案例，贯穿着创新、协调、绿色、开放、共享五大发展理念在基层的探索与实践。

2016年6月，国家三部委发布了《关于开展特色小镇培育工作的通知》，明确提出到2020年我国将培育1000个左右各具特色、富有活力的休闲旅游、商贸物流、现代制造、教育科技、传统文化、美丽宜居等特色小镇。众里寻她千百度，小镇已在灯火阑珊处。当前，上海、江苏，特色小镇试验也悄然拉开序幕，全国也已经掀起了一股特色小镇创建热潮。已占有先机的浙江特色小镇，又将有什么样的传奇在演绎，什么样的故事在流传？它又将带给世人一个怎样的惊喜？它曾经如同一首诗在指缝间发芽，它曾经如同拍岸的浪涛有过徒峭的回转，它也曾经在波光潋滟中一起一落，开开谢谢。它是时间之河中的一朵浪花，需要我们去采撷去留存；它是发展之旅中的一道风景，值得我们去记录去宣扬。

二

浙江有山有水有韵，向来是一个充满强烈的生气和活力的地方。既有如诗如画的美景，又有流光溢彩的街道；既有烟雨江南古色古香的文化氛围，又有现代都市日新月异的科技发展……这就是浙江的特色小镇。特色小镇是新常态下浙江经济发展的新引擎，已经成为新一轮产、城、人三者融合的重要平台，是浙江省将文明嵌入到城镇建设，深耕文明与产业融合发展的新举措。当达沃斯变身世界经济论坛的摇篮，当格林威治集聚基金成为金融高地，那些享誉全球的小镇以各自方式影响着世界。从当初对小镇创建时的探索到如今小镇的"百花齐放"之态，浙江特色小镇已渐成燎原之势。

"特色小镇"历史与人文交融，当一个个创新念头在小镇中迸发，一段段传奇在小镇中上演时，令人感慨的是，小镇虽小却孕育着大格局。

镇小能量大，小镇故事多。特色小镇就是有故事的小镇，不仅有山、有水、有清新空气，还有诗、有酒、有故事，让人愿意放慢脚步去感受去聆听，让人愿意抛开一切去创业。火热的时代生活，沸腾的小镇建设，当创业遇见梦想，特色小镇正上演浙江大地改革好故事，过去扒火车、睡地板、跑市场的浙商创业者，正被边"路演"边吸引"天使轮"投资的新生代浙商所取代。过去劳动密集型经济形态被"资本＋人才"取代；过去"块状经济"形态被"梦想小镇""基金小镇"等一批创新型经济单元所取代。他们是有创意、善创新、敢创造、会创业的年轻一代，他们在创造中享受生活，享受创造性生活，创业创新创造成为生活的核心内容，拎着电脑上班、喝着咖啡谈生意，一个个创业创新的故事、一个个特色小镇建设的故事，一个个怀揣梦想的年轻人的故事，创业者、创客、"新四军"、投资大咖、管理者、艺术大师等等，他们无中生有、小题大做的故事、他们敢为人先的故事、他们弘扬追求精致、卓越的工匠精神、他们把生活方式做成产品、培育成产业的故事，他们寻找乡愁留住文脉的故事，他们内心深处的故事，他们在路上的生命感受，他们的成功、他们的失败、他们交织的汗水泪水，他们洋溢的青春欢笑、他们的豪气干云，他们的挫折失意，他们追梦寻梦的执着和坚守，甚至他们寻常又不寻常的爱情……小镇里一个个平常而又不平凡的故事，甚至一个个"神话般"的故事。

　　文艺是引导国民精神前途的灯火，文章合为时而著，更应记录时代风云、面向生活创作。本书选取浙江特色小镇建设这个小切口，致力于描绘当代浙江的社会发展变化，深入生活，用笔墨生动立体地聚焦浙江大地、钱塘儿女"大众创业、万众创新"的故事、追梦圆梦的故事，从特色小镇建设的故事中，发掘和表现特色小镇里的真善美、表现人内心深处的温暖感、向上感，反映时代呼声，展现人民奋斗，艺术地再现浙江"走在前列、干在实处、勇立潮头"的精神风貌，写出他们的骨气、品格和豪气，写出一种气度，一种特征，一种灵魂，一种风骨，更好地展示特色小镇独特的生活、生产、人情、风貌，并力求把创意与胸怀对接起来，力戒面具化、感官化写作，重视鲜活感和原生态，多向度地写出沸腾的火热时代风云，写出人性温度，写出人们心灵的丰盈与精致，展现特色小镇建设者、创业者生命与人格的追梦，让浙江特色小镇故事，成为一个时代的呼吸，一个浙江精神的护照。把当代中国人、浙江人的精气神写出来、传下去，传递美好与良善，更好地激发全社会奋力前行的精神力量。甚而，通过这些故事的讲述和流传，让浙江特色小镇建设中的得失，创新创业的尝试，为其他特色小镇的建设，起到引领和借鉴的作用。

目 录

实现梦想之地：余杭梦想小镇

　　一年一度的仓前羊锅节又将开锣登场了，每年 11 月初到 12 月末，余杭公交公司都要特地增开几趟羊锅专线。好吃如命的闺蜜自然少不了带我去挤公交。仓前镇仓兴街上，几十个高脚羊锅一字排开，大锅大火，场面壮观又热闹非凡。

　　早年间那些走街串巷卖羊肉的小贩，常年用一只锅子烧制羊肉，把整只整只羊放在锅里烧，只加汤不换锅底，于是汤汁越熬越鲜浓，大块的羊肉卖了，那些细小的羊杂就留在锅里，羊肉贩子觉得这些羊杂扔了可惜，自家又吃不了，于是每天卖了羊肉回来就在家门口敞开锅盖大声吆喝，前后左右的街坊邻居就都走了来，把那些羊肚、羊脚、羊肠、羊杂碎捞出来吃，久而久之，这种免费赠送的吃法却成了沿街叫卖的地方小吃，人们就称它为掏羊锅。

　　掏羊锅不像江南菜，更靠着内蒙或是西北风味，传说当年乾隆皇帝下江南游至仓前龙泉寺时不巧肚子饿了，就打发随从在附近找吃的，穷乡僻壤的哪有饭店啊，随从就带着皇上进了一家羊肉店，店主羊老三生性好客，但是店里只有一口煮羊肉的大锅，连块咸菜都没有，情急之下，羊老三只好"掏羊锅"招待皇上。本以为会龙颜大怒治他个欺君之罪，没想到平日里吃多了山珍海味的乾隆皇上把一碗掏羊锅吃得大汗淋漓意犹未尽，当即御书"羊老三羊锅"牌匾，再赏三百两白银。自此，仓前掏羊锅就上了名小吃的排行榜。

这种历史传说闺蜜一向是手到擒来绘声绘色的，吃完了掏羊锅，闺蜜微微一笑，"知道为啥叫仓前掏羊锅吗？"

"掏羊锅的典故我明白，仓前，是不是什么方言的谐音？感觉很文艺很个性。"

闺蜜摇头，"没那么复杂。你就往最简单的字面意思上去想。仓，就是粮仓、仓库，前，就是前面。古时候把某个位置的南方认为是前面，仓前，就是指粮仓的南边，或者说粮仓前边这块地方。"

一、在粮仓旧地里造一个梦

所谓太湖风光美，江南稻米香。仓前，光从这名字就知道这里曾经是沃野万里良田千顷、物阜民丰的风水宝地。这里原名灵源，古来便是长江以南最著名的粮食出产地，京杭大运河的支流余杭塘河横贯其中，运粮的船可以直接由运河一路北上直抵京师。再后来京师南迁落于杭州，南宋时这里便以其得天独厚的地理优势成为朝廷的国家粮库，在灵源街之北建造了粮仓，称之"临安便民仓"，南宋绍兴二年（公元 1132 年）建成时计有敖仓 60 间、仓厅 18 间，围墙长达 250 丈，颇具规模储量惊人。灵源街位于粮仓南面，于是当地百姓就习惯地将灵源街称之为仓前，日子久了，灵源这地名反倒没人叫了，小巧灵秀的山水亭台间散落着才子隐士的翩翩衣袖，点点酒痕，埋藏英雄剑客的身前威名和死后的孤愤，天大的悲情和郁愤，最后都很无奈地化作供后人凭吊的景点。

此地自古便是兵家必争之地，历史上无数次的冲天战火把这里毁了又毁，人和风景都已失去了等待的耐心，也渐渐磨去了期待，只留着年年岁岁繁衍着的轻叹，低一声高一声凛然不变的万古湖山。当年的临安便民仓早已不见踪影，我们现在看到的仓前粮仓由四栋单体建筑的粮仓组成，其中两栋老仓建于清道光九年（公元 1829 年），距今已有近 200 年的历史；两栋新仓分别建于1957 年和 1963 年，为余杭县第一批砖瓦结构沥青地坪的新式粮仓。位置也向东移到了余杭塘河边，"文革"时的 1955 年，仓前粮库的 17 座粮仓全部达到"四无"标准，即无虫、无霉、无鼠、无雀，这在当时的年代里在全中国也是绝无仅有的，当时被中央粮食部评为全国粮食先进单位。从此，仓前因为这个"四无粮仓"而成为享誉全国的知名之地；2006 年，这个当年的全国粮食行业的榜样粮仓被扩建成仓前中心粮库，包括 12 座高大平房仓和器材库、办公楼等，共有仓容 2.4 万吨，占地 65 亩，成为余杭地区第一个中心粮库。

但是这里在几年之前还只是一个粮库，唯一能提一提的就是这里是国学大师章太炎的故乡，其余便是在县志上也乏善可陈了。

而不远处的基金小镇已经风起云涌风生水起，是年营业收入几十亿元，税收 3 亿元的知名经济重镇了，而这里还只有杂乱无章的废旧厂房、零乱的小仓库和各自为政开垦出来的水稻田。穷则思变，仅仅是守着几处粮仓，如何喂饱当地人的肚皮。

地处城西科创大走廊带上，与杭州主城区相融相生，守着

800 年历史，守着章太炎先生后花园里飘来的书香，守着杨乃武和小白菜的案件牵扯的钱爱仁堂中医馆等国家重点文物保护单位，仓前沉淀了数百年的文化厚度和人文基础。章太炎国学文化、蚕桑稻作文化，余杭塘河作为古运河最南端的一个支流又有着深厚的运河文化，西溪湿地、闲林港等良好的生态环境，阿里巴巴淘宝城，产业环境得天独厚，不远处的未来科技城里则有着强大的人才资源库，不远处就毗邻浙江大学、杭州师范大学，在杭甬高速、嘉绍高速、沪杭高速的环抱之下交通发达，区位优势明显，可以说，仓前本身其实具备着其他地方难望项背的优势。如此良好的基础，只要思想摇身一变准会来个大翻身，一个有历史有温度有大环境依靠和小区域特色的完美之地，怎么会没有生命力和未来？就像后来省政府副秘书长陈广胜先生在《寄语梦想小镇》一文中提到的：坐拥未来科技城核心区的梦想小镇，显然是天时、地利、人和的理想匹配。

于是，一个造梦之地，梦想之城就这样渐渐成型、冉冉升起。

二、造梦"新四军"

2011 年，未来科技城（海创园）挂牌成立，在战略筹划书递交之后就已经被中组部、国务院国资委列为全国四大未来科技城之一，获批全国首批双创示范基地。在海创园的介绍书中，这里已经拥有"两院"院士 11 名、海外院士 5 名；海归人才 3400 名，其中国家级海外高层次人才 144 名、省级海外高层次人才 196 名，望眼整个浙江，这里也是全省范围内海外高层次人才最为密集、科技水平和经济水平增长最快的人才特区，集合了数字经济、生物经济、智能设备开发、科技金融企业等高新产业数百家，井喷式高节奏发展中，从初建的 2011 年到 2018 年，这里的企业营收翻了二十倍，从 203 亿元上升到 4997 亿元，税收从 11.7 亿元上升到 285.6 亿元，年均增幅分别达到 58% 和 57.8%。拥有上市企业 6 家，新三板挂牌企业 28 家，成为余杭区乃至浙江省和杭州市最引人注目的经济阵地，一个人工打造的经济梦越做越美，梦醒了还带着硬朗明媚的主体精神和理性思考。

未来科技城的良好发展势头的刺激下，仓前镇再接再厉，在省市区谋篇布局特色小镇、大力培育信息经济的大背景下，于 2014 年 8 月将这里定名为梦想小镇。以"有核心、无边界"的空间布局理念，填充高科技投资方向和重量级企业加盟，创建互联网村、天使村和创业集市三个先导区块，500Startups、Plug&Play 等 2 家美国硅谷平台不远万里落户仓前后，深圳紫金港创客、良仓孵化器等大集团企业也纷纷在仓前注入资金，浙商成长基金、物产基金、龙旗科技、海邦基金、暾澜基金等一大批 PE、VC、天使投资机构快速集聚，融资总额达 110 亿元，2000 多个创业项目获批，近 2 万名创业人才在这里集聚，形成了以"阿里系、浙大系、海归系、浙商系"为代表的创业"新四军"。

有了如此强大的经济实力，仓前镇又以纯粹的文化渗透的方式建成了独具东方神韵的创业特色街。仓前自然景观质朴特色鲜明，但多年来有建有拆有新旧建筑交杂，既无法统一改造又不能为经济让路，陷于保护和开发的"两难"境地。特色小镇的冠名之后，为了统一视觉效果，小镇政府终于拿出一套政策，为这块数百年的风水之地提供了除纯怀旧式旅游开发外，加以工业化带动信息化的整体思路，以乡镇特色加入城市化繁荣为基本的新型城镇化改造之路，确立了"三生融合、四宜兼具"（先生态、再生活、后生产，宜居、宜业、宜文、宜游）的开发理念。该保护的保护，该开发的开发，自然风貌和历史遗存都最大限度地保留之后，对历史文化的尊重成为古街的特色基础，而在具体改造中又加入现代艺术理念，既有文化味道又适应经济发展要求，从一个精致的文化角度过渡到了经济和人文的双重从容，这里按照互联网办公要求进行改造提升，在文化、旅游、产业功能的兼顾之上达到了有机平衡叠加、共生共融，让创业者在田园气息中工作和生活，在自然体会中创造经济指数，在纯绿色生态中完成全体系改善，这是政府阶层的机智也是小镇经营者的明智，梦想小镇也因此成为既有东方文化味道又承载着经济腾飞重任的特色工业园区，成为田园城市和田园经济的新典范。

在具体的改建过程中，技巧性地保留了新旧建筑的和谐，取到了新旧整合的和谐视效，整个小镇在原有的仓前古街的基础上改造而成，既最大限度地保留了古街的唐风宋韵，又增加了超现代的精巧设计，整体色调以白灰黄棕色为主，新建筑明丽而不失浪漫，旧建筑沧桑又不显老朽。我和闺蜜是由良睦路进入创业大街的，第一眼就看到了游客接待中心，这里有很多资料展示着梦想小镇的从无到有，从小到大，从弱到强的发展历程以及开发模式和经营模式，当然也少不了成果展示。

游客中心后面是梦想小镇的标志景观：近百米的梦想长廊，长廊的另一端则是一块金黄色的稻田，音响里播放的是《在希望的田野上》，听着就带劲。向西一路走过去，是章太炎故居、芸台书店、章太炎曾祖创建的苕南书院等景点，期间星星般点缀着味道独特的户外休闲场地。古街内部道路和外部临河道路整体形成一个交通环线，一个以经济著称的旅游园区，永远不甘于茶花女似的仅仅是唯美，但历史的深沉还是给了经济为主的镇子一声文艺而高傲的叹息，一路下来，有穿越时空之感。

江南特色小镇几乎都有一个共通点，那就是把经济园区建成文化旅游区。这得益于江南处处都历史厚重，名人辈出，随便哪条小巷子里都可能曾经藏着名动天下的大人物的旧宅故居。于是，经济的宏大和强悍，自然就有精力和财力支持旅游开发，而反过来，把旅游开发搞好了，人文环境形成之后，又可以回过头来刺激经济的二次振兴。于是，江南太多这种建有游客中心的经济重镇了。想想都过瘾，在 A 级旅游区里上班，在工作单位旅游，该是多么让人向往。而旅游区名气渐高之后，又对环境、污染、排放等有着高要求，于是，旅游区又能监理和管控工厂的绿色化程度。所谓互利互惠又互相牵制，把文化因素渗透入经济指数里，又把经济指数搞成了文化风景，大气凛然又开阔实在，真是绝妙的法子。

众创空间的新样板、信息经济的新增长点、特色小镇的新范式、田园城市的升级版和世界级的互联网创业高地。把这些名词和短句都放在这个小镇上吧，这里没有楼观沧海日，门对浙江潮的霸气，但又实在是一处妙不可言的梦想成真的美去处，一个梦想小镇终于初具规模成为江南经济加旅游两手都硬的样板式排头兵。

三、青年创业社区

杉帝公司杭州杉帝科技有限公司成立于2014 年，是一家致力于为次时代产业革新企业与行业提供 3D 打印解决方案的尖端技术企业，其掌握的先进技术体系为 3D 技术在国内外的应用、推广提供科技动能，杉帝谐音即是 3D。公司 CEO 虞洋凭借当时超前的 3D 打印项目在第一期创客先锋营选拔赛上拿到了第一批入驻梦想小镇的资格，在虞洋的公司里，1984 年出生的他已经是年纪最大的员工了，年轻化让这家公司充满了活力和激情，而其产品亦带着年轻人的冲劲和与世界顶尖 3D 企业互搏的实力，生产的 3D 打印机全部以工业化标准实现制造和组装，出厂后无需人为调平即可打印，最高打印精度达 0.1mm，最大的技术亮点是以分布式操作系统作为打印后台，无需三维建模能力也可操作制造 3D 打印产品。

这种新潮科技应该也是高新科研项目中的年轻人，年轻人就该做年轻的事。虞洋这样的例子比比皆是，在这里，90 后创业已不是神话。堆栈科技创始人高阳只有高中学历，干过物流、跑过渠道、做过游戏、当过编辑、搞过投资，可谓经历丰富的"老江湖"，他 18 岁高考失利后曾经加入北漂一族，但是首都并没有给他机遇，22 岁时他落脚杭州，23 岁获得数百万元天使投资。谈到过去的事情，小伙子很感慨，"累了，梦想小镇就是用来实现梦想的，我流浪过太多地方，真正让我放得下心，蓬勃成长的还是这里。"

现代的年轻人很少会有感慨，甚至低落、压抑的感觉都感觉不到，在他们身上看到的更多的是蓬勃的活力和闯劲。他们阳光、积极、乐观、果敢，已经成为社会正能量的主流，在小镇上，你看到的也多是年轻面孔，他们急匆匆地在写字楼里穿梭，或西装革履的夹着文件夹公文包，或一身休闲地步履轻快，无论怎样的身份地位，他们身上的自信都溢于言表，80 后 90 后是小镇经济的最大支柱。

青年公寓的三位经营者华杰、尚金龙、敖清谊，把温度和文化休闲植入到公寓中来，让年轻人共有的青春、梦想、家三个元素成为公寓最温馨和美的一部分，你可以拎包来，也可以拎包走，来的时候这里是家，走了之后也是。重视年轻人之间的交流、娱乐、分享和创业于一体的青年创业社区，处处散发着一个正当年的青春年岁遮掩下的蓬勃生命的底色和味道。

为了达到这个目的，真正让住客有宾至如归之感，他们不惜将大量住宿面积用来搭建公共空间，甚至阅览室、咖啡吧、电影厅、健身房这些设施的面积还要大于住宿面积。在这里，你可以只要一张床睡一夜，缓解创业的艰辛，也可以冲一杯咖啡或茶，与同在这里的陌生人促膝长谈，聊聊理想、创业的思路和点子，更可以放空自己，一杯求醉，夜听细雨午看花。

如果单纯地把酒店经营成"家的味道"还不算成功，这里与家还是有区别的，家虽然温馨，但相对封闭，而这里是"公寓"，公共寓所除了家的暖之外，更多的还有公共意义存在，是一个交流、倾述、聚焦和交融的平台，让青年公寓的触角可以直接探入到人心的最底处，这才是青年公寓的魅力所在。

独到的经营思路让一家公寓真正成为家而不是过夜地，这才是一个公众化聚集型公寓真正该有的模样。

因为年轻，所以梦想。有梦想，真好。

四、你有梦想，我帮你实现

这是片年轻人主打的梦想之地，光看名字就知道了，互联网创业小镇和天使小镇两大内容基本可以包含整个梦想小镇。互联网创业小镇重点倾向于大学生群体以电子商务、软件设计、信息服务、集成电路、大数据、云计算、网络安全、动漫设计等互联网相关领域产品研发、生产、经营和服务，需要年轻人那灵光一闪的灵巧和执著，而天使小镇则侧重培育和发展科技金融、互联网金融，集聚天使投资基金、股权投资机构、财富管理机构，是互联网小镇的前期经济谋划师。

"有核无边、辐射带动"，这是余杭政府给梦想小镇下的死命令，以梦想小镇为"点"，以余杭周边区域为"面"，打通梦想小镇与周边区域之间在"空间、配套、产业、政策、招商"方面的隔膜，任督二脉通了，整个余杭的经济体系就搭建完成了，这是政府的高瞻远瞩远见卓识，全景式经济架构能形成接力式的产业链条和经济区域的无限放射壮大。而对于梦想小镇孵化出来的周边项目，完全可以不放在小镇核心区域来产出，可以推广到周边科技园和村镇小企业中，再把小镇空出来的空间继续不断引入新项目进行孵化。如此一来，将小镇作为带动周边产业集群的中心，小镇以技术产出为主，周边企业则以具体产能为小镇助力，形成滚动开发的产业良性发展路径。

目前在梦想小镇的周边有 15 个产业园正在申报小镇拓展区，期望在小镇的品牌和政策支撑下向新型孵化器和加速器转型，完成整体区域的发展全能化覆盖地域，手机游戏村、电子商务村、健康产业村、物联网商业村已经初步成型。"遥望网络"就是梦想小镇最早也是最成功的孵化样例，梦想小镇以技术输出的形式扶持遥望网络，而技术成型后，遥望网络便迁入未来科技城内的绿岸科技园进行产业现场化加工，目前遥望中国手游基地已经有 30 余家合作伙伴结成手游产业群，参与国内尖端手机游戏项目的竞争并形成战斗力。

在梦想小镇策划和建设过程中，充分考虑到未来发展需要，按三到五年的发展规划在整体上把握产业布局，"产城融合、资智对接，政府主推、市场主体，共生共荣、共享共治"的十六字方针引导下，将自然生态、历史文化、现代科技有机整合，从人才招引到政策支持，再到职住生活配套、精神文化空间的建设齐头并进，一应俱全，与浙大等高校的联合则为小镇的人才做充足储备，"人才＋资本＋孵化"的创业闭环形成之后，进行产业化的精深挖掘和精细管理，办公、融资、社交、培训、市场推广、技术研发、战略辅导等各环节完备之后，周边恒生科技园等近10个重资产的传统民营孵化器正在向重服务的众创空间转型。在更大用互联网思维渗透传统产业、改造传统企业，"互联网＋农业、＋商贸、＋制造、＋生活服务、＋智能硬件"等新产品、新业态、新模式层出不穷，引进科技文献查询系统和世界专利信息服务平台，集中购买服务器和基础软件，向阿里购买云服务，面向创客免费开放；与浙江大学开展全方位战略合作，浙大实验室和技术平台全面开放。跟上时代发展步伐才有资格谈发展，而梦想小镇的梦，也越做越大，越做越五彩缤纷，现代社会比什么？比钱包还是拼爹？比历史还是比文化？没什么能和经济与文化并重、历史和发展并存的社区更有分量的了。

　　同样有分量的还有这里的社会知名度和影响力，小镇相继举办中国财富管理论坛、中国青年互联网创业大赛、中国互联网品牌盛典、中国研究生电子设计大赛等活动近两万场，吸引了中央电视台、德国电视一台、西班牙国家电视台、日本NHK电视台、《人民日报》等媒体的集中报道，梦想小镇的已经成为杭州经济圈中最具品牌效应的创新集团，成为杭州市、浙江省信息经济的重要平台，更成为余杭、杭州乃至全省的经济热词和人文热词。

　　一个集中了年轻梦想的馨香小镇，紧紧依靠着17公里外的杭州主城区，这里有杭州主城区的繁华和经济依托，没有杭州主城区的拥堵、紧张、高物价高消费，却有着与杭州主城区不相上下的生活配套和更紧凑更轻松的创业和产出环境。即将开建的杭州西站选址即在现在的仓前站，西站的整体规划与上海虹桥枢纽相同，是一座铁路、公路、航空、地铁和水运等多种交通方式无缝对接的超大型综合交通枢纽，也是继萧山机场、火车东站之后杭州第三大交通枢纽。想想不久的将来，当西站建成后，仓前的优越感该是接近爆棚吧，与主城区的十分钟对接，加上周边经济片区的一体化支持，梦想小镇将完整地融入到长三角广阔的经济繁荣区中，成为长三角两小时经济圈中新兴的恒星。

想想看，真的不得了啊。敢上九天揽月也敢下五洋捉鳖的年轻人，改天换地的本事真的让人惊叹。数年之间，从一片荒芜的不毛之地到一座引领浙东科创的技术型旅游新城，仓前历经 800 年并无显著变化，而仅仅数年时间，其经济指数可以与前 800 年相加的数字相比。信息技术、互联网金融、健康医疗、创业基金扶助项目、新能源新材料、新服务体系为首的全新的产业集群正密集型崛起，一切新时代的创业元素都已齐备。

总体上的指导性机构的完善更让小镇的发展有了新路标，就在不久前的 10 月 13 日上午，余杭区"AI 同心荟"成立大会上，省委统战部副部长张润生等人为"AI 同心荟"授牌，标志着以搭建小镇经济与党委、政府沟通联系的桥梁的纽带组织正式动作，小镇将体系完整地拥有一个相互协作、创业帮扶、合作共赢的全新平台，这是一个真正为梦想助力的实质性机构。而"自由 90 创业先锋营"活动则定期选取发展潜力巨大的项目，给予三年内最多 150 平方米/人的免费办公空间和最多 100 万的信贷资金支持，这对任何创业者都绝对是好消息，政府的意图很明显：我负责阳光雨露，你负责茁壮成长。政府做服务、设基金、找市场，用低成本的创业空间承载所有有志青年的初期梦想。你有梦想，我帮你实现。

那么，实现梦想之地，不叫梦想小镇，叫什么？

五、镇民徐曜的公益创业路

徐曜从华为公司出来时，天正下着大雨。杭州的秋天总是这样，莫名其妙地来一场让人猝不及防的雨。铺天盖地，帘幕重重，雨点好像要把地面砸出坑来，不一会儿，马路就成了水流潺潺的河，车行水上，水花飞散，恍若在海上航行。而其实，徐曜看不到这些。他的脑海里还响着华为人力资源部经理的话：你的笔试和面试成绩是最好的，但是……

这样的话，徐曜不止听过一次。这个"但是"，让他有无限的无力感。他的人生，宿命似地背负着这个"但是"，以至于他不能像普通人那样轻盈于人生的舞台。这一次，徐曜说不出自己心里是什么感觉。二十几年在学业上孜孜以求，唯求能以勤补"拙"；十几年心无旁骛花费比别人多几倍甚至数十倍的时间和精力读书学习生活，没有一刻懈怠，唯愿能卸去背负在身上的沉甸甸的"但是"。考博时是这样"但是"，让他不得不放弃继续深造，如今，一次次投简历，一次次面试笔试，等他的似乎又是同样的"但是"。

而这个"但是"，只是因为他的视力，他再努力再拼搏都改不了的"错"。

作为一个1990年出生的90后，找工作无门，又不想回山东老家"啃老"去，留给徐曜的路子，只剩下一条：创业。

创业于徐曜并不陌生，他尝过创业的酸甜苦辣。

徐曜就读的杭州师范大学，创业氛围一直都十分浓厚，校友马云的故事被他们熟知，并纷纷试图效仿，杭州市政府更是真金白银地支持大学生创业。他在杭师大读研时，和研究生同学创立了一家能效管理公司，代理一些工厂能效管理设备并进行一些简单的二次开发。当时，他们了解到读研时所在的科技园区有中央空调能效管理的需求，于是在研究生实验室所在的楼层进行了试验，试验效果还不错，针对性地为整个大楼设计了一个监测方案，帮助学校解决了中央空调能消费用分摊的问题。这是他们接到的第一个业务。

这一次生意的成功，跟研究生实验室老师的支持和宽容分不开，老师允许他们拿实验室作为试验场地，学校的领导也给了他们很大的支持，工程设计调试经历了许多波折，一次次不断调试优化，最终才达到设计效果。

但当公司业务发展进入正轨的时候，他们的团队出现了一些问题。或许是大家都太年轻、太心急，都想做好事情，反而适得其反。一次，为了参加一个工程投标，他们准备了很久，连续几个月天天加班，最后总算在投标的前一天晚上完成了标书。他们3个人实在是太累了，只想趴在办公桌上睡一会儿，再来打印。可醒来时，天已大亮，他们急急忙忙打印、装订，一路紧赶慢赶，赶到投标公司，却迟到了1分钟，导致失去参加投标资格。

徐曜都不知道自己是怎么走回来了，眼前迷蒙一片，连续熬夜让他的视力饱受摧残。事后，他们发现他们的报价远远低于其他对手公司，如果不是那一分钟，他们中标的几率是最大的。

如果他们不迟到那1分钟。

　　每每心里滚过这句话，徐曜都有心如刀割的痛楚。他相信他的伙伴也是同样的感觉。这个标上倾注了他们团队太多的时间和心血。投标失败也成为了团队关系破裂的导火索，最终 3 个合伙人选择了不同的道路。

　　从此之后，再忙再累，他都不会把工作推到第二天做，因为他知道，他累极后一旦躺下去，闹钟肯定是叫不醒他的。

　　后来，徐曜又有了第二个创业项目，做产业园区的策划和运营。这期间，出差见客户，熬夜做方案改方案，成了他的生活日常，但那些项目不是因为投资人撤资而被迫宣告停止，就是方案没能通过投标，或没能得到合作方认同。在这个过程中，他经历的波折数不胜数，一次次眼看着成功触手可及，却又失之交臂，一次次明明已经大功告成，尘埃落定，却又莫名其妙地生了变故，与成功女神擦肩而过。这些经历虽然培养了徐曜基本的商务能力，锻炼了他的意志，粗壮了他的神经，但也让他萌生了找一份能学以致用的工作，安安稳稳过日子的念头。何况，他的视力，已无法让他继续天天熬夜，继续过度用眼。

　　视力，是徐曜终生的痛。先天视力缺陷，被鉴定为视力二级残疾。世界对徐曜来说，只是模糊的一片。他从来没有真切地看清父母的脸，甚至没能看清自己的脸。天地间的花草树木，大千世界的林林总总，春风桃李花开日，秋雨梧桐叶落时，他都只能用耳朵去听，用鼻子去闻，用手去触摸，用心去感知。但他是幸运的。父母给了他满满的爱。为了照顾他，身为高知的他们放弃了更好的事业，也放弃了再要一个孩子。他的眼睛虽然看不清这个世界，但他的父母用他们的眼睛让他看见他美好的未来。

　　或许就因为要回报父母的这份爱，或许是他骨子里有一股不服输的劲，他虽然完全看不见黑板上的字，基本靠自学，才能完成学业，但他从小到大学习成绩都名列前茅，考上了理想的大学，来到了心中向往的杭州，又考上了研究生，并当选为杭师大理学院研究生会主席，2015 年夏季，他还到美国加州大学洛杉矶分校（UCLA）交换学习，获得理学硕士学位，如果不是视力的原因，他还会继续读博士。

视力问题对徐曦的生活、工作的影响颇大。生活上，最大的问题就是出行不方便。他的视力注定他不能开车，甚至日常骑自行车和电瓶车也非常勉强。但他又不能不外出，也不可能动不动就打车，何况在杭州，有时打车简直难于上青天，因此自行车和电瓶车还是他比较常用的交通工具。看不清路面，为了提高行车安全，骑车时，他会紧跟前面的自行车，和前车保持 3 米左右的相对静止，其他的路况都不看，专心盯着前面的车，前面减速他也减速；骑电瓶车时，他也和前一辆车保持相对静止，然后就盯着他的刹车灯看，前车制动，他马上刹车。开始父母都挺担心他的安全，他说自己习惯了，骑车时会很专心，很守交通规则，让父母放心。

工作中，徐曦看书、看电脑屏幕的速度很慢，致使他很难用与正常人同样的时间完成阅读。他一般会在笔记本电脑外面接一个很大的屏幕，然后把电脑字体调到最大，每次他在电脑上聊天，基本上都是对周围人播放的，因为他屏幕上的字，别人老远就能看到。他笑称自己在这方面毫无隐私可言。为了保持和常人差不多的工作效率，他打字的盲打能力非常强，还熟练使用各种快捷按键，在文本输入环节，他尽可能做到比别人快一些。

既然只能选择创业，那创什么业呢？

这一次，徐曜想到了公益创业。很多人都疑问，公益和创业怎么能联系到一起呢？其实公益创业，或者说社会企业，是一个在国内起步较晚的领域。这一次他的关注点不想放在高大上的科技和瞬息万变的贸易，而是要选择和老百姓日常生活息息相关的领域，侧重于给老百姓提供普惠服务。公益创业关注民生，经营实体是社会组织，相关的法律法规对社会组织的经营范围和盈利情况做出了比较严格的约束，以保证机构的公益性质。这使很多人质疑，能赚到钱吗？

徐曜知道，赚很多钱肯定不行，但他想到的是另外一个层面。他的视力存在先天性的缺陷，能顺利地和正常人一样完成研究生学业，从小到大得到了家庭、学校、社会的更多宽容和关照，也享受到了国家改革和发展的好政策，他心存感激，选择从事公益事业，也是他发自内心要回馈社会。

经过一段时间的运作，在余杭区民政局的全力指导和杭州未来科技城管委会、梦想小镇党群工作委员会、仓前街道的悉心孵化培育下，他和画家邱济完成了社团组织筹备、登记。他人生中的第三个创业项目，余杭区梦想彩绘公益发展中心，在梦想小镇呱呱落地了。

作为"90后"，作为曾经经历过创业波折的他，深知现在的年轻人工作压力大、精神娱乐活动相对贫乏，他的梦想彩绘，更多地关注年轻人的精神生活，通过组织年轻人参加有意义的社区艺术活动，释放压力，激发创造力，并引导年轻人积极参与社区公共事务和志愿服务。他还致力于从社区层面，引导年轻人参与全域治理，推动和谐家园建设，他觉得这是梦想彩绘的使命所在。

就这样，梦想彩绘以年轻人为主线，拓展社区墙体彩绘、社区教育等业务范围，体现公益性、普惠性的同时，逐步完善机构自我造血能力，实现公益机构健康、可持续发展。目标明确，徐曜便扎扎实实地把梦想彩绘的工作开展起来，从陌生到熟悉，从手忙脚乱到有条不紊，公益发展中心成立不到一年，先后在梦想小镇举办"5·2"余杭百姓日油画体验志愿者服务、"520"AED公益募捐、"6·1"儿童节绘画特刊、人工智能小镇主题党建油画体验、"九一八"主题油画创作、灵源村美丽乡村共建等10余场主题活动，以及油画、书法、国画、陶艺等艺术活动近百场，全年累计服务超过 2000 余名小镇创客和周边居民，并组织超过100 人次志愿者参与公益服务，取得了强烈的社会反响，获得了"杭州市社会组织参与社会治理优秀案例"，获得了 2018 年余杭区"公益小匠"创新创业争霸赛启步奖等荣誉。

创业过程，从来都不会一帆风顺。2018 年 11 月，他们和师大彩虹志愿者协会共同承办了灵源村"美丽乡村建设，我参与"活动，结果因为种种原因，活动没有达到预期的效果。徐曜坦然面对自己的失误，把这次活动作为失败案例，加以利用，做了负面案例分析。案例做得很精彩，摘录如下：

一场失败活动的案例分析

——过程赘述——

01 自我挖苦

花了半年，好不容易总结一个"产品"出来，美丽乡村、党建活动、全民参与，一串"政治正确"、"高端大气上档次"的华丽辞藻加持下的活动方案，难得领导们愿意买单，结果玩砸了。

02　项目需求

灵源村道路两边的花坛里面散落着十多个井盖，一眼望过去，光秃秃的补丁非常不美观。于是村委决定，借助 11 月党建活动，组织党员自己动手把井盖涂上彩妆。

03　我们的方案

结合党建元素，和"井盖"这个特殊的地点，我们的设计方案是"亚运大道"，环绕一周，分别画上 1990 年北京亚运会到 2022 年杭州亚运会的标志。这样符合党建的要求，又不是那么"又红又专"，有特色和吸引力。在设计定案过程中，我们内部也产生了分歧，邱小帅认为亚运会标志比较难画，且井盖不是平面，绘画相当有难度，建议画动漫。结合党建活动和村民实际感受，我们最终选择用亚运会标志的方案。

除了常规的物料准备，我们与杭师大彩虹志愿者协会协作，在杭师大美术学院招募志愿者陪同村民一起画画。

我们期待的效果是，一个美院的学生周边围绕 3、4 个村民，学生在旁边指导，村民动手绘画。

然而，并不是这样的。

04　出现的问题

我们乐观地估计了井盖的清洗难度。期实我们准备好了高压水枪，准备清洗井盖，但是最终没有带水枪。现场向农户借了扫帚，事实证明，根部扫不干净。

连锁反应开始啦，因为井盖清洗不干净，刷底漆时颜色比较脏，那么索性就多刷了几层。刷完了发现，底漆干！不！掉！

（补充背景知识，刷漆要先刷底漆，底漆干了再上色）

我们保守估计，底漆天黑之前都不会自然风干。更严重的问题出现了，一开始确实是村民跟着志愿者一起画，但是，底漆10分钟干不掉，大家都走光了……

接下去，我们被孤独地留在了现场，尴尬地等待底漆自然烘干。

除了没有提前清扫井盖，现场时间管理让事情更加糟糕。活动预定13点30开始。负责设备和材料的邱小帅居然迟到，现场调颜色，加剧了村民的流失速度。

05　紧急措施

面对可能彻底砸掉的活动，我们采取了紧急补救措施。

第一，迅速取回高压水枪进行清洗作业；

第二，使用50米长接线板从村民家取电，借了吹风机强行把底漆烘干。

06　结果

在天黑之前，画了主干道边上的井盖。

———教训总结———

1. 足够重视，你成功举办了一万场活动，不代表可以成功举办一万零一场。从数学角度分析，第一万零一场和之前的都属于独立事件。

2. 你要明确服务目标，本次活动目标是营造一个村民参与、共同建设的良好氛围；

3. 前期工作必须到位，不要指望服务对象执行力特别好，他们最喜欢全程自动挡，最好鼠标点点就能通关；

4. 明确危险点，本次活动就是聚集村民人气，村民不是小学生，你叫他坐那里等你他就等你，你活动一旦有空白，他们直接跑掉了，他们跑了，就意味任务失败。

——组织村民活动正确姿势——

1. 充分设定服务目标和考核指标，明确你去干嘛的；

2. 分析威胁任务成功的因素，比如，他们签到后逃走了怎么办；

3. 充分的前期准备，物料、设备全部就位，活动直接进入正题，别指望村民帮你抬桌子准备器械；

4. 活动一气呵成，别中断，已中断大家就有可能逃走了。

——自吹自擂——

当然，我们这次活动也不是完全失败，能挽救到这个地步，也是有水准的事儿。总结一下：

1. 不放弃任务，出现再大的问题，尽力想办法执行任务，本次活动用吹风机强行烘干这种奇葩事件，所有人都反对，小编抱着死马当活马态度试试看，结果，OK，这还真行，虽然非常不环保的做法；

2. 出门作活动，工具带齐，50 米电线，车载逆变器，充电宝、探照灯，你能用来救场的，都装后备箱。

——应对——

经历这个事件，我们会完善活动方案的标准化管理，需求分析，流程分析，亮点设计，危机预防，紧急方案、宣传方案，都要流程性的考虑进去。这是一个方法论的精进，我们可能是第一次做某一个人群的服务，但是，方法论正确的话，那么无论服务谁，这些点考虑到位，成功概率大大增加。

能把一个失败的案例总结得这么到位，其实已是另一个层面的成功了。或许就是基于徐曜的这种态度，他的梦想彩绘赢得了政府部门和一些企业的认可，余杭区民政局、卓铭保险公司、绿城养老集团、杭州师范大学、恩派公益机构、向日葵爱心助学、新唤醒基金会等单位跟他们签订了长期公益合作协议。梦想小镇党群工作委员会和他们合作举办第一届梦想小镇油画创作大赛等活动。为了规范管理，徐曜制定了创作作品的知识产权保护政策，申请了"爱拼彩绘营"、"梦想油画"、"梦想·彩绘时光"商标，创立了每周二"梦想·油画之夜"、每周四"梦想·国画之夜"两个品牌活动。

尽管梦想彩绘做得风生水起，但仍然有不少人对梦想彩绘这个项目的盈利能力持怀疑态度，但是徐曜依旧全力投入这个项目并满怀希望和激情。他看好这个项目的社会价值和示范效应，社会组织作为政府、企业之外的"第三个机构"，承担更多大众普惠服务和社区"微治理"发挥巨大作用。作为完全民营的社会组织，他们如果能够成功运营，将给更多有志于公益创业的人士信心和启发。他要将服务年轻人的"梦想·油画之夜"带到西湖科技园、滨江海创园、余杭街道等产业园区和人群聚集区。通过有趣的活动释放年轻人的工作压力，激发年轻人内心深处的艺术创造力。同时他还想建立更多针对老年人、特殊儿童的志愿服务基地，引导更多年轻人参与志愿服务，关怀特殊人群，把爱和希望带到社会的每一个角落。

杭州版"格林尼治小镇"：
玉皇山南基金小镇

"如果在中国，有一个地方，几年时间里成为世界上金融密度最高的区域之一，那么这个地方最可能是哪里?"

在秋日的阳光里，朋友与我坐在西湖边，有一搭没一搭地聊着。"香港?"我品一杯明前龙井，漫不经心地回答。

朋友瞭了我一眼，缓缓地摇头，"香港的确是亚洲甚至是全世界金融密度最高的区域之一，其他还有华尔街、东京，中国则是香港上海，但是我今天说的不是这些，而是距你只有几公里远的地方。"

"杭州本地?"

"嗯，你很难想象，一个只有五平方公里的区域内，居然会落户2600多家国内一流的基金机构，管理着超过1万亿元的资产，每平方公里经济密度近50亿元，在中国排第几还没有确切的统计，但是在浙江省毫无疑问是排名第一位，可以说是全省的资本高地。而这一切，只用了四年时间。这样的产业密集度和资金整合速度，如果只按发展速度，连香港也望尘莫及。这里原来叫安家塘，一个聚集着铁路系统宿舍的小区。一排排的平房现在看来分明就是些贫民窟，因为这些宿舍大都已经年代久远，房屋破旧不堪，可以用房倒屋塌来形容。"

早就知道杭州的发展是近年来中国的榜样，但在我印象里，杭州还是以旅游和丝绸为主要经济，近几年发展起来的经济圈比如萧山工业区、高新技术产业开发区等，大多直接参与经济实体，从不会从金融的高度上掌控整个经济模块。但是看样子朋友又不像是在信口开河。

我皱了下眉，就在杭州这块当年帝王争宠、城湖合璧、南宋遗韵的温婉江南，竟然会有如此雄厚的实力彰显之地，多少有些出乎我的意料。

一、龙兴之地

北依西湖、南俯钱江，向东一百公里，有东方明珠上海的国际金融辐射支撑，有南京苏州无锡等历代产业集中地的余荫，兼有自身的帝府皇族之气，灵山秀水之风，玉皇山，五公里方圆，却一夜之间成为整个东部的金融新地标，当年诺贝尔文学奖得主莫言游历到此，曾有过"背靠玉皇，面对钱塘，杭城风水，此地为上"的绝高评价，而现在，不仅风水绝顶，更有 5000 多名金融人才盘踞于此，指点江山。

玉皇山不高，大概不到三百米的样子，比它周边的山都要矮上许多，但是上了山顶，你会感觉到一种霸王之气。这是当年道教主流全真派圣地，王重阳创建全真派后，其弟子曾数次在此地修道传经。它地处西湖与钱塘江之间，位置绝佳，与绍兴的府山同名龙山，远望钱江之侧如有巨龙横卷隐界藏形，山势舒缓雄俊，山上常有紫雾萦绕不散，远山近江身边湖，绿树红花紫气生。因此地近着杭州城的皇家园林，又得宋时皇族气脉，加上湖山空阔，江天浩瀚，有"万山之祖"的称号，真应了那句"山不在高，有仙则灵"的名句。

玉皇山与凤凰山首尾相连，雌雄相伴，有"龙飞凤舞"的吉祥美喻。春节至清明的时候，正是江南莺歌燕舞的好时节，远近香客蜂拥而至虔诚礼拜，福星观龙殿前香烟缭绕，一片经声佛号，有阳光普照，也有胜地庄严，既灵动又沉稳；每日香客之外更有无数休闲爬山的游客，从清晨到傍晚一路拾阶而上，步步莲花；这里背拥西湖，天堂之水滋养浸润了千百年，把玉皇山梳洗得端庄秀丽，也是新西湖十景之一"玉皇飞云"所在地。

南宋皇帝亲身躬耕的八卦田像一面镜子嵌在群山之间，皇帝不会想到，即便是龙体亲耕也未必守得住自己的江山，倒是那面朝黄土的平头百姓，才真的可以三亩薄田传一脉香火，如此一较，倒显得那锄几下田就想千秋万代的皇帝有些天真了；山上江湖一览阁与登云阁素有"内看西子，外眺钱江，西望群山"的绝佳美句形容，细细端详之下倒也恰如其分并非浮夸。每年农历八月中，也可以登高一览，远观气势澎湃的钱塘江潮壮美奇观。紫来洞是道家圣地，洞分上下三层、洞中有洞，环环相扣，深不可测又似可通天，隐寓着道家生生不息的精神内核，那些背负拂尘长衣飘飘的道家仙人一路行来，这里走走，那里看看，与山长水阔亲热一番，再隐居洞府，自称得道。紫来洞不负其名，洞中常年紫气笼罩，入得洞来让人心神明朗脱俗出尘。洞顶豁口旁有古人据阴阳八卦之说用以镇压杭城火魔的七星缸，据说有了这七星缸，杭州城便水火相克，风调雨顺，只是风景好了，城头上却还是变幻大王旗，与世人美好的意景总是差上那么一截，七星缸装着北斗，也装着先天下之忧而忧，亭上的一副对联：

七星缸，八卦田，紫来洞天，皆神工奇构；

东浙潮，西湖景，龙山胜迹，极武林大观。

是景先入文还是以文生景？玉皇山作为陪衬，实在是西子湖边最亮的那颗星，文化和自然从来都是相容相生的，在那些碑刻墨记之间，玉皇山陪着西湖，看遍了世事沧桑，但它不语，以道修身，以静制动，那些江湖豪杰皇家贵族们来了去去了来，把杭州城搅得名声赫赫，地因人传，人因地传，这里，倒真的显出一派旖旎风色动荡烟云。

二、浙东第一经济奇迹

杭州一向是中国排头兵城市，山好水好风光好的人间天堂，但是其主城区上城区虽然位于市中心，面积却不大，仅 18.1 平方公里，可开发利用空间十分有限，若干年前，除了得天独厚的旅游资源外，这里最发达的经济集群就是山南区块的陶瓷品市场，一些小手工匠人承着上古遗风皇家余韵做些零零散散的陶瓷品，并声称是官窑工艺，但是明显带着民间手工艺的粗糙简陋，形不成真正的生产力和经济竞争力，也承载不了杭州的文化。

2008 年，杭州市政府高瞻远瞩地在这里投资开发玉皇山南经济文化小镇。

杭州工业从来没有过类似的经验，甚至连找个模板套用一下都没有，可是勤劳聪慧的杭州人硬是从一穷二白中横空出世了一个经济重镇。

当年的上城区委、区政府只是提出了"有限空间、无限发展"的理念，将小镇最初定位为国际创意产业园区，把主要精力放在了依托西湖文化资源，发展与之相关的文创产业，曾引入思美传媒、南方设计院等优质文创企业，其下属产业多为轻质的文化产业，最初效果很好，入驻企业总计 128 家，总税收 2.07 亿元，还获得"中国创意产业最佳园区奖"，但持续力欠佳，随后多年连续后退，逼迫政府转变观念，实现产业转型，最终敲定了以高端化、特色化、集约化为方向，优先发展金融服务、文化创意、信息技术等亩均效益较高的主导产业。玉皇山南基金小镇非镇非区，不同于行政建制镇和一般产业园区，以单纯的文化创意是无法撑起一片独立的经济群的，故而明智地转为以私募金融这一特色产业为核心的"三生融合"的产业集聚平台。围绕"专业化、国际化、市场化"的总目标，以浙江省钱塘江金融港湾战略和"凤凰行动"计划为核心，打造私募金融产业集聚区，多方面招商引资，成果卓著，玉皇山南基金小镇顺利通过省级特色小镇验收命名，成为浙江省首批命名的两家特色小镇之一。

对一个小镇的简单概括绝对应该算是对它的冒犯。曾经，这里是皇家园林，后来是陶瓷市场，再后来是开耕种田鸡犬相闻的农家，现在则是从文化小镇向金融小镇的起点。玉皇山名字未变，身份却变了又变，每一次变都是一次进化和抬升。2015 年揭牌亮相时已经确定了以基金金融为主导产业的经济发展思路，几年间，小镇在绿水青山间爆发式成长，从一个轻型文化区块摇身一变，成为中国最大的私募基金聚集地之一，永安国富、国新国际、敦和资管、凯泰资本等私募龙头都被这里的地理位置、旅游风光和良好的政策优惠所吸引，下大本钱入驻小镇，总资产管理规模破万亿元。几年之后的现在，基金小镇已经成为全省特色小镇的标杆，以西湖特色旅游生态为强大后盾，在宜居的人文环境中锻造经济强区，浙东经济体系的中心地带，享受着整个中国东部的金融产业资源支撑，与百里之外的上海国际金融中心相互依存，在仅仅 5 平方公里的土地上，一下子汇聚了近 3000 家金融企业，连续三年实现入驻企业数、资产管理规模、财政收入"三个翻一番"。

"奇迹"从来都不仅仅是神学院的事，也不仅仅是实验室里惊呼一声发现的，它永远是来自自然，来自实践。玉皇山，是连皇帝都要亲自登临游历君临天下的，它静静地陪着天下第一的西湖，从不张扬，从不抢戏，但也从未被忽略，甚至，连杭州的经济也要靠它获得加力和助推。

这里被称做浙东第一经济奇迹。

三、安丰创投

经济和文化从来都不是以敌对面目出场的，只是很多时候人们没有认出它们才是一对真正的朋友。在杭州深厚的文化背景下，玉皇山从经济入手，刚进场就迎来一片喝彩。

2016 年，公司投资的创业软件被浙江省创业风险投资行业协会评为优秀投资案例。这离阮志毅建立安丰创业投资仅仅 8 年时间。

道墟汇联村，是阮志毅的老家，从春晖中学考入天津大学化工机械专业，这是他家乡为数不多的大学生，研究生毕业后在浙江大学管理学院任教 10 多年，握了多年的教鞭，他深知知识改变命运这句话的深刻道理。

他任教的专业是经济管理，他一边教书，一边开始帮助企业开展营销服务、资产管理和战略投资等课题的策划研究，早在 1999 年他就曾帮助广宇集团策划平海公寓楼盘，盈利赚了 1 亿多元，随后他被聘请担任广宇集团董事、副总裁，在商场中辗转多年，他为广宇策划的案例无一不胜，并成功帮助广宇集团上市。

跳水的台子越高，能施展的空间，能做出的动作也就更高难，迎来的掌声也就更热烈。2008 年，摸爬滚打经验和触角都已经极其丰富的阮志毅决定他向属于自己的安丰创业投资，他给"安丰"的投资定位是，以战略性经济投资指导为主，发现和扶持重点投资成长型拟上市企业，并利用他自身健全完备的专业知识体系、敏锐的市场触角和专业能力、经验与资源优势，帮助所投公司，按照上市的审核要求，完善结构调整、完善发展战略、协助后续融资、建立专业人才体系、制定合适的上市途径和策略等，使其顺利进入资本市场。安丰这个名字来自公司"诚信安心，专业丰赢"的经营理念，是基于"在安全的基础上追求丰收"的置业目标。

安丰现在每天要做的就是在众多的投资项目中挑选出潜力股，综合评定考察，择优录取，将一些优秀企业扶持到金融快速路上来，为企业的正规发展和迅速壮大提供技术、资金、项目、人才等全方位的支持。目前平均每年要投资 10 个以上项目，投资额超过 2 亿元。

多年的努力，安丰已经羽翼渐丰，旗下已有安丰进取基金、安丰稳健基金、安丰众盈基金等近 20 支基金，基金管理规模超 30 亿元。他的短期目标是每年扶持 3 家左右所投资的企业完成上市，长期目标则是通过 10 年努力，成为中国创投行业第一方阵企业。

阮志毅说："创业投资不仅要有眼光，更要有情怀和梦想。做投资也会有失败的时候，关键是要把握大的趋势，既要嗅觉灵敏，又要看长远，看趋势，才能抓住未来的机会。创投公司在帮助别的企业成功的同时，也是在为中国经济出力，并且为自己实现创造价值的梦想。"

不管是不是承认，只知道埋头搞经济，总会给人以势利和庸俗之感，但如果在经济中带入人文情怀和普世思想，经济就成为文化，就能进入精神领域，成为信仰和哲学。而这种情怀和普世思想，需要用信念支撑，那信念，就是所有经济的根源力和慈悲心。也正因如此，杭州才在人间第一美景和文化境界上带入了充满了上升力的经济活力，而杭州的经济，也真的带着包容开放的充沛的人文情愫。

安丰的成长离不开长远而精准的方向导向，公司也从最初的**VCPE 基金**（风险资本）向并购基金拓展再到产业基金等方向发展，站在产业的高点去俯瞰整个行业，通过资本、技术、人才、管理等全方位服务，促进行业升级和生态改善。这才是一个创投公司应该做的事情。

创投的每一个目标都是更快更高更强，已与创业软件合作启动医疗信息行业并购基金、与财政部旗下的中财宏达、民生银行旗下的民加资本、浙金中心等机构，并与千岛湖相关部门共高策划设立杭州新安江千岛湖流域产业投资基金管理有限公司，发起设立的首期 100 亿产业基金项目已经进入实质性投资阶段。公司被中国证券投资基金业协会和浙江省发改委备案认可，已成为浙江省创业风险投资协会副会长单位，浙江省创投行业十强之一，多次获得浙江省最具竞争力创投机构称号。专注的态度、专业的判断、专心的工作，安丰在基金小镇上已经成为一棵花开满枝的大树。

　　与安丰齐头并进的还有浙江赛伯乐投资管理有限公司。

　　赛伯乐投资起源于美国硅谷，与安丰一样在玉皇山落户于2008 年，是浙江省政府和杭州、宁波、等引导基金首批合作对象。拥有国内外顶级风险投资基金的资本与人脉资源，中国和美国成功创业和成功上市及并购重组的直接经验。这家公司目前已经发公司管理基金规模达 100 多亿元，是浙江省股权投资行业协会轮值会长单位，浙江省创业投资常务副会长单位。公司被评为福布斯 2014 最佳创投 24 强，清科 2014 中国创业投资机构 50 强，浙江本土十佳创投机构，2009 年度中国本土十佳创投机构。赛伯乐基金围绕"集聚人才和资本、立体整合资源、遵循政策导向和市场方向"的发展战略，充分发挥自身专业、专注、深耕的特点和优势，整合政府和市场资源，先后投资了 30 多家成长型企业，其中 60% 已经发展成为中国细分行业龙头企业。

四、中国的格林尼治小镇

　　朋友打开百度地图，指着某处向我介绍。泰晤士河畔，离伦敦 8 公里，一座风味独特的历史名城格林尼治。如果想从海上进入伦敦，必须经由泰晤士河口。早在 15 世纪初，英国皇家就敏锐地意识到这里地理位置的重要性，在此处大量修建炮台和瞭望塔，用来监视泰晤士河上的舰船，把这里打造成一座保卫伦敦外城的要塞。很多皇家贵族还在这里还修建行宫作为休养休闲之所，城内有大量的水利、防御工事和养鹿打猎的御苑，当时的皇族将这里称为"逍遥宫"。

　　时逢大航海时代，各个海上霸主国都大力兴建航海基地，打造远洋船只用以扩张势力，维持海上领土，但当时的航海技术很落后，只能凭借星相来判断船只所处的纬度，至于经度就无从判断了。随着对天体运行的准确位置和运行规律的数百年的研究成果，1767 年，格林尼治制成了世界上第一张海图，从此远洋的海员可以相对比较准确地确定船的方位。1884 年 6 月 26 日，国际经度会议通过决议，以通过格林尼治天文台的经线为本初子午线，即零度经线，以此计算地球上的经度；以格林尼治为世界时区的起点；以格林尼治的天文台的计时仪器来校准时间。从此格林尼治因其天文台而闻名于世。

除了皇家将其作为休闲的后花园之外，很多华尔街的大亨们也纷纷在这里买地修建别墅用来度假和疗养，物以类聚，渐渐地这里开始聚集了众多金融名士。相较于生活节奏紧张、工作节奏过快的大都市和金融重地，这里轻松自在，节奏缓慢，风光独特，极大的迎合了产业巨头们避开公众视线调养生息的要求。这里也逐渐形成了一个经济圈的世外桃源。

20 世纪 60 年代，巴顿·比格斯在格林尼治小镇创立了第一家对冲基金。由此开始，大量金融机构的总部纷纷逃离租金昂贵、工作压力让人喘不过气的曼哈顿，迁移到格林尼治，极大地促进了这里的经济提升，最多时在小小的格林尼治居然达到了 4000 多家公司。随后政府立即放开政策吸引这些金融巨头入驻，通过税收政策的下调和金融体制的完善，格林尼治金融合成体快速形成规模，成为整个欧洲的对冲基金圈，并将格林尼治的经济功能定位为全球著名的对冲基金之都、全球对冲基金的重要聚集地之一。经过一段时间的聚焦整合，这个小镇的金融规模达到了管理的资产占美国资产规模的 11% 的惊人地步，成为仅次于伦敦和纽约的世界第三大基金管理中心。全球管理着 10 亿美元以上资产的对冲基金的公司有近半数都把总部设在这里，比如 1720 亿

美元规模的 **AQR** 资本管理公司、230 亿美元的孤松资本、100 亿美元的都铎投资以及维京全球投资者公司等。

就是这样一个人口不足十万的海上堡垒、河上要塞，其人口数量仅为纽约的 1/100，但美国排名前 200 的对冲基金公司总部数量却是纽约的 1/10，资产管理规模为纽约的 1/9。格林尼治对冲基金的机构数量和资产管理规模密度均远高于全球金融中心的纽约，其金融密集度远远超过世界上任何一个以金融著称的大都市。

玉皇山有着与格林尼治极为相似的发展历程和经济效果，甚至其发展速度比格林尼治还要快，这得利于玉皇山处于杭州、上海、无锡、苏州、宁波、南京等中国中东部各大著名的经济城市的环抱之中的地理位置，和杭州政府对其经济定位和引资政策的扶持。目前小镇有国新国际、敦和、凯泰等一大批金融基金界领军型企业入驻，经济学上膨胀聚焦效应已完全展开，从最初的年税收 4 亿元爆增至 22.88 亿元，企业数量从刚刚建立时的不到 500 家增加到了近 3000 家，金融资产管理规模从 2000 亿元增加到 12000 亿元以上，历年来共扶持 112 家公司上市，拉动了整个杭州和周边各大城市的资金交融度，甚至影响到了上海的经济投资和金融投资，有效实现了金融资本实体经济从而必然发生的互利共赢格局。

金融投资的经济模式类似于为实体经济"输血"，从战略高度为实体经济从企业结构、资金融合、人才构成、经济框架和立项目标等进行高度的市场指导性和前瞻性策划，从而实现实体经济的快速起飞。玉皇山金融小镇建立后，累计向实体经济注资近 4000 亿元，投资项目 1400 余个，强力搭建资本项目与实体经济的对接平台，并加大实体经济与政策的融合，组织各种高端论坛和会议，"金融小镇浙江行"、"全国行"，开展"山南"系列活动，都为杭州经济和玉皇山小镇的影响力提升注入新能源。生活配套设施上，这里从一处破旧的宿舍楼开始，建设人才公寓、国际学校、国际医院，盖楼修路造林围湖，为企业、人才提供高品质生活保障，打造最舒服的山南休闲生活区；同时在对经济冲击的应对上，他们为企业全方位服务，从投资风险防控、投资预测、危机处置等环节强化预感力和应对附图，金融法庭、开办玉皇山南金融学院、金融法律服务中心等也纷纷成立，全系列全方位全功能地为企业保驾护航，"机构＋人才"、"要素＋创新"和"资本＋实业"的新金融模式正在形成。

于是，这个小镇能拿到含金量十足的浙江省五一劳动奖状也就不足为奇了。

五年来，小镇全力挖掘自身优势特色。成为 G20 峰会展示杭州魅力窗口，成为浙江首批命名的省级特色小镇，成功创建全国首个特色小镇类"旅游＋金融"国家 4A 级景区，获"浙江省五一劳动奖状"。每年举办全球私募基金西湖峰会，2019 年成功举行第五届，在业界行业影响力引领力不断扩大。小镇还加强国际交流，与美国格林威治小镇结成姊妹镇，在纽约、伦敦、法兰克福、格林威治等地都设立代表处，打通了小镇通往世界的合作共赢通道。去年，小镇在伦敦成功举办了"一带一路中英伦敦论坛，"签约 2.9 亿欧元西班牙天然气项目，还成为习近平总书记出访欧洲考察点。小镇还作为创始发起机构之一参与了 2018 首届格林威治经济论坛。

一个新兴的东方格林尼治金融联合体正在钱塘江金融港湾新

高地上快步前进，为杭州乃至浙江、全国经济转型升级注入新的动力，它小巧而精致、精细又磅礴，它挺立东方，辐射中东、面向亚洲，走向世界。

"水积而鱼聚，木茂而鸟集。"一个隐居深山的小镇，从文化背景上实现了从无到有、由弱到强的转变，再从经济背景上实现产业集聚到产业兴旺的丰满，现在玉皇山小镇已经不再是游人如织只为看八卦田的单纯的旅游景区，而是成为杭州含金量最高的经济特色小镇之一，从一个西湖背影后的休闲所在，跻身世界金融版图，登上了全球经济互动的大舞台。

经济，其实是聪明人的笨功夫，这里面来不得半点投机取巧和花拳绣腿。而玉皇山小镇的经济崛起，正说明了这一点：踏实地走，不必故作坚强，也从不背负着高尚的道德标签，它从不碾压文化，但它是在文化之上，重振经济雄风，那些由此带来的美好的东西，是诚实和给予，是互助和帮衬，是微笑，是大美人间。

云的栖息地：云栖小镇

陆陆续续，在浙江看了不下二十个各具特色的镇子，也见识了不少经济文化教育等各行各业的示范基地，正琢磨着接下来还有什么好风景看，朋友突然从电脑上抬起头，"十月刚到，云栖大会该开了吧。"

"什么大会？"我反问。江南的城市，名字都有些文绉绉。

朋友没有直接回答我的问题，而是继续反问，"咱走了这么多镇子，你说说，哪个镇的名字最诗意最好听？"

"艺尚不错。"

"艺尚其实是'衣裳'的谐音，显示了时装的艺术和时尚，只能说文字功夫了得，美则美矣，还算不得上上之选。"

我给她递茶，静待下文。

"最诗意最好听的，其实就应该是我刚刚说的那个大会，叫云栖大会。"朋友看着我纳闷的样子眨眨眼继续说，"阿里巴巴听说过吧？"

"嗯，当然听说过，中国数一数二的大产业集团，名下的网购做得不错。"

朋友哈哈大笑，"似乎现在只要涉及网络就是网购，其实这是个错误的认识，阿里巴巴是有网购平台，而且做得风生水起。但它真正让世界震惊的还是它的大数据分析。"

"近年来大数据很热，但是这个热词到底是代表着怎样的一种内涵，我还真不是很清楚。"

朋友站起来，认真地面对着我，我知道她要开始发动她强大的知识机器了。

"《纸牌屋》知道吧？一两年前最火的美剧，连总统奥巴马也成为这部剧的粉丝。《纸牌屋》的出品方兼播放平台 Netflix 是北美地区最大的付费订阅视频网站，它之所以能成为 NO. 1，就是使用了最先进的数据分析系统来处理观众的需求，他们通过分析 3000 万份付费用户的需求意向数据，从而指导公司选择题材、导演和演员，拍哪种类型的片子，大概拍多少集才符合观众的观看心理、拍摄时如何运用镜头，到哪里取景，这一切都全部交由精准的数据做引导。所以他们的每部片子都几乎可以占据排行榜前三名。《纸牌屋》热映之后，国内也一片哗然，众多影视评论专家甚至是经济学专家都惊叹，《纸牌屋》让全世界的文化产业界和经济集团都意识到了大数据的力量。甚至后来的哲学课堂上也经常被拿来引用，并声称《纸牌屋》是'大数据成功的典范。'"

"一部美剧，和阿里巴巴有什么关系？又和什么什么大会有什么关系？"我还是不解。

"阿里巴巴是国内最大的数据分析库的创立者，旗下最著名的阿里云系统是中国最完备的网络数据云处理机构，而云栖大会的前身，就是阿里巴巴的阿里云开发者大会。"朋友又开始收拾东西了，我知道她这是又要带我去见世面了。"云栖大会就在云栖小镇举办。云栖小镇在阿里巴巴的领头羊的带领下，年收入已经突破十个亿，五年时间，增长了50倍。这在中国甚至是世界，都是一个奇迹数字。也充分证明了大数据平台的前景，和数据云处理的强大经济动能。"

"五年，五十倍。"我惊诧，"这么神奇吗？"

一、阿里云的栖息地

江南最美的季节除了三月就是十月了，十月，无论是去杭州的火车票还是飞机票都不仅不打折还一票难求，因为每年十月杭州都会一下子迎来几万人。他们来杭州是来开云栖大会的。

云栖小镇管委会主任吕钢锋是云栖大会的创办者，他经历了从无到有的全过程。云栖小镇地处杭州西湖区南部，位于杭州之江国家旅游度假区核心区。园区成立之初，吕钢锋便已经在这里工作，当年这里的定位是普通经济为主体的工业园区，按照规划招来了30多家工业企业，几年的发展前景并不乐观，时间推移到2005年，园区里的工业企业与整个之江版块国家级旅游度假区的定位越来越脱节，2005年，园区经讨论决定改变规划定位，引入一些生物医药、电子信息、机电一体化、新能源等为主的高科技产业和企业总部型产业，经济结构有了一些提升，但成效不大，2010年10月20日，国家发展改革委、工业和信息化部确定了杭州等五个城市先行开展云计算创新发展试点示范工作。这让园区决策层隐约摸到了一些门路，经过一段时间的摸索性认证，2012年10月，刚刚在省委党校云计算研究生班拿到了研究生学位的吕钢锋向上级政府提出设想，园区终于下定决心明确发展方向，以第一个吃螃蟹的精神，重点培育以云计算为特色的产业基地。

就是在这一决策下，几年之内，一个中国综合实力排名第一的云计算经济小镇迎风问世。

虽然定位明确，但是当时全中国也没几个真正懂得何为云计算的，更别说产业规模了，园区领导甚至怀疑是不是这想法太超前了，有点操之过急。吕钢锋当时最着急的就是产业园内只有八家云计算相关企业入驻，园区领导让他想办法招商引资，也给他推荐和介绍了很多培训机构和电商企业，但是吕钢锋考虑再三仍是没有同意，这个有远见卓识的人并非认为电商类产业不好，但是以云计算为主攻方向的园区如果只为眼前利益让这些非云企业入驻，与整个园区的初衷和基调完全不在一个跑道上，一旦这种情况发生，小镇的总体规划将陷入混乱，更谈不上规模性发展。

那时候他得罪了很多人，甚至有人给他扣上了阻碍经济发展的帽子。他不为所动，理由是，如果按普通工业园区设计和规划，那将是以生产产品为目的和风格来塑造园区，而云计算产业是知识密集型产业，需求空间和格局甚至是整个经济体系都与普通工业园区有着千里之别，这是园区的经济总轴，不能迁就暂时经济需要。直到 2012 年 12 月 24 日，西湖区政府下发《关于促进杭州云计算产业园发展的政策扶持意见（试行）》，包括了租金减免、带宽补助、融资补贴等一系列优惠措施。"推进云计算模式下的信息软件、电子商务、软件开发等新兴产业的快速发展"。

依旧每天四处奔走的忙碌，功夫不负有心人，他终于抓到了一个最佳的机会：他有幸参加了华通公司与阿里云合作的启动项目的剪彩仪式。

2013 年 1 月 23 日，一个对吕钢锋来说可以铭记一生的日子，那一天是华通公司和阿里云合作的数据中心启用仪式上，他见到了时任阿里集团 CTO、阿里云总裁的王坚。他苦撑多年的梦想能不能变成现实，就看这一天他与王坚的会面了。

剪彩仪式正式开始，吕钢锋故意走到王坚身边，表明了身份后，他说，"我想和您仔细地谈一谈，我想我们可以合作做一些事情。"

几天之后，在万豪酒店的套间里，吕钢锋向王坚表明了的诚意，并说，这个产业园在今后的二十年里，在他吕钢锋在任的时间里，只支持云产业和基于云计算的互联网应用服务公司。王坚则对他的表态感到吃惊，"在我们行业内部，云计算的强大的发展潜力是共识，但是甚至在一些从事计算机工作多年的基层服务公司的眼里，云计算到底为何物，怎样才能产生经济效益这话题还是个谜，云计算系统在专业领域里也还没有完全被接受，而你们就能如此长远眼光地认识到云数据的强大优势，你的想法比只是创办一家去计算企业都更让我感觉了不起。"

2009 年，阿里云正式成立，致力于对计算机的应用服务从云端开始，并为阿里金融、亚马逊等提供云支持方面的尝试，2011年 7 月，阿里云正式对外提供服务，并大手笔地拿出 10 亿元基金，用于提供和拓展云计算生态链的完善和推广建设。

吕钢锋与王坚的万豪会面，一方面坚定了吕钢锋把云产业园继续干下去的决心，另一方面也促成了王坚的一个重大决定：不仅把这里当做阿里云大会的永久举办地，更要深挖云支持的外围业务，打开云应用的技术和实际应用领域的突破口，让云计算真正成为互联网体系最重要的一环。两个人的万豪会晤，成为产业园最值得纪念的一个日子。

剪彩仪式过后不久，阿里云便在王坚的授意之下联合 30 多家企业宣布成立云计算生态联盟，以云栖小镇为物理形式的集聚地，以联盟为一个产业形态上的聚集体，他们的目的只有一个：让云计算成为实用型应用的最大的支撑体系。

虽然阿里云大会会址选在了产业园，但是代表们参观了之后纷纷表示怀疑，这里连一幢够气派的会议大厅都没有。很多人抱怨说身家几亿几十亿的大老板和业界顶尖精英们，谁会有兴趣到这种地方来开会？王坚反驳，"我们的会，与那些超豪华的会议室完成里喝着茶听着报告的会不是一回事，我们能在这里集合，不是为了简单地开个会，而是为了一个创新的时代而来。"

2013年的产业园，除了轰隆隆生产的车间外，连一幢像样的接待厅都没有，吕钢锋辛辛苦苦邀请来的客人们西装革履地站在一块刚刚清理了杂草的空地上，捧着盒饭，身边立着手提旅行箱。吃完了饭就拎着箱子钻进旁边废旧的楼房里，那里，就是他们的展台。

吕钢锋清楚地记得那次大会虽然接待水准上可以用狼狈来形容，但那些大佬们的热情和信心让他心存感激，他感觉愧对这四千位到场的人，而这四千人则给了他这辈子最坚强的信心和动力，当他上台发言的时候他几乎热泪盈眶了，"阿里云大会要在三年内办成世界级的云计算精英大会，阿里云也会因此成为世界级的计算机公司。而这三年里，我要让这个几近荒芜的产业园成为中国第一云家园，世界最强云计算基地。"

在那次会议上他的发言中这几个目标都实现了，现在的世界级计算机应用领域中，还有谁不知道阿里云？而阿里云也真的发展成一个世界级的大集团公司，更重要的是，在2013年还只是一块空地的阿里去大会会址上，三年之后，已有超过3万平方米的展馆、全球 400 多家企业参展，近 6 万人参会，1500 万人在线观看。

二、王樾和他的"数梦工场"

云栖小镇的目的是建立一个稳定的云计算协作体，可以让每一个加入云栖小镇的创业者从开业第一天就能与世界级的大公司和他们的技术有机结合，在同一个互助型起跑线上飞奔。而王坚对产业园的支持更体现在他的诚意表态上："这个产业园不应该只关心 GDP。"如果园区的着眼点是 GDP，那建园区就变成了投资行为，离创新就会越来越远。

名声如日中天的还有王樾和他的"数梦工场"。那时候王樾刚刚离开华三通信，在家赋闲的时间里，他渐渐明确了自己的创业方向：为政府级部门提供云计算服务和配套的技术保障。随后他给王坚打了个电话，王坚力推他入驻云栖小镇。王樾跟吕钢锋在短短两个小时的会面时间里就确定了"数梦工场"这个名字，吕钢锋同时向王樾保证提供最优惠的场地、技术和创业环境支持，当王樾问到办公场地的时候，吕钢锋立即在地图上分给了王樾一幢楼，"这栋楼你看够不够，不够的话那两栋楼也可以给你。"

吕钢锋深知创业的艰辛，而能尽快拉到业内有影响力和知名度的人来园区投资更是当务之急，王樾则在刚刚失业的阴影里，吕钢锋的气度和关怀让他对自己的未来充满了信心。随后西湖区区长章根明、浙江省常务副省长袁家军、杭州市委书记龚正等人纷纷来给王樾打气，甚至连马云也时不时过来关心一下。2015 年 2 月，数梦工场在云栖小镇召开了记者发布会，宣布数梦工场正式成立。

整个杭州、整个浙江都盯着这个意识超前、发展神速的方寸之地，也都从各个方面为其提供全方位的支持，数梦工场成立十个月后，阿里云开发者大会正式以云栖大会名义召开，那一届大会共有 22000 人参加，阿里云总裁胡晓明表示，"云栖大会代表的是开放和包容，越来越多得到行业、社会的认同，变成为一个科技、技术、产业融合的联盟。"并声称"云栖小镇和阿里云是青梅竹马、两小无猜"，吕钢锋接着开玩笑说："我们的关系是从没发育开始的。"两位共同养育了云计算的领头人的幽默里含着多少不可言传的辛酸和艰难，很少有人能真正体会得到。

但是有付出一定会有回报，现在云栖小镇的入驻名单里包括世界级的富士康科技、Intel、中航工业、银杏谷资本、华通云数据、洛可可设计集团在内的各类企业 433 家，其中 321 家涉云企业。产业覆盖大数据、App 开发、游戏、互联网金融、移动互联网等各个领域，已初步形成较为完善的云计算产业生态。

产业涵盖手机 App 应用开发、云端互联游戏、网络金融、移动数据交换和存储等各个领域。

围绕云计算产业的特点，构建"共生、共荣、共享"的生态体系，在这个总体目标下，现在的云栖小镇已经化蛹为蝶，腾云驾雾。

三、"北斗"落户

阿里云的数据显示，2018 财年第二季度云计算业务季度营收接近 30 亿元，比去年同期接近翻番，有 1/3 中国 500 强企业使用阿里云，以此规模推算，预计阿里云年度营收将突破 120 亿元。

而借助于阿里云的助推作用，云栖小镇也呈几何级爆棚式发展，数据指标一路翻着跟头上升，2015 年 1 – 9 月份的财政总收入为 14880. 13 万元；2016 年同一时期，财政总收入为 2. 27 亿元，同比增长 50%；2017 年 1 – 8 月财政总收入 4. 92 亿元，同比增长达 104. 71%。而这一数字在 2012 年时仅为 1 亿 1 千万元。

从无到有，从微不足道到举足轻重，云栖小镇仅仅用了五年时间，速度之快世界罕有。说到快，有个例子可以说明一些问题：

不久前吕钢锋去北京拜访了北斗卫星之父孙家栋老先生和其助手王大维，用了大半天的时间向二位先生介绍了云栖小镇的发展现状，并阐明了自己的来意：希望孙家栋老先生将北斗的研究团队引入小镇，孙老先生对云栖小镇十分感兴趣，当即表明可以考虑入驻小镇，一些具体事宜容后商议。吕钢锋回杭州后立即将这一消息向上级汇报。区区委书记章根明喜出望外，并决定趁热打铁，得知孙老先生正在深圳出差后，立即亲自带队赶到深圳，顺利地与孙老先生签下了协议书。

如此重大的决策落地，得益于小镇官方与杭州市政府部门的高度重视，以及小镇实力带给孙老先生的信心。这个项目前前后后总共才用了 19 天时间。

蒸蒸日上的云栖小镇，给西子湖畔的美丽风景增添了一道最耀眼的光环，西湖区也在加大力度和速度，不断深入地投入让小镇愈发丰满充实。政府计划建一个面积 5000 平方米的 IT 信息产业历史博物馆，展示云计算的神奇诞生和蓬勃发展，为互联网 IT 产业的发展历程做实物性展示；关于后继有人的思路上，园区亦与阿里云公司达成合作意向，不久的将来，这里将成立一个阿里云技术学院（大家更喜欢叫它云栖学院），从接班人的培养和技术力量的后备储蓄上提供人力支持，云栖学院也将成为园区企业提供云计算技术培训和学习交流的重要基地。

不仅如此，随着云计算密集型信息化及尖端化技术的不断提升，产业集聚效应效果显著，在云技术领域之外，小镇又开发出新一轮创业蓝图：构建"创新牧场－产业黑土－科技蓝天"的创新生态圈，推动云技术产业向外围渗透发展。

其中，"创新牧场"是以云计算为依托的普通小型化创业平台，用世界一流的技术力量和大品牌的广告效益以及集中型的创业体系和产业互助政策，从设计、研发、制造、检测、电商、融资等基础服务开始，扶持和帮助创业创新的中小企业落地生根快速成长，以早已形成的产业链的便捷优势，通过政府的政策鼓励，让云技术从高端产业向平民化发展，也让有云技术意向的小微投资者可以在云栖小镇的整体关怀下能够快速成长，更使云栖小镇真正成为"大众创业、万众创新"的沃土而不仅仅是曲高和寡的极高端产业密集地。

"淘富成真"项目就是最明显的例子。小型企业没有技术没有人才没有产品甚至没有生产产品的工具，这一切都可以由大公司提供，让小型企业为大公司生产配套附属产品，在大公司的传帮带下，快速形成不出园区完成全套产品的目的，降低成本提高产品成型速度，这一体系是创新牧场平台上扶持中小微智能硬件企业和创业者的重点项目，由阿里云、富士康、银杏谷等龙头企业共同在云栖小镇发起，将阿里云的云服务能力和富士康的智造能力整合成专项专业的点对点的基础设施平台，这也是西湖区"智慧产业新兴区"的行动方案的具体体现。

除了以富士康、阿里巴巴联合打造的"淘富成真"平台，云栖小镇还有针对其他技术平台和模式的新兴创业体系，如 Intel 创新实验室、ARM1024 孵化器、五叶草等创客平台。

从刚刚建园时的人们对云计算的理解仅仅是"把几十台服务品串联在一起成为一台超级服务器可能就是云计算了吧",到现在几乎每一台接入互联网的计算机都与云计算接轨,短短几年时间里,云栖小镇完成了一次又一次跨越。

"立足于新兴产业,专注政府主导、启用名企引领、创业者为主体"的新型运营生态模式,把云栖小镇推入了中国最美特色小镇 50 强,也让这块弹丸之地在 5 年之内提升价值 50 倍,更有信心喊出"打造百亿小镇"的响亮口号,政府、政策双管齐下,个体集团共同作用,特色小镇的崛起,已经成为中国经济高速运动的全新动能。

把网络带入云端,把数据从云层的高度整合运算,用以支撑互联网的数据落点,高瞻远瞩的云栖小镇改变了整个世界的学术观念和计算机的使用范围,这里像是云的栖息地,更是世界级的数据运算基地。云栖,名字美,事业也美的小镇,正在西湖之畔,成为万众瞩目的焦点。

中国时尚产业新地标：临平艺尚小镇

　　初春二月，自在黄莺恰恰啼的好时节，杭州出城不远，临平、塘栖之间的超山梅园，与苏州邓尉、无锡梅园同为江南三大观梅胜地。超山为天目山余脉，主峰亦不过二百余米高，低矮蜿蜒，与高拔俊朗毫不搭边，但那些梅却绝对称得上"古、奇、广"，这里绕山遍植梅树，登超峰绝顶云梅楼，数十里梅海尽收眼底，方圆十里如飞雪漫空凌乱如雨，故有"十里香雪梅"之称。中国有五大古梅，楚梅、晋梅、隋梅、唐梅、宋梅。超山就霸占着唐梅、宋梅各一枝，品种有萼绿、铁骨红梅等奇种，算得上温润江南的冷梅奇观。

　　其实，看梅不是此行的目的，艺尚小镇才是。

　　艺尚小镇早就列入了我的行程单，中国服装·杭州峰会、亚洲时尚联合会中国大会的永久会址，也是亚洲时尚设计师中国创业基地、中国服装科技创新研究院所在地，并获评省级标杆小镇、入选全国首批纺织服装创意设计试点园区。这些头衔让艺尚小镇在浙江的特色小镇中有了举足轻重的地位，更何况，对时装，哪个女人能不倾心不钟情呢。

一、国际设计师品牌集散地

"知道伊芙丽品牌吗?"

走在艺尚小镇种满桂树的主干道上,想象着秋来后桂花满枝,满镇香飘的美好,忽闻陪同的小镇讲解员小孙轻声问。听着就是个什么服装牌子,我摇头,侧头望着她笑意满满的脸。这位90后女孩,清秀白净,声音清脆,如莺声轻啼。

"伊芙丽品牌 2001 年成立,EIFINI 品牌名称源于 ElegantI (优雅的我)、FaithI (自信的我)、NaturalI (自然的我) 这三个词的简写。品牌设计师团队带着长年的法国时尚设计因素,拥有灵敏的时尚嗅觉,演绎自信、优雅的时尚品位,代表着摩登与浪漫的优雅,为现代女性生活和工作不同角色的灵活转换做服装搭配,以细节的设计和整体色彩的和谐配合灵活的款式,体现快乐、精致、时尚的穿着理念,是一家全链路数字化、智能化、平台型的公司。"

我有点兴奋,更有些期待,商场里看多了时装,却从来没有机会看看生产基地,这回竟然有意外惊喜。小孙直接把我带到了伊丽芙的展示厅,展厅工作人员递过来的一杯明前茶更让我唇齿生香。

目前国内服装行业链研发、制造和销售运营管理的模式还远远落后于世界整体水平,服装的新产品的设计、成衣到进入销售周期工业发达国家平均 2 周,美国最快 4 天,而我国平均是 10 周时间,研发、生产、销售周期长,对于市场信息及客户需求的变化不能及时捕捉,造成产业链信息不对称,整个行业内服装货品周转效率低下。

伊芙丽则最早介入了互联网大数据平台,能够通过精准的数据分析做到定向运营，改变了传统的生产、备料方式，减少库存积压和成本压力，现在已经从原有 15 天上市周期改变为 6 小时上市。

随着小孙的讲解，我在厅内踱着步，突然发现了刘诗诗、唐嫣等当红明星的照片，不由停驻了脚步。

"这两位都是伊芙丽的形象大使，2011 年到 2013 年期间，刘诗诗担任伊芙丽形象代言人，那时候伊芙丽诠释着现代知识女性的摩登优雅，从 2015 年 3 月起，唐嫣担任伊芙丽品牌大使，成为伊芙丽的'氧气女王'，强调的主题是绿色、淡雅、静淑。"小孙指着其中一张照片说，"这是 2011 年 12 月 24 日刚刚获得年度人气女艺人的刘诗诗小姐在北京出席伊芙丽的代言签约仪式，当时她的着装是我们请法国团队设计的定制小礼服，一展清新自然、健康优雅形象。"

小孙沿着照片墙一路走过去，"这是 2012 在杭州洲际酒店举行的伊芙丽春季时尚发布会，除上海意芙高层及经销商代表之外，影视明星黄圣依、佟大为，著名主持人陈辰、李伟等都来助阵；这是 2014 年 11 月 7 日，应台湾纺拓会邀请，在台北举行的伊芙丽'梦幻巴黎'时装秀；这是由国际名模陈思璇领衔'绚丽台北'为主题时装秀，国际名模林嘉绮、王丽雅领衔走秀；这是电视剧《他来了请闭眼》中伊芙丽赞助马思纯饰演的简瑶的剧照；还有这个，2016 年热播剧《欢乐颂》中，我们是独家合作的女装品牌，为剧中五位不同的角色提供各具性格特征的服装赞助。"

"这规模，在艺尚小镇是算得上独一份了吧？"

小孙微笑着给我续茶："哪里，和伊芙丽实力相当的公司，这里比比皆是。"

在艺尚小镇，除了像伊芙丽这样的实体公司之外，还有指导性注资型公司，比如杰客（杭州）品牌管理有限公司就是这样一家高屋建瓴的公司。他们把在温哥华有 30 年历史的独立设计师品牌 JACBYJACQUELINECONOIR 引进到艺尚小镇，而且把该品牌的创始人，品牌的灵魂人物 ROZE 作为核心合作伙伴也引进这里，这在全中国也是名列前茅的。

品牌创始人兼首席设计师 RozeMerie22 岁时毕业于法国巴黎著名的 ESMOD 服装学院。她出生在加拿大，从小就经常有一些脑洞大开创意无限的思路和想法时不时冒出来，多年的专业学习和从巴黎到温哥华之间横穿北美最发达最前卫的时尚领域的生活体验，使她具备了出人意料的创意和发散性的视角，1986 年，她在温哥华的南格兰维尔时尚区开了第一个精品店并创立 JACQUE-LINECONOIR 品牌。这个品牌的名字源于她的母亲，意为母爱的延续。

用北美顶级服饰设计师嫁接中国制造和中国消费，特别是中高档消费，满足国内写字楼女性消费者高端、个性化、人格化、国际化需求，既小众而个性，又精品而细致，这是中国当前女性服装的总体走向，而这种走向，毫不夸张地说，就是艺尚小镇在引领，用独具匠心的设计，融合东方古典与前卫时尚的欧美风尚，碰撞出独特的服装新概念，这里甚至已经超越了上海和广州、香港，成为中国最知名的国际设计师品牌集散地。

5 年前，杰客服饰从温哥华一头扎进了艺尚小镇，由此开始，5 年内建立品牌的设计公司、工厂以及网络公司，旗舰店全国开花，从有"新中国第一店"之称的北京王府井到杭州银泰，从上海万象城到南京德基广场，二线以上省会城市的高端奢华商场里都能看见 JAC（杰客）品牌大大的 Logo。这与他们先进的管理体系和新潮的 O2O 模式在天猫、唯品会等线上商场开辟了新零售市场的营销方式是分不开的。

就在不久前，为期 29 天的 2019 创客杭州中小微企业创新创业大赛总决赛在杭举行，JAC 品牌在此次角逐中一举斩获二等奖，也是唯一获奖的时尚产业代表，再一次成为时尚小镇的吸睛品牌。对于此次获奖，作为温哥华时尚界的创始人兼加拿大最具希望的设计师、杰客服饰外国设计师 RozeMerie 毫不掩饰心中的喜悦，说："没想到来到中国还能获得这样的奖项，这证明了我们的成功。"杰客服饰有限公司中国区总裁李宝宏则笑称杰客服饰是"土洋"创客的结合。"国际设计师在中国投资、扎根，本身就是一个创新。我们在红海中，发现了蓝海。得到国内消费者的认可，让我们信心十足。"

2019 年 10 月 19 日下午 2 点，JAC 品牌创始人兼首席设计师 RozeMerie 亲临北京王府井参加国际设计师见面会。现场带来 2019JAC 秋冬新品首秀，RozeMerie 全天在店，为顾客量身定制，做每一个顾客的顾问，场面异常火爆。被问及为何如何钟情于此次见面会，RozeMerie 微笑着说，就在一周之前，JAC 加拿大温哥华列治文购物中心即将盛大开业，这是 JAC 诞生地大温哥华的第二家专卖店，而相比之下，中国的专卖店是 JAC 本土温哥华的数十倍。在中国的开花结果，让她感觉到了东方民族的神韵，这让她更坚信了 JAC 与中国的完美结合会有丰硕的成果，让时尚回归生活，让生活充满时尚。JAC 在中国，已经成为一个风向标式的奢华标配，从时尚小镇走出去的 JAC，用北美的酷感让生活成为永不落幕的时尚秀场。

二、匠心独运的定位与设计

作为杭州市的三大副城之一，临平新城在建城之初就把"紧凑城市、宜居城市、文化城市、智能城市、休闲城市"的国际先进理念作为目标。

艺尚小镇地处临平中心地带，背靠省会杭州的优势、产业基础扎实、是杭派女装的主产地，更有面向四季青等杭州特大服装市场。当初的规划面积3平方公里，并于2015年6月列入第一批省级特色小镇创建名单，2017年获得国家3A级旅游景区授牌，被评为杭州国际旅游访问点。艺尚小镇是余杭区政府与中国服装协会、中国服装设计师协会联合打造的"中国服装行业'十三五'创新示范基地"，2018年8月小镇通过国家4A级景区资源评估，同年12月，入选全省示范型放心性景区和浙江省文化创意街区。是中国服装·杭州峰会、亚洲时尚联合会中国大会的永久会址，也是亚洲时尚设计师中国创业基地、中国服装科技创新研究院所在地，并获评省级标杆小镇，荣获2018浙江旅游总评榜之年度"旅游+"创新奖。

整个临平是以上塘河为中心设计开发的。上塘河原是秦始皇开掘的古陵水道的一部分，后来成为控制西湖水量的泄水道，也历来是连接大运河进入杭州的唯一通道，依托上塘河的临平自古就是杭州城北的一个热闹繁荣的商埠和重要的水运码头，南宋时杭州成为政治经济文化的中心，上塘河自然就是南北交通的必经之路，靖康之变中被金国拘禁的宋高宗生母韦太后南归就是由大运河转入上塘河，就囚在上塘河畔的妙华庵。宋使北上，金使南下都走的上塘河水道。唐诗人张佑的《过临平湖》诗曰："三月平湖草欲齐，绿杨分影入长堤。田家起处乌犹吠，酒客醒时谢豹啼。山槛正当连叶渚，水塍新筑稻秧畦。人间漫说多歧路，咫尺神仙路欲迷"，一派神仙故地，幻化境界。

在小镇客厅，小孙对着一幅电子沙盘指指点点，向我描绘艺尚的前世今生和未来。"这是我们小镇的一小时经济交通圈，从小镇出发前往到黄色虚线范围内所有地方，一个小时就能抵达。"

艺尚小镇境内三铁交汇，即已经开通了的高铁、地铁以及正在建设的城际铁路。艺尚小镇位于杭州市余杭区临平新城的核心位置，余杭是上海进入杭州的第一个重要门户，从小镇出发，前往上海只需要40分钟。连接艺尚小镇的地铁是杭州最早建成的地铁一号线，去西湖包括杭州主城区都只需40分钟左右的时间就能到达。整个交通在全省所有的特色小镇包括长三角地区，优势都是非常明显的。艺尚小镇主要以服装为主，入驻的都是与时尚相关的设计师或者大牌公司，他们对于面料的生产地都有一定要求，于是，这一小时的交通圈，也是一小时面料圈，湖州丝绸基地，嘉兴皮革，绍兴轻纺，都为艺尚小镇提供极大方便，也让小镇在区域上有了非常明显的优势。

艺尚小镇在空间和功能布局上必然巧妙地融合产业功能、文化功能、旅游功能和社区功能，并由此衬托经济功能。整体框架以"一中心四街区"的轴线布置，文化艺术中心是小镇重要活动中心，也是余杭重大公共设施配套项目；四街区即时尚文化街区、时尚艺术街区、时尚历史街区、瑞丽轻奢街区。其中，文化街区已引进近30名国内外顶尖设计师和20余家企业入驻。艺术街区吸引国内外服装企业区域总部或电商总部入驻，并形成自身的艺术经济特色。历史街区则以电商企业和文创类、科技型企业进驻。瑞丽轻奢街区由余杭区政府和瑞丽时尚联合打造，旨在建立国内轻奢标准街区，建立稳固的中青年白白领阶层消费群体并由此引领整个中国东部的时装风尚。

小镇的经济定位上，带着上海服饰风格的余温和杭派服装的味道，更有欧美时尚风范，从服装设计、平台带动、高端驱动，全方位带动传统服装产业转型升级。"中国织锦艺术大师"李加林、金顶奖设计师张肇达、王玉涛、李小燕、张继成，中国十佳设计师刘思聪、肖红、施杰、刘奕群等一批业界知名人才，发挥人才优势、引聚优质资源、激发创新创业，为传统服装产业注入新活力。着力从互联网、电商产业等手段上对时尚产业的助推作用，加快时效性，引入 D2C、蝶讯网等一批新业态领域的平台型企业，为传统服装产业带来新思路。小镇还与中国美院创业学院签订《关于共同推进"杭州艺尚小镇"时尚产业发展合作框架协议》。完成"艺尚未来"雕塑大赛，并将大赛获奖作品"脉"、"目之所及"、"鹿与飞鸟"等落地艺尚小镇。举办了以"改革开放 40 周年、中国国画"为主题的系列画展。更与中国服装协会、中国服装设计师协会等国家级行业协会开展深度合作，紧密捆绑行业力量，共同成立"艺尚小镇工作推进委员会"，打造"中国服装行业'十三五'创新示范基地"，充分利用协会在集聚资源、吸引人才、引领行业上的优势。

值得一提的是国礼大师李加林。浙江理工大学教授、省特级专家、中宣部认定的文化名家、国务院政府特殊津贴专家，每一个头衔都金光闪闪。这些头衔都是来自他独创的分色合成法织锦技术。

在中国，"锦"有着无比神圣的吉祥用意，"锦上添花"、

"前程似锦"都旁证了锦的华丽和尊贵，因为染色工艺的关系，传统的一根锦线只能有一种颜色，这种锦线织出的锦天生有颜色上的单调感，也正由于这种缺陷，中国丝绸制品占全球总产量60%以上，均以中低档产品及贴牌为生，庞大行业利润让国外享受。无法表现细腻纹样和丰富的色彩是中国织锦的硬伤，李加林的分色合成织锦法巧妙地解决了这个难题，他将数种原色丝线经过多重复合交织，运用现代电子信息技术进行创作，形成数以千计的显色组织结构与色彩变极大地提升了织锦的艺术表现力。李加林织锦对色彩及密度的突破，使织锦视觉效果发生了质的蜕变，更使织锦可以表现更精准的色彩和图案变化，承载更多的文化创意，使织锦行业的工艺水平实现了跨越式的发展。分色织锦技法的成功让锦在国人心中愈加完美。

2004 年 2 月 20 日上午，北京人民大会堂，李加林教授获得温总理颁发的国家技术发明奖奖励证书。这是共和国历史上丝绸行业获得的最高奖。此外，他又先后荣获国家技术发明奖、浙江省科学技术一等奖、全国发明博览会金奖，中国工艺美术最高奖"百花奖"金奖等殊荣。作品多次作为"国礼"馈赠给外国元首和政要，2013 年，习主席向来访的新西兰总理约翰基赠送彩色织锦长卷《清明上河图》；2017 年，向特朗普总统赠送真丝织锦画《全家福》、向瑞士联邦院议长比绍夫贝尔格赠送织锦长卷《百骏图》、2018 年向金正恩夫妇赠的织锦肖像画都是出自李加林之手，北京故宫博物院、中国国家博物馆（中国历史博物馆）、国家图书馆、中国丝绸博物馆、苏州丝绸博物馆、浙江省博物馆，这些国家一类院馆里都收藏着李加林的作品，美国总统布什、德国总理默克尔、日本首相安倍晋三、菲律宾总统阿罗约、泰国公主诗琳通、美中协会主席陈香梅、香港特首董建华、台湾国民党领导人连战先生、蒋孝严先生等也都接受过李加林作品的馈赠。李加林也由此被业内称作"国礼大师。""李加林织锦"品牌也终于代表中国传统文化，五彩缤纷地走向世界。

　　这些国内外一流技术和人才落户这里，最大的动能，应该是艺尚小镇的政策优势和人才优势。艺尚小镇自开发建设以来，累计完成投资 92 亿元，特色产业投资 4 亿元，占比 80%，非国有投资完成 66 亿元，总营收 221 亿元，税收 14 亿元；新引进服装企业区域性总部 15 家、设计师平台 10 家、投资管理机构 10 家，集聚国内外知名设计师 30 名、新锐设计师 150 名，集聚国内外顶尖设计师 24 名，其中金顶奖设计师 5 名、全国十佳设计师 13 名，在线时尚创业者 20 万，网上签约设计师 130 万，目前高端设计人才总量位居全国 11 个同类园区之首。引进区域性服装企业总部 36 家，企业 745 家，其中时尚产业企业 432 家。这一串数字，彰显的是艺尚小镇响当当的经济内核。

　　以服装称雄的小镇当然要像服装一样引领传统与现代、历史与时尚、自然与人文的潮流和走向。小镇的整体规划和形象设计是在开建之时就已经成型并不断结合着时代从视觉到服务再到经济三结合的多重考虑和研讨的结果。

　　三、一中心四街区的实地踏访

　　小孙陪我坐在小镇观光车上，游览这个正在申报 4A 级景区的小镇。一座白色的设计感很强的建筑体出现在潋滟的湖光中。"这就是我们的'一中心'，文化艺术中心。"

　　这个项目是通过国际招标由丹麦建筑师克劳德以余杭良渚文化为灵感设计而成，目前由保利集团运营，该项目总用地面积约

130 亩，总建筑面积约 11.5 万平方米，由一个能容纳 1200 人的大剧院和一个能容纳 500 人的音乐厅组成，2019 年 5 月 18 号正式启动。不久前余杭区两会在大剧院召开，余杭区迎新音乐会也在这里上演，当时邀请到了全球十大乐团之一的捷克爱乐乐团进行了首场演出。目前大剧院正式面向全国观众公开售票。演出形式也非常多，有交响乐、舞台剧、话剧、歌舞剧、钢琴演奏、舞蹈等。音乐厅已经建设完成，并且于 11 月份配合小镇国际秀场的杭州国际时装周，举办首场音乐演出。

　　文化艺术中心左边是一长方形建筑。"这是小镇最重要的公建配套项目之一，一个国际化高标准的专业秀场，它是由一个长 50 米、宽 30 米、高 17 米的主秀场和一个长 38 米、宽 25 米、高 9 米的次秀场组成，2019 年 6 月 28 日晚上举办了第一场首秀，一场金顶奖的联袂秀，汇聚了 19 位金顶奖设计师的作品，设计师以余杭良渚文化为灵感，设计了四套礼服，在国际秀场进行 T 台走秀，秀场的利用率以及可塑性都非常强，从去年到现在，不到一年的时间，已经举办过一百多场活动。除了 T 台走秀外，还有一些像峰会论坛会展包括车展都可以在这里举办，今后这里也将成为艺尚小镇开展时尚展示、产品发布、交流传播等活动的重要平台。诸如杭州国际时装周、艺尚小镇新锐设计师大赛、中国时尚大会等大型活动，都将在此举办。"小孙娓娓道来，眉宇间神采飞扬，尽是一个小镇人对小镇的钟爱。

　　观光车在一栋在建的玻璃建筑物前停下来，小孙指着建筑物说："这就是我们小镇内部的一个精品酒店，它也是以五星级的高标准来打造的，目前外立面已经建设完成，也将进行内部的装修，入驻的是雷迪森酒店，也是一个五星级的酒店。为今后来小镇看秀走秀的嘉宾、模特、工作人员等提供住宿。"

　　环绕着文化艺术中心的这一圈水域，则是小镇人工挖浚的一个湖——东湖。东湖早在历史就真实存在过，历史上的东湖相传比现在的西湖还要大两倍，历史上有像苏轼、杨孟英、白居易、阮元等发动过的五次大规模人工疏浚治理后，才保存到现在美似天堂的西湖，而东湖由于常年无人打理，导致河道淤塞，以至于最后变成了一片平原。2015 年，决定开发建设艺尚小镇时，这段历史就进入了设计师的视野，重现历史成了设计的重要理念，于是，人工挖浚的东湖，重又回到世人的眼前。东湖目前水体面积在 200 亩左右，湖边打造了 150 亩的东湖公园，作为周边城市居民的休闲配套项目。市民三五成群，在草地上野餐的一家人，在小道上漫步的情侣，在桥上拍照的闺蜜群，随处可见，更有左盼右顾恨不能把美景尽收眼底的游客，一脸的陶醉，一脸的歆羡。

　　观光车驶入一条弯曲的道路，两侧是一个个造型独特的院落。小孙介绍说："这就是时尚文化街区，小镇最早就对外开放的一条街区，主要就是设计和研发，就是服装产业的前端。"

　　文化街区分为一期和二期，一期已经全部投入使用了，是由 12 栋单独院落式建筑体组成，每栋建筑面积是在 2000 到 4000 方，主要定位是设计师之家，作为服装产业链的最前端——"设计"这一板块，目前这条街区入驻的包括北美顶级设计师 ROZE 等在内的中国十佳设计师有 13 位，金顶奖设计师有 5 位之多。金顶奖一年只评选一位，截止 2017 年为止，总共只有 19 位，在艺尚小镇签约入驻就有 5 位。中国十佳设计师一年虽然只评选 10 位，到目前为止界内活跃的就 80 几位，在艺尚小镇就有 13 位入驻。一期的定位比较高，所以签约的都是国内外具有较高知名度和影响力的设计师。入驻企业如果达到要求，就可以享受前三年免租，后两年租金减半的政策。文化街区的二期，2018年9月份正式对外开放，前面十栋建筑和一期差不多，都是一些企业或者大牌设计师的入驻，中间一栋楼是小镇给浙江理工大学以及中国美术学院，近五年毕业的学生，他们成立了工作室或者公司、团队，被邀请过来，作为大学生的一个众创空间，创业基地。因为艺尚作为一个时尚小镇，除了大牌顶尖的设计师之外，也非常需要一些新锐设计师的加入，让这些新生代的设计力量来带动传统服装企业的转型升级。

在小孙的侃侃而谈中，我们来到了时尚艺术街区。艺术街区以引进中国艺尚中心项目为核心引擎，发展时尚产业总部集群为主，从国际时尚教育着手推进品牌设计的中国元素创新，为中国时尚品牌的提升发展提供的综合性服务平台，小镇的其他街区都是由政府来建的，只有这条街区是社会开发商来拿地建楼，再进行最后的售卖，而且在小镇范围内也只有这条街区才有住宅，因为未来在这条街区会有非常多的企业，人流，所以也是给这些企业以及周边居民提供了一个便利，目前这条街区入驻了像雅莹集团、伊芙丽集团、纳纹集团等国内知名企业总部已有四十多家。因此，这也是艺尚小镇的总部经济，税收的主要来源。

艺尚小镇另一个亮点，是历史街区。历史街区不是新建的，是由一栋废弃的老厂房和29栋农村自建房组成，这29栋农村自建房经过政府征迁以来，摒除了它的安全隐患，并对其外立面进行了黑瓦白墙的装修风格，同时还保留了15亩农田作为城市稀缺景观的配套，目前历史街区改造面积约2.5万平方米，改造立面4万平方米，这样一条充满江南水乡韵味的历史街区，到目前的总投资只有 1500 万元，对外招商也主要针对一些电商企业和文创企业，目前电商企业入驻了 200 多家，文创企业入驻了 20 多家。这条街区主要是为小镇提供电商以及线上销售环节，也就是服装产业的终端销售。目前小镇范围内没有生产加工基地，只有前端设计和终端的销售。

瑞丽轻奢街区是小镇的一大创新。这条街区是艺尚小镇和北京的瑞丽杂志社一起联合打造的。瑞丽杂志社在时尚领域中很有话语权，和瑞丽打造的这条街区是因为在中国对于"轻奢"这个概念还没有那么明确，大家知道一些品牌是属于奢侈品，而对于中国一些质量比普通的好，价格比奢侈品低的产品，瑞丽就会列出相应的明细条例，这些品牌如果达到明细条例，瑞丽杂志社就会颁发相应的证明，来证明这个品牌是属于轻奢品牌。所以未来全中国第一家轻奢品牌认定中心就会放在艺尚小镇瑞丽轻奢街区。这街区 2019 年 6 月 19 日奠基，目前正在建设当中，大概两年左右会建成，相信会成为杭州购物打卡非常好的一个地方。

"轻奢"是小镇的总体格调，系列化品牌化的服装链则是其动能源，而在产业主体群成型之后，第二产业则应该成为主产业的左右手，对于艺尚小镇来讲，依靠杭州丰厚的旅游基础，从西湖景区的水文化转而成为另一种以服装美为主题的身心共醉的旅游业理所当然地成为艺尚小镇二次开发的基调，从西湖的人文风貌和历史积淀到与时俱进的服装为主体的年轻、活力、时尚而跳跃，这是小镇与西湖完全不同的旅游优势。在采用"协会＋企业＋院"的模式加快小镇经济稳定的基础上，围绕服装设计、管理、营销等领域，引入一批优势明显、特色鲜明的平台型服务型企业，加快仓储物流等配套建设，建设时尚产业跨境电商平台是小镇的当务之急。

通过举办高端的服装体验活动，提高小镇国内外知名度和美誉度，拉高关注度，聚拢人气，从2016年起，小镇连续举办了三届中国（杭州）跨境电商峰会；2017年6月亚洲时尚联合会中国大会，400余名时尚协会领头人分别来自日本、韩国、法国等地；2018年6月，"中国时尚大会—金顶高峰论坛"在小镇国际秀场顺利举办；2019年艺尚女神节，女神跑、百场沙龙、购物节等一系列主题活动紧跟青春主题和白领服饰消费群，艺尚小镇已经不仅仅是一个工业园，更成为青春时尚的活力源和主题公园。

"打造中国时尚产业新地标"是艺尚小镇的长远目标，而短平快的手段则是特色加旅游，由旅游促产业，以产业带旅游，艺尚从产业园向旅游区转变的整体思路已经成为中国经济特色小镇的样板，经济和景区一样，需要独到的眼光和特色的服务来刺激消费，这也是中国特色的精彩之处。

小镇周围还汇聚了大量的小区住宅等生活配套，小镇周边还拥有着像银泰城、余之城、欢乐城、橄榄树学校、开元名都酒店等等一系列商业综合配套，值得一提的是位于杭州余杭经济开发区的杭州国际时尚学院，它是艺尚小镇与浙江理工大学一起联合打造的一所时尚学院，未来将有超过5000名主攻服装设计的学子在此求学，以后将源源不断为艺尚小镇培养和输送优秀的人才。

四、镇民剪影

（一）施杰与他的诗简品牌

在意大利罗马国立当代艺术博物馆举办的主题为"设计中国"的展览活动中，设计师施杰个人服装品牌"Shijie"（诗简）作为特别受邀品牌，展出了名为"东方意象"的系列礼服，用纯粹东方韵味的水墨线条和道家空灵含蓄的整体构图以及中国最具国际影响的杭绸面料给了世界一个大大的惊喜。"东方意象"系列设计灵感源于现代浮躁意识形态中与生活本身相对立的不稳定性，将忙碌的社会活动用着装的方式化解于无形，成为现代人与生活对峙的武器。低调色系、清新简洁的剪裁、活跃明媚的样式，把"天人合一"的中国风诠释得淋漓尽致。

诗简品牌诞生于 2010 年巴黎时装周"中国当代创意展"，其设计主体强调东方人的哲学态度和审美意向，将中国传统文化的精髓理念以及水墨与书法艺术运用到服装设计中去，再配以桑蚕丝等柔性材料，让产品刚柔并济灵动飘逸，成为服装大写意的艺术作品。

东方美学中的水墨、书法、渲染等艺术手法完全可以借鉴和应用到现代服装设计中，取材传统，结合当代，可以更完美地表现服装设计对民族传统审美的传承。

施杰作为诗简品牌创始人，是首批受邀入驻艺尚小镇的设计师，其创立的诗简 SHIJIE 品牌从 2019 年开始获得投资市场的青睐，为中国最具潜力的设计师品牌之一，同时他也是浙江理工大学服装学院特聘"成才导师"、中国服装设计师协会理事、艺术委员会执行委员。

"民族的，即是世界的"，施杰的理念中，设计应该是纯粹的，就像设计师应该是纯粹的一样。"设计师品牌应该是设计师自身独有的文化观、价值观、社会观及审美观的表达。"

国外那些著名的设计师品牌表现的都是以设计师为核心的个性作品，即便后面有着强大的设计团队，也只是设计师的附属力量，是为了服务和执行设计师的想法和理念，其设计主体还是设计师个人。而中国本土设计团队常常喧宾夺主，设计师的个人风格要适应团队创作要求，以团队为核心，许多本土设计师品牌的背后，并非由设计师所掌控，而是有一个设计团队来负责产品设计。由此，中国一向号称紧跟世界服装潮流，其实不过是在邯郸学步，那里面完全没有个性存在。

中国服装行业以设计师品牌为主题的品牌店也还远远没达到成规模或者说成熟的地步，别说赚钱了，能维持下去的都屈指可数。那么，在强大的市场经济冲击下，设计师的个人魅力、个性展现是否还有路可走？

在施杰看来，设计师品牌的商业化融合其实也无可厚非，关键在于品牌能否把握好方向，不在商业化中迷失自己。如果大家都做商业化的、大众的和流行的东西，这本质上是与设计师品牌的定位相背离的。即便品牌要融入商业元素，也不能丢掉自己的核心价值。设计师品牌不能太过功利，应该回归到设计本身，能做出好的、代表自己价值理念的作品，品牌就不愁没有市场。如果品牌缺乏鲜明的特色和定位，其未来在终端市场也将前途堪忧。

诗简品牌的难能可贵之处就在于施杰从揭牌开始就一直坚持个性方针，其思考方向永远是如何将传统审美与现代都市生活的快节奏结合在一起，让传统审美理念可以恰如其分的表达现代人的思维体系和生存意识，喜欢诗简品牌的人都说，这个牌子有"书者之气"，有着淡然、纯净、简单、均衡的文化内涵，而设计者也十分注重作品与中华民族的内敛、含蓄、和谐个性相吻合。施杰说，"艺术是至高无上的，是一种真正的审美品质。而设计的魅力在于，它使中国传统文化融入现代生活，让日常生活变得更加灵动。"

自我坚持是一个品牌发展壮大的源动力,诗简品牌诞生之后名望不断攀升,短短几年便成为国内知名度相当高的高端品牌,也让施杰获得了行业的高度认可,先后获得了 2006 年中国国际时装周"中国最佳女装设计奖"、2009 年中国时装设计创意大赛"商业价值奖"、2011 年第九届日本"旭化成·中国时装设计师创意大奖"、2011 年度中国纺织服装行业十大设计名师、2012 年中国流行色协会的中国色彩应用大奖。

中国文化与服装的结合才是中国特色服装最长远的发展方向,施杰对中国设计师一味模仿西方服装理念感到忧虑,他说:"如果中国设计师永远追随西方时尚,再怎么下工夫也永远融入不到它们的骨子里去。因为受人瞩目的国际时装周,它们的成功除了悠久的发展历史外,也是因为它们拥有无法被复制的西方文化基因。说不上东西方文化谁强过谁,但如果中国设计师能用当代国际化的设计语言表达中国文化精神并不断坚持下去,久而久之,肯定是能打动所有人。"

(二) 偏执的射手座牟朦曦

在艺尚小镇,有一个学生妹企业家,她出身于传统服装家族,虽然她不相信星座的力量,但无疑射手座的较真和不服输的品性十分对着她的脾气。这是个执着得几乎偏执的"90 后"。2011 年,她刚进入校园就以假期工的身份在实体店实习。系统的专业院校理论体系学习经过实体店的过滤和净化,使她对专业知识的把握更加透彻和明晰,渐渐的,她开始对号入座,构思属于自己的品牌、经营模式和方法,并试着设计了一系列原创女装,还申请开通了自己的淘宝店。在线上运营进入正轨之后,2012 年

9月，她的第一家线下实体店铺"UMI简约良品"开盘营业。在她对成衣利润薄成本大且购买量少下了结论之后，转而向内衣方向靠拢。她的第二家线下体验店于2013年底营业，随后她去日本考察，从日本带回了自己的内衣产业具体发展方向，那就是对细节的打造。

2015年是她的丰收年。就在这一年，她收到了研究生的录取通知书，两家直营实体店生意火爆，而微信公众平台上有着30万的关注量，淘宝店的代理店铺1000家以上，销售额两百多万，她也正式注册了杭州林曦文化创意有限公司，把实体店推向集团化、信息化和产业化。

2016年，她的公众号"唯之一觅礼物商城"粉丝已达60余万，公司销售总额达750余万，并获得卓尚服饰集团百万天使轮投资；2017年，公司旗下注册品牌有"车马书信Lettertime"、"一、三YISAM"、"burningeyes"、"heartfor"等，入驻亚马逊、速卖通等跨境平台，年销售额突破千万。

"'你必须找到你所爱的东西'，这句话不仅适用于你的工作也同样适用于你的恋爱。很庆幸，我在做我热爱的。"这是她的名言，她叫牟朦曦，浙理服装学院艺术设计专业研究生班的学生，2016年度"中国大学生自强之星提名奖"获得者。

2018年5月11日，浙江省省委书记车俊车书记来到艺尚小镇，提出要把艺尚小镇打造成全省时尚产业制高点。这是艺尚小镇孜孜以求的努力目标。小镇立足"生产、生活、生态"融合发展，抓机遇，扬优势，努力实现产业特色鲜明、人文气息浓厚、生态环境优美、兼具旅游与社区功能的时尚特色小镇，相信不久的将来，艺尚小镇将成为中国的米兰，成为杭州市乃至浙江省的金名片，成为在全国乃至全世界具有核心竞争力的时尚产业新地标。

艺尚小镇，文艺而时尚。它让时光变慢，人生变美，回忆变甜。

濮院一方绸，万里锦绣天：桐乡毛衫小镇

一件看似平常的衣服上，却找不到一处缝隙。

在去嘉兴濮院镇之前，我难以想象天衣无缝会在现实中呈现，直到亲眼见识了，才相信，这世上真有所谓的天衣无缝。

这几乎是一个实现了"异想天开"的创意：按普通编织的思路和方法，生产一件羊毛衫，一般是要用普通电脑横机（一种专用纺织器械），先织出前后衣片，再将这两片缝合在一起。但对于全成型电脑横机，以其独有的 3D 编织法就可以一步到位，无须缝制拼接。这样的一体化成衣，被称为"无缝天衣"。

在浙江蒂维时装有限公司，最多时有 80 多台全成型电脑横机在运作。通过它们可以实现毛衫生产的 3D 打印，只需穿进纱线，就一体成衣，没有任何拼接痕迹。这种技术被称作 3D 编织技术或全成型技术。全成型技术不仅生产出来的羊毛衫没有拼接痕迹，穿着效果理想，而且因为不需要拆卸产品，不必二次缝制，一次上线整体完成，节约了生产时间和人工，更能节省原料。

参观过后，我心底不住赞叹，科技果然是第一生产力。

一、从陈建根的回忆开始

陈建根是从 1988 年开始毛衫生产的。那时候还算不上"生产"，一个偶然的机会，他从亲戚家的仓库里翻出一台破旧的手摇横机，亲戚也不知道是什么时候从哪里弄回来的。那家伙一米多长二百斤重，得两个成年人才能合力抬起来。简单维修了之后，陈建根白天在家摇织机缝毛衫，晚上就跑去镇上的招待所挨个房间敲门推销，周末的时候他就去蹲农贸市场，到国道边上摆地摊，摆上羊毛衫向过往的司机们招睐生意，着实是辛苦了好多年。时至今日，陈建根已是浙江千圣禧服饰有限公司董事长，旗下 700 余名员工和数十名高精尖的技术人才，强调以色彩的搭配和款式的时尚元素成为同行业最具单键价值的毛衫品牌。2005年，公司与著名品牌"波司登"强强联合，自主品牌"千圣禧"也成为业内最知名的毛衫名牌。陈建根再也不用天天去敲招待所的门一件一件推销他的毛衫了，在他办公室的电脑上，鼠标一点，几十万上百万的订单就交易成功。

在陈建根的记忆里，他还不是第一批毛衫生产商，而那时候整个城市也没几家像样的工厂，他有幸见证这里的毛衫产业从无到有，从小到大，成为中国第一毛衫集散地。"那时候每天来这里进毛衫的车排出去几公里，天天被城管们撵，撵不走，罚款也不走，啥时候装满了一车货再走。就这么红火。"

是，这里就是闻名遐迩的濮院，桐乡市濮院镇，年市场成交额 700 亿元的中国第一毛衫重镇，区域品牌价值达 85.69 亿元，潜在价值达 317 亿元，浅秋、圣地欧、褚老大、纯爱、飞虎等知名品牌的出生地，中国特色小镇五十强榜单第一名。

陪同的桐乡作家小陈不无自豪地说，好像这里如今的兴盛也有他一份功劳似的。

　　"用太抽象的数字可能你们不太好理解。这么说吧。"陈建根说，"当年这里刚开始建毛衫市场的时候，一间二十平米的铺子，我花了 3000 元，现在这间铺子还在我名下。如果你想买下这样的一间铺子，先不说有没有卖的，即便有，成交价也要一千万元以上。"

　　"人常说靠山吃山，靠海吃海，这里没听说产羊毛啊，我印象里，羊毛都是内蒙等地才产。怎么就在江南硬生生生出了个全国第一的毛衫基地？"我的疑问其实早在来桐乡的路上，就千回百转了。陈建根听后，淡淡一笑：

　　"我们濮院人，认准了的事，沧海桑田也要干成。"

二、从天下第一绸到天下第一衫

　　濮院最早叫"槜李墟、御儿、幽湖、梅泾、濮川"，南宋时更为濮院，自古便是鱼米之乡、百花盛地，民间多以蚕桑和织绸绢为生，勤于机杼，因物产"日出万匹绸"、"天下第一绸"之称的濮绸成为"嘉禾一巨镇"，濮绸"轻素锦，日工月盛，濮院之名，遂达天下"（《濮川志略》卷一）。到了明万历年间，因生产设备的改良和纺织方法的改进，濮绸更是远近闻名，成为江南最著名的丝织业专业市镇，曾经是"日出万绸"的集散地，大小船只每日穿梭河上，运绸不止；到了清康熙以后，丝绸产销更是进入鼎盛时期，形成了以濮院为核心的蚕桑丝织区域商品经济中心。《浙江通志》记载："嘉锦之名颇著而实不称，惟濮院生产之纺绸，练丝熟净，是以一镇之内坐贾持衡，行商麋至，终岁贸易不下数十万金"，史称"工商巨镇"。

　　衣食住行，人之生存，以"衣"为首。濮院从织绸开始，几百年前就与"衣"缘分颇深，而说到最早的机织毛衫，要往前数到 1976 年。那一年，桐乡县二轻总公司的下属企业濮院弹花生产合作社购进 3 台手摇横机，开始摇织丝绸的副产品膨体衫和丙纶衫。那一年的 7 月，濮院生产出了第一件用兔毛为原料的毛衫，一时轰动。要知道中国在那个年代，还很少有人能真正穿得起羊毛衫，用兔毛为材料，手感和观感都不比羊毛差，而且比羊毛更柔软更轻便，也不会有羊毛特有的味道，一时间兔毛衫很有冲击了羊毛衫的势头，经济前景非常看好。

从此，勤劳而极具长远经济眼光的濮院人便把所有的精力都放到了毛衫的生产开发之中。随着人们的生活水平不断提高，羊毛衫成为普通百姓的日常消费品之后，濮院人立即将兔毛升级为羊毛，在这块本不出产羊毛的江南重镇里开创了"没有原材料的产业兴盛"。这在当时是极需勇气和魄力的。濮院人认为，正是因为江南不产羊毛，我们才没有真正的竞争对手，才可能从起步时就立于不败之地，撑开江南毛衫的广阔天地。

1988 年，毛衫产业初具规模的濮院建成了占地 1.7 平方公里的羊毛衫市场，到今天已经发展成占地 57 万平方米、建筑面积 22 万平方米、营业用房 5000 多间的大市场。拥有 15 个羊毛衫成衣交易区和 5 个配套市场。经营商铺 13000 余间，33000 个市场主体商家的长江以南最大的综合性毛衫批发基地，共有 5000 余家当地企业向其供货，年营业额上千亿。

很多门店本身就是生产商自主经营的，他们紧紧把握市场动向，门店里需求什么，他们就生产什么，从顾客提出研发意向到设计、下料进厂再到出产品、摆上柜台，最短周期两天就可以完成，国际时装城鼎秋服饰门店负责人杨浩祥刚刚投入 200 多万元，与深圳一家设计工作室合作，只要门店里迎来了张新商品单据，他们就立即与客户展开产品设计讨论，深圳的设计室连夜开稿，最迟次日中午拿出小样稿，同时采购已经开始与原料商开始了洽谈，客户只要一点头，车间马上就可以投入生产，销售数据跟着就接连攀升。

"累是真累，可是美啊，有成就感啊。"杨浩祥喜不自胜，"财富在积累到一定程度之后，它不会再继续给人带来幸福感和刺激感。这两样东西如果要持续地充实你，其实更多的是来自客户的满意和对自身努力的认可。看着我的产品打包装箱，漂洋过海，那兴奋，真不是钱能给的。"

这一切，其实都得益于濮院镇长远的战略目光。从手摇横机占主导，到全成型电脑横机的应用，从街边摊到全国最大的毛衫市场，从政策倾斜到整体经济谋划，濮院镇政府"要打造中国时尚第一镇，就像打理一件毛衫，首先要'织'好特色产业"的承诺从未改变，力度也从未减弱。自 2015 年入选省首批特色小镇创建名单以来，4 年的时间里固定资产投资 57 亿元，其中主新技术和特色产业投资 41.28 亿元，引进与毛衫产业相关的高技术人才近 600 人，在政策的大力倾斜下，海绵一样吸能，招入海外留学人才 50 多人在这里技术创业；国际间的交流也吸引了一大批意大利、韩国、日本等国际时尚设计师，给小镇的设计、生产和制造提供了国际一流的信息支撑和技术支撑；伊芙丽、喜歌等全品类知名服装企业入驻更让濮院与国内横向交流和共融变得顺畅；国家级创意设计平台——320 创意广场、濮院毛衫创新园等创新平台的开发和完善使得相对薄弱的时尚设计变得强悍有力。

一顺百顺，随着各个环节的封闭和强壮，入驻濮院几乎成了国内毛衫企业的镀金手段，同行们在一起聊天吃饭，如果你还没到濮院开店办厂似乎成了丢脸的事，濮院毛衫创新园刚一落成，就吸引169家毛衫企业入驻；总投资12亿元的濮院时尚中心尚未开业，就吸引到北京、广州、杭州等地1万多个商家报名，店铺被抢购一空，甚至有很多人同时相中了一家店铺，不得不用申请时间的前后排名或几家合资入驻的方式解决，仅此一个项目就引进全品类服装企业160多家，其中全品类服装占80%以上。目前，"濮院毛衫"区域品牌已成为省级区域名牌，截至2018年，中国驰名商标7件，中国纺织工业联合会命名中国服装成长型品牌27个，嘉兴名牌、著名商标18个，省级名牌、著名商标4个；鄂尔多斯、恒源祥、金利来、皮尔卡丹等知名服装品牌均已在濮院设立生产基地以及销售窗口。这里，也将成为2020年第89届国际毛纺大会的举办地。

三、连厕所都是3A级的产业园

中国·濮院国际毛针织服装博览会、"濮院杯"PHValue中国针织设计师大赛、中国·濮院时尚周，2018中国服装家纺区域品牌试点地区，这些重量级的头衔之后是固定资产投资48.2亿元、工业总产值264亿元的中国第一毛衫基地。从2017年9月投资12亿元的濮院轻纺城项目投入使用，总投资16亿元的濮院毛衫创新园和世界毛衫博览中心的落成更使"中国·濮院指数"理所当然地成为中国毛衫行业的重要衡量标准，从此开始，"全球纺织原料集散中心"和"服装展研商贸中心总部基地"已经成为濮院的金字招牌，"古镇休闲"与"濮院毛衫"一体两翼发展的产业体系更使得经济起飞的同时，一个工业重镇又转身成为休闲游的绝佳去处。

　　京杭大运河把一个临河古镇一劈两半，于是这里自古便是商贾云集之所，更是文化发达之乡，仅宋元明清四朝就有进士26人，举人86人，一时之间成为江浙骚客顶礼膜拜的朝圣之地；当年宋高宗南渡之时，著作郎濮凤以驸马都尉之职陪驾临安（今杭州），后来就留在这里，成为濮氏家族最大的世居地。濮凤的六世孙濮斗南驰援宋理宗战功显赫，得凭军功升任吏部侍郎，宋理宗大喜，感其功绩，诏赐其第为濮院，从此，这个名垂江浙的商业巨镇有了御赐圣名。公元1307年，濮氏子弟濮鉴出巨资构屋开街，建四大牙行，收积机产，以运河为轴，两岸多开商铺，"召民贸易"，"远方商贾旋至"，当时几乎全中国的商业巨头都在这里开有街市店铺，从此运河之上有了商业中转货物中心，商业的发达又促进了民耕稻米、茶叶瓷器等产业的发展，因交通便利，远来商户几乎人不下船便可完成交易，故又名永乐市。

　　濮家不仅官做得大，人又好客豪爽，济危扶困仗义疏财，更兼学识广博，学生众多，各方学者名流也纷纷慕名而来，更或寓居于此。元至正十年的春天濮彦仁父子组织"聚桂文会"，东南名士500人以文赴会，由杨维桢阅卷，评其优劣，录选优秀文卷30稿，出一专集。后世才有"自吴毅以下，文皆传世"之说。明清寓居镇之附近的鲍恂、贝琼、程柳庄等结社濮川；清初举办太平文会；嘉庆间岳鸿振、陈世昌等组织冷枫诗社。明初寄寓濮院的名儒宋濂所作《濮川八景》诗，引发了众多名流唱和，大有比兴兰亭饮觞之竟，所作诗词遂成镇上瑰宝，吕坤的《鸳鸯湖棹歌》斟酌旧闻，寓以讽喻，与朱彝尊的《鸳鸯湖棹歌》媲美并传。清代沈涛的《幽湖百咏》，颂赞了镇境的历史、人文、市井、物产、名胜古迹。乾隆年间，沈尧咨、陈光裕又合编《濮川诗钞》，搜集 29 位诗人作品计 35 卷，其中不乏脍炙人口之作。清代雍正、乾隆以后，书画金石、考古收藏等艺术创作与鉴赏之风，亦在镇上开始盛行。沈履端、徐晞、张弘牧等人，或书画，或金石雕刻，或收藏鉴赏，均有很深造诣。濮院清代画家董，行修学博，善画花卉翎毛。其仿宋本草虫长卷真迹，经吴昌硕题字，尤为珍品（现存桐乡县博物馆）。名士沈梓写下了大量的太平天国史料，其高祖沈东畲作《东畲杂记》，祖父沈韦汀以《幽湖百泳》附之，为濮院留下了宝贵的文史资料。

这里自古便是经济与文化并重的江浙重镇，作为一个名符其实的古镇，濮院镇中星罗棋布着大量保留完好的院落，这里的每个院落都浓郁地散发着深厚的历史底蕴和江南味道，这些院落保存完整，古色古香，有着完好的旅游基础，而院落的分布又明显带着北京四合院式的围合感，这种围合感，让人步行其中，很容易就勾起了思乡之情，怀旧感在新兴的产业园点缀之下水乳交融新旧和谐，既有历史的沧桑感又有现代情怀。因此，以院落主题、历史主题、江南风情和现代业态的综合布置，使这些院落从你置身其间的那一刻起就有着厚重的历史情愫，又融合着悠闲轻松的感觉。

时尚智造产业区建设上，更是聚集了人工智能、云数据存储、5G 网络等领域，科创中心、众创空间、产业孵化机构的完备以及全方位的人才吸引计划，全力打造创新引领、龙头带动的产业集群，互联网与三次产业深度融合，打造智能生产线、数字化车间、智能工厂，实现园区数字化和景区云管理，古老的濮院已经完全融入了现代社区化体系之中，既保持江南文化的深厚底色，又处处让人感受到智能化带来的尖端技术和出行的便捷，智能化停车场、智慧安防等智慧化服务随处可见，"古镇＋时尚＋高新技术"的产业模式成为江浙高强产业区的样板。

　　一个对厕所都不遗余力升级改造的产业园其景区舒适度该不用怀疑。幽湖公园的 13 座公共厕所就投入 380 多万元进行改造，公厕设计古朴清新，配色清爽明媚，内部设施也让人倍感满意，不仅设有家庭卫生间，还提供有为婴儿更换尿布的护理台和残障人专用的坐便器。这里的公厕都是国家 3A 级标准。

　　经中国品牌价值评价信息发布，"濮院毛衫"品牌价值达 75 亿元，潜在价值 317 亿元，排名最具潜力品牌 30 强第 8 位。濮院本土企业拥有中国驰名商标 8 件，省级名牌、著名商标 4 个（浅秋、华伦飞虎、濮院毛衫区域名牌、濮院物流），嘉兴名牌、著名商标 18 个，4A 级专业市场 5 个。从 2013 年到 2018 年，羊毛衫市场成交额从 230.5 亿元增长到 700 亿元；物流量从 35.5 万吨增长到 45 万吨；农民人均纯收入从 21286 元增长到 35080 元。如果说单纯的数据会让人的枯燥感，那么这些数据却深得濮院人的喜爱，那是濮院人腰包鼓了心思稳了产业兴旺了事业发达了的最强有力的证明。

　　昔日吴越争霸，鼓角争鸣的古战场，现如今已经成了领军江南的毛衫第一镇，濮院这个不产羊毛的地方，凭着自己的韧性和勤苦，把一个小镇打造成风起云涌的潮头集团。

　　太阳快落山了，陈作家意犹未尽地带着我向镇外走，街边放学的孩子一路呼喝着穿街过巷，带着童贞的笑声，给这座千年的古镇带来了新鲜朝气。我们穿过几个夹着衣服去河边洗浣的主妇，陈作家揉着皮球似的肚子直嚷饿。

　　我当然知道他的心思，"那么，这里有什么好吃的？"

　　"酥羊大面啊，当然是酥羊大面。"陈作家立即喜笑颜开，"肉要选当年生的花窠羊，其肉质嫩，膻气少，山羊最佳，湖羊较次，宰杀褪毛后带皮洗净，操刀斩成小块，入大锅，大把的撒上佐料，酱油、白糖、绍酒、老姜和红枣，若是有萝卜也放几个，味道肯定差不了。先用大火烧开，再改用文火，这一焖就是一整夜，第二天早上掀开锅盖瞅吧，皮酥肉烂，香气四溢。"

　　我舔舔嘴唇，笑道："然后就可以大块吃肉大碗喝酒喽。"

　　只见他摇摇手指，不慌不忙道："别急啊，好戏还没上场。接下来该煮面了。面条用镇上制面作坊当天摇制的细水面，那面条细若流水，劲道，挑一筷子入羊汤一涮即出，这里有个名堂，这叫健面。再放入盛有羊肉原汤的大碗内，覆上酥羊大肉，想吃肥吃瘦当然看你口味，桌上有葱末蒜末辣椒末，撒上去，张开大嘴可劲吃吧。羊肉酥香肥嫩，香味浓郁，面条软润而富有弹性，汤汁稠厚，油光粼粼，色香味俱是上乘之选。"

　　我沿街寻找，推开一家酥羊成馆的门，"请吧陈作家，想吃肥的还是瘦的，您随意。"

千里之行，始于足下：诸暨袜艺小镇

袜子也能成为艺术，若不信，去大唐。

此大唐，并非环肥燕瘦、以诗成名的大唐，而是以袜成名的大唐镇。它在诸暨，是西施的老家。

苎萝山下，永远是秀水青山妩媚人。

这是我从大唐回来后的真情实感。大唐，一个把小生意做成世界级经济模板的故事，它从诞生的那一天起，就充满了让人惊叹的传奇。虽然它的支柱项目是毫不出奇甚至感觉上连一丝一毫的科技感都没有的袜子，它那么小，那么不起眼，小到在很多人眼里那么不值一提。

之前，我一直对传闻中神乎其神的大唐没有太大兴趣，每次总是想，一个做袜子的镇，有什么好看？诸暨朋友却一再邀请。周日，一个云淡风轻的日子，我走向大唐镇。左右无事，就当散心吧。没有期待，也就无所谓失望。

而朋友在我临上车时还在微信上强调，"保证不会让你失望。"

我依旧摇头，"袜子！袜子有什么好看。不过说实话，大唐，听名字就霸气十足。"

朋友又一次对我用数据说话：这个新兴的产业重镇，1988年才规划为镇级建制，但是有个很奇特的现象就是，这里的本地人口仅有3.2万，外来人口则多达7.2万，更让人吃惊的是，这个全镇人口也不过十万人的镇，工业总产值338.6亿元，财政收入7.52亿元，农民人均可支配收入5.04万元。

这是个即便放在中国经济发展最前沿的浙江也是个堪称惊人的数字。

"本地人与外来人的比例，上海是1：3，北京是2：1，而大唐是1：2。这说明了什么？"朋友有些故作神秘。

"外来人口多，大概有两种情况，一种是这地方太穷了，本地人都待不下去，选择出去打工了，比如东北和西部等欠发展地区。还有一种则是这地方太富了，引得外地人纷纷来淘金。"

"回答正确。"

车驶离104国道，路标上指示，前方大唐镇。"大唐呢，你可以百度一下，一些基本数据就能给你一个正确的判断。"

我打开手上的电脑，在搜索栏打下"大唐镇"几个字。

从1988年的工业税收仅423.01万元，到2017年全镇GDP85.3亿元，大唐是全球最大的袜子生产基地，拥有从原料、机械、织袜到染整、定型、包装、营销、物流等全过程的完整的产业链，被誉为"国际袜都"。素有"大唐袜机响，天下一双袜"的说法。大唐袜业已不局限于大唐镇，而是以此为核心，涵盖草塔镇、安华镇、暨阳街道等周边7个镇街，承接义乌市、浦江县乃至国内外相关产业链的深度融合，形成以袜子生产销售为主的跨区域产业集群，并获批国家新型工业化产业示范基地。

2018 年 5 月 29 日，国家发改委主持发布的《中国特色小（城）镇 2018 年发展指数报告》，诸暨大唐袜艺小镇位列中国最美特色小镇第 5 位；诸暨市大唐镇位列中国最美特色小城镇第 30 位；2018 年 9 月，诸暨袜艺小镇被浙江省人民政府正式授牌命名为省级特色小镇。1988 年 10 月 18 日，大唐镇人民政府正式挂牌。时隔 10 多天后，手头仅有 5000 元财政拨款的镇政府，可谓远见卓识，召开"办厂能人表彰大会"，公开鼓励发家致富。1988 年底，在大唐镇第一届人民代表大会上，当地党委提出兴镇思路：以路兴贸，以贸兴工，贸工协调发展。会议结束后，大唐镇党委、政府在钟娄桥头竖起一块醒目的广告牌："要发财，大唐来。"

不得不承认，朋友给我推荐的小镇，是极具特色，也极具个性风格的，如果说一个镇子也有骨头和格调的话，那么她的眼光是独到而敏锐的。那么好吧，虽然我不是为了发财，但是大唐，我来了。

一、从提篮叫卖开始

听说早在还未建镇之前的 1981 年，大唐已经有了第一台电动袜机，七年后建镇时电动袜机已经达到了 3600 余台，平均两家人就有一台袜机，还不算手动的。1989 年，村民们已经不满足仅仅电动了，很多人开始琢磨在电动袜机上加装自行研制的集成电路芯片，可以用简单的单片机程序控制参数。随后圆桶袜机开始引进，浙江人精明的生意头脑和聪明才智在这里开始体现，1992 年，大唐镇的袜业龙头浙江袜业有限公司从意大利引进电脑袜机，有力地提升了大唐袜业的品质。

在织袜产业渐成体系的同时，附属产业和配套产业也开始兴起。上世纪80年代末期，大唐已经开始出现了为织袜提供原材料的丝厂，1991年10月，第一代袜业市场——大唐庵轻纺市场建成开业，大唐的土专家租厂房生产第一批电动袜机；1999年10月，大唐镇举办第一届袜博会，2000年5月，大唐镇开始建设第一个袜业特色工业园区，2004年、2005年美国《纽约时报》相继介绍大唐，"大唐袜业"从一个小镇走向了全世界，2007年，大唐袜业被认定为浙江省区域名牌。时至今日，大唐袜业形成以大唐镇为核心，涵盖草塔、安华、暨阳街道等周边13个乡镇13个乡镇的产业集群，年产袜子250亿双，占全国的70%，全球的30%，实现年产值750亿元。

这是真的高铁速度了，难怪这里的外人淘金者比本地人多了好几倍。

刚一下车，耳边是一种很奇怪的机器的低沉响声，分贝不高，还不够影响生活的程度，但是却持久而特别，这让我想到了大唐人同样持久而特别的创业之路。

"说出来你可能不信。大唐人最早，只是拎着篮子沿街叫卖，或者是到火车站扒着车窗推销自家产的手工袜。那时候别说规模，连小作坊都算不上。可是这才多少年啊，再看看。世界总产量的30%啊什么概念？"来接我的朋友开始绘声绘色地介绍起来。

是啊，想想有点恐怖，不要说全世界的30%，即便只是中国十几亿人口的30%，每人每年的消耗量，已经是天文数字了。

而居然，最初只是家庭作坊，销售方式单一到拎着篮子出去卖……

上世纪七十年代，这里还叫大唐庵村，村民们大多心灵手巧，祖上就传下来手工织袜的技术，家家户户都有织袜小能手，农闲的时候他们织袜子，家里人穿不了，就想办法变换成现金。这里地处在杭金线和绍大线交汇处，往来车辆频繁，于是当地的一些农村妇女就看好了这些车上的旅客，每当车辆路过，她们就会攀着车窗叫卖自家的手工袜，因为价廉物美而备受过路人的喜欢。渐渐的，这条路上聚集了一大批勤劳致富的农村人，这其中有个老师叫洪冬英，每逢寒暑假就把自家的袜子拿来卖，后来生意渐渐好了，她索性放下教鞭，专职做起了袜子生意，她就是现在名声遐迩的大唐袜业龙头企业丹吉娅集团董事长。

看着卖袜生意越来越好，纯粹手工编织已经开始供不应求了，一些脑子活泛的就跑去海宁等地收购别人淘汰的废旧织袜机，回来修一修就开工生产，当时比较有名的袜机维修工张金灿曾经有过一年改装 500 余台袜机的高产纪录。就这样，几乎是一夜之间，大唐庵村就有了全村家家织袜的壮观景象，袜业的雏形渐渐形成。

1974 年，大松袜厂挂牌，生产"武器"是 3 台已经用了十几年的旧袜机，第二年，第一家半私半公的公社织袜厂成立，1977 年，城山乡政府创办城山乡袜厂，林立的袜厂规模越来越大，涉及面越来越广。

创业有多难似乎不必多说，要技术没技术，要原材料没有原材料，甚至连制袜工艺都没有，仅有的只是家家祖上传下来的织袜技术和老旧的袜机。大唐人吃苦耐劳的精神于是被淋漓尽致地发挥出来，原材料大多是他们去棉纱厂收回来的纱头，拿回来再加工成织袜原料；没有袜机操作技术，他们就跑去外省袜厂，从学徒干起，学成之后再回来创业；而仅有的销售渠道，就是依旧沿承着的提篮叫卖，拦过往车辆的老方法……

仅仅几年之后，一个涉及缫丝、绢纺、毛纺、印染、编织的一条龙企业链，一个从设计、开发、市场调研到有针对性的加工的产业链就完整的形成了。创业的艰辛带来的就是丰硕的回报，大唐镇一步一个脚印，一年一个台阶，终于成为中国乃至世界袜业的"第一把交椅"，至今先后获得"中国袜业之乡"、"国际袜都"、"中国袜子名镇"、"全国百佳产业集群"、"全国袜业知名品牌创建示范区"、"全国工业产品质量安全示范区"、"中国针织原料生产基地"等称号，连世界时装之都法国都来这里安家落户，意大利罗纳地、马泰克，韩国兄弟、富胜及中国台湾地区尧顺、大康等国际知名品牌在大唐袜业市场均设有代理商或销售处。仅仅 40 年时间，大唐镇已经成为诸暨市"4 + X"现代产业体系中的支柱产业，现有制袜企业 1 万余家，袜机 12.7 万台，年生产各类袜子超 200 亿双，生产总值 700 余亿元，世界上每三双袜子中就有一双产自小小的大唐镇。

二、发展，再发展；强大，再强大

丰足袜机的老总张大众翻出一张照片给我看，那是美国总统特朗普大选刚结束在专机上悠闲而轻松地照片。他指着美国总统脚上的袜子说："Made in China！这个袜子品牌叫'金脚趾'，产自大唐镇。"

对于大唐镇的袜子产业的发展，张大众是绝对有发言权的。1985 年，他敏锐地捕捉到了电动织袜是必然趋势，于是他开始自学袜机理论，并从上海买来几台电动袜机，拆开来研究制造和改良，还与父亲一起办起了丰足电脑袜机厂。从最开始的仿制电动袜机，到自主研制开发单片机式电脑织袜机，再到生产出具备国际单键力的全电脑织袜机，丰足袜机厂的贡献在于，不仅加快了大唐镇的袜子生产，催化了袜业结构，更让中国袜机可以傲立于世界最先进的袜机制造企业之林，而价格只有国际同档次袜机的十分之一，它的成长之路，就是大唐镇的袜业兴盛之路，也是大唐镇从单一织袜转型为袜业全系列产业的带头人，更促成了大唐突飞猛进的袜业链成型和发展。

电动袜机的普遍使用，大大提高了工效，增加了花色品种，提高了织袜质量和复杂程度，样式到品种都成倍增加。仅仅两年时间，小小的镇上居然冒出了 2000 多台电动袜机，最早这些袜子只是在本地周边地摊式销售，完全是村民自发自主的进行袜子系列配套生产，可以说无组织无纪律，争抢市场、恶意竞争等现象十分普遍，在经济进步的同时，这里的村民关系开始恶化、甚至影响到治安，因为袜业竞争引发的案件几何级增长。

1988 年 10 月，诸暨县政府根据当地的具体产业结构和经济需要，对当地重新进行了业界评估和区域调整，以推动经济发展为主要目的，本着便于管理和统一管理的原则，将柱山乡、城山乡合并为大唐庵镇（1992 年更名为大唐镇）。建镇一周便提出了"要发财，大唐来"的经济口号，大力号召投资，鼓励当地产业以合作促发展，使大唐袜业进入了一个高效、和谐、团结、快速的发展轨道。并在杭金公路边的荒滩地里建起了简易市场，吸引那些"打游击"的卖袜人进场交易，合理安排产业布局和价格，并以官方出面开拓正规有序的销售渠道，使大唐袜业真正进入了调整发展良性发展的道路上来。浙江袜业有限公司融巨资引进了 30 台意大利全电脑袜机，年产丝袜 2200 余万双，当年获利 500 余万元。这让大唐人看到了全电脑袜机的高利润产能，纷纷效仿，一些资金紧缺的企业就找人开发，仅仅一年时间，半自动袜机全部淘汰，更新为全电脑袜机，大唐镇袜业集群从此进入了电脑化生产的新时代。

顾伯生在 2001 年出任大唐袜业研究所所长之后，致力于缩短国内外袜机的技术差距，他领军研发的新型全电脑织袜机，以 2 万多元的单价，性能上媲美 10 多万元的进口设备，这种全电脑袜机自动化能力相当高，一个熟练工人可以同时管理 30 台以上设备，极大地降低了人工费用，提高了效率，压缩了成本。随后以叶晓机械为代表的一批高端袜机制造企业集中力量打造研发团队，浙江嘉志利科技有限公司、浙江海润精工机械有限公司等企业不约而同地进行全自动织缝翻检智能一体式袜机的研究之中，这种袜机大量采用现代高新智能技术，技术集成性能上已经赶超了国外水平。

从生产袜子到制造高端袜机，在织袜业蓬勃发展快速进入领跑阶段的同时，袜业生产的附加企业也雨后春笋般建立起来，金银焕远赴辽宁等地购买化纤原料，加工后以低价卖给大唐的织袜企业，既让织袜厂降低了生产成本，也为自身的发展积累了大量原始资本，1998 年，金银焕创建永新集团，成为诸暨第一家包覆纱生产企业。

2016 年，大唐袜业产业群按省里要求成为"机器换人三年行动计划"试点产业，三年时间大唐袜业集团技术改造投资已超过 100 亿元，由浙江理工大学牵头与 6 家袜机生产企业组成"机器换人工程服务平台"，提供全方位智能化"机器换人"技术扶持。目前，智能织缝翻一体袜机、全自动智能袜子包装机等先进设备已研发成功并形成批量生产能力，集产品检验、打标、挂钩、制袋、装袋、封口等 6 道生产工序于一体的两台全自动包装机，每台能省下过去 13 个工人。

　　而在附属产业链的前端，在镇政府政策的大力倾斜之下，到 1994 年，蔡华峻所有的大唐纺织厂产值已超 3000 万元，2003 年，第一期氨纶生产技改项目成功验收，结束了大唐袜业企业氨纶丝依赖外购的历史。目前，蔡华峻的浙江华海合力科技股份有限公司，年产氨纶能力达到 8 万吨，连续多年名列国内氨纶行业第二位。随着 1991 年大唐轻纺市场取代路边简易市场盛装开业，袜业被正式确定为大唐镇工业经济的支柱产业和龙头产业，在绿树成荫的杭金公路旁，竖着由王光英题写的巨幅标识牌——中国袜业之乡。

　　次年，大唐轻纺市场成交额达 6.1 亿元，成为全国最大的化纤丝和袜业及附衍产品（器械）生产地和集散地。政府也不遗余力地通过投资、政策倾斜等方式，全力推动袜业产业向规模化集群化智能化高端化的方向发展，大唐袜业作为新经济体制下的标杆产业模块迅速崛起。

　　值得一提的是，顾伯生不仅专业技术纯熟，更是多才多艺，将一大批已经超龄服役的代表性和有纪念意义的旧袜机收藏起来，以英国宾得利公司最早生产的古典袜机为代表藏品的世界上代表性旧袜机 500 余台，并投入巨资建造"国际古典袜机博物馆"，让大唐成为世界袜业企业经营者的博物馆和朝圣地。

　　谁说经济的就不能是人文的？谁说商人只有经济头脑没有艺术细胞？

　　三、将袜子智造成艺术品

　　戚徐佳的公司主营童袜，这个 85 后老总在传统袜子生产中另辟新径，从设计能力上下大力气，把每一款袜子花型都注册了专利，将袜子的利润率从10%变成了30%；金凯隆袜业老板蒋镖则有针对性地研制出了蹦床袜之类的功能袜，专袜专用，利润大增；情缘袜业的老板金炎武则通过为Facebook、亚马逊等途径为客户提供定制图案袜，在国外，他的袜子卖到了20到50美元一双。

超细但无染色纺锦纶、任意裁剪的防脱丝氨纶、长效抗菌的高伦棉等新材料都在大唐镇得到了实践应用。一双穿在脚上的袜子大有文章可做，而这其中高科技含量越高，个性感越强，艺术风格越独特，其产品附加值越大。在大唐，一双与普通袜子厚度一样的保暖袜，其保暖效果与毛线袜相同，而针对糖尿病等疾病的袜子的保健理疗袜更是多种多样，就更别说防臭袜、按摩保健袜之类的了，卡拉美拉浙江袜业、东方缘等企业研制的时尚功能运动袜、防静脉曲张医疗袜、立体移圈袜等多款产品甚至填补了国内空白；浙江东方缘针织董事长蔡如东的"慕尚妍"品牌小组攻关5年推出的"小V腿"和"裸冰袜"世界首推零硅油健康丝袜，市场零售价高达一千多元；永新集团开发的发热锦纶丝，做成袜裤和内衣，穿在身上后，可增加3℃左右的热能……这些高附加值和科技含量的新型袜，可以有效减少产品同质化和功能单一化，避免过去只能打价格战的恶性竞争，更可以准确定位，错位经营，树立每个企业独有的品牌，拓展企业创新能力的市场发展空间。

在镇上走了几条街，参观了众多的新产品长廊，接触了一些业内人士之后，真的感觉一双小小的袜子实在不是想象中的那么简单，而能把一双袜子做到风生水起的企业，也一定不是简单的企业。这里面，创新的东西太多，主观能动性的东西太多，科技的支撑和政府的扶持更是缺一不可。更难能可贵的是，大唐人远见卓识地将小小的袜子做成了从原材料到销售流水式全程作业模式，规模化、互助化、系列化，再加上高科技的世界领先的技术，成为真正意义上的产业集群，生命力和抗打击能力全面提升。

目前，大唐袜业集群形成了以织袜为主，产销全方位涵盖，从研发设计到原材料制成、纺丝、加弹、印染、刺绣、包装、营销等环节完整、体系健全的袜业产业链，完备的生产和原材料、辅料，包括袜机及备品配件的研发制造都已完全不需要外部供给，产生销售、托运、中介服务机构等相关行业企业密集度集成度都足够高，与制袜相关的一切因素，在小小的大唐镇方寸之间全部可以完成，袜业产业集聚度稳居世界第一。在高密度的整合作业模式下，企业间又具有灵活小巧的分包模式，小到一颗螺丝，大到袜机整机，从原材料的采购，到袜产品的最终离港，企业的横向分工和垂直分工极为明显和精细，企业间相对独立而又紧密联系，互相补台，共同致富，相互依存，配合密切，在大唐，这种模式被称做"半小时服务配套圈"。目前世界上任何一款先进的袜机都可以买到，任何品类的定格机配件都可以随时装到新机器上，任何一款袜子都可以研制生产，任何一种主要原料都可以原地买到。由于产业链完整到令人震惊的地步，从而使袜业生产的要素高度集聚，资源配置成本大幅降低，机器维修、原料采购的周期缩短到最低，库存成本也大大减少，利润比例极高，市场竞争力大大增强，产业链转型升级步伐加快，产品附加值亦随之大幅提高。

令人称奇的数据可以列举一下：2017 年"双 11"当天，大唐袜业网上单日销售额达 4 亿元，卡拉美拉网上单日销售额达到 735 万元，居全国袜品类首位。如此的业绩，小小的大唐袜业超过了众多重型机械类企业，位列全国制造业区域品牌前十强也就不足为怪了。

从提着篮子四处叫卖的销售模式转为集团化营销之后，大唐人充分认识到了再好的产品也要卖得出去才能换到钱，虽然大唐镇建成了大型的销售市场，但销售力仍觉不足。随着网络技术的普及和发展，线上销售渐渐进入大唐人的视野，大唐中国袜业网随即上线运营，并于 2017 年取得网上交易牌照。

大唐袜业如今已经与敦煌网、阿里巴巴等国内一流的实体运营网站实现销售合作，敦煌网特设中国大唐袜业特色馆，60 余家大唐袜业企业入驻其中，阿里巴巴则设立大唐袜业特色区块。通过网络整合，将原本各自为政的零散袜子销售渠道合理整合，树立了大唐区域品牌，众人开划桨开大船，合力推动大唐品牌的影响力，从而带去区域企业的销售力度。

而借助网络途径，2015 年 10 月，大唐袜艺小镇袜业智库的建立，重点研发设计各种运动袜，迄今获得 24 项国家发明专利和实用新型专利，推出了 200 多款功能性高性能运动袜，阿格莱德运动袜成功打入美国市场，与国际级专业运动袜品牌分庭抗礼。

四、把小袜子做成大文化

袜子其实是个很浪漫的物件，古罗马人认为袜子有厮守一辈子的寓意，给心上人送袜子，就表示永远跟你在一起。这该算是袜子的一个美妙传说了。中国早在夏朝时已经出现了袜子，人们称之为"足衣"，魏文帝曹丕的妃子用软丝织袜，古称罗袜。曹植《洛神赋》中的"凌波微步，罗袜生尘"正是丝袜的绝佳描写；李隆基还曾特地为杨贵妃写过关于袜子的诗"罗袜罗袜，香尘生不绝。细细圆圆，地下得琼钩。窄窄弓弓，手中弄初月。又如脱履露纤圆，恰似同衾见时节。方知清梦事非虚，暗引相思几时歇？"

似乎很多人都觉得袜子一物难登大雅，就像谁也没想到大唐镇这样一个生产袜子的企业集团会因为一双看似无足轻重毫不起眼的袜子而成为特色镇。但是大唐做到了，真正把小生意做成了大产业。

2003 年，大唐镇被中国纺织工业协会命名为全国独一无二的中国袜子名镇，同时省政府命名为浙江袜业商标品牌基地。大唐袜业与山下湖珍珠双雄并立，成为诸暨市的两大国际化产业中心，列入《诸暨市先进制造业基地建设规划》，也成为诸暨市的支柱型经济体系。

中国大唐镇与美国佩恩堡都自称"世界袜都"，的确，这两处地方都是世界级的袜业领袖，可是谁更胜一筹呢？用数据说话更有说服力，也更直接：2004 年，大唐生产出 90 亿双袜子的时候，佩恩堡的产量还不到 10 亿双。《洛杉矶时报》通过比较中美两国袜子生产区在原料、劳动力、制造力和创新力、营销方式等各方面相比较，得出了一个客观的结论：这个仅仅几十年历史的小镇大唐完胜美国百年名镇佩恩堡，成为当之无愧地"国际袜都"。

仅仅是经济上的袜都，显然还填不满奋进的大唐人的胃口。把袜子做成文化才是一件不仅有趣还有意义的事。

从拦车叫卖到专业营销，直到进入国际市场，大唐袜业市场历经从无到有、从小到大、从简易到完善、从有形到无形、从小作坊到大集团、从镇级到区域的放射式发展道路，大唐人开始进一步思考，作为生活必需品的裤子，难道只能是物质必需不能成为个性标签或是精神满足的条件之一吗？原本只是为了遮体的汉衫都可以形成文化，袜子为什么不能？

2015年诸暨市开始谋划建设袜业创新服务综合体，整合袜业研究院、创意设计中心，联合中国纺织服装教育学会和西安工程大学等27所高校开工建设世界袜业设计中心，力争将小袜子做成大文化。他们聘请了中国工程院姚穆、庞国芳两位院士为大唐袜艺小镇顾问，从艺术层面上竭尽全力打造袜业文化的精神内涵和架构。将小小的、一成不变的袜子从视觉设计、形态设计、功能设计上联合起来，融入美学指标，锻造"时尚化、功能化、国际化"品牌，欧美特袜业生产的七天防臭高端棉袜，成功入选杭州G20峰会指定袜品；东方缘、森威特两家袜企先后获得生产静脉曲张防治专用袜的国家医疗器械产品生产许可证。大唐袜业大力从生产性向艺术性靠拢，从实用型向艺术型转变，经典商务、休闲商务、浪漫淑女、知性风尚、运动时尚、纯真儿童等各种系列产品，在世界袜子领域里引起轩然大波，带动着世界级的袜子设计新理念。大唐袜业也因此成为世界上最大的一站式袜业采购中心。

2015年12月，习总书记在中央财办报送的以大唐袜艺小镇建设为案例的《浙江特色小镇调研报告》上作出重要批示，强调抓特色小镇、小城镇建设大有可为，对经济转型升级、新型城镇化建设，都具有重要意义。次年，大唐袜艺小镇成功入围浙江省首批特色小镇创建名单，来自世界各地的艺术家们纷纷加入其中，将欧美艺术风带入中国本土，大唐的土地上，突然之间智造硅谷、时尚市集、众创空间等相继建成使用，集设计、研发、创意、休闲全功能性袜业新格局初步形成，在大唐袜机单调的袜机声中，平添了几分艺术魅力。到 2018 年底，累计投资的 55.1 亿元中文化特色产业投资就达 42.54 亿元，占总投资的 80.15%。

由圣凯科技园、海讯两创园、天顺精品园三大工业园区组成的"智造硅谷"代表着大唐镇互联网智能制造的高超能力；"时尚市集"则主打文化牌，是大唐袜业风情小镇的文化艺术旅游区，用高新科技打造的空间艺术中心、智能站、匠心坊、博物院、互联 E 家和美丽街等功能区；"众创空间"则捆绑式的将方田电商园、大学生创业园、中国针织原料市场等营销企业有机结合，组成了大唐镇的电商群落生态区，真正将智能制造和文化生活无缝连接。

从此，人们提到大唐，不只是单纯的"袜业之都"，更是一个文化名词和艺术名词。越国古都、西施故里，在诸暨这块神奇灵秀的土地上，带着越国人民特有的人文基因和浪漫情调的大唐人将传统文化的精髓发挥到极致，产业与城市、经济与人文、资源与环境互融共促，成就了东方唯一，世界最大的实用型文化创业园。

大唐，代表着千里之行和足下生辉，也代表着新生代经济文化和文化经济的最完美的水乳交融。

去大唐，会让你感觉蒸蒸日上，步步莲花。

从桨声灯影的慢生活走向信息高速路：乌镇信息小镇

　　"如果我说中国有一个镇子，你不用等着电信公司来你家安装宽带，不必考虑移动的网费便宜还是网通的便宜，真正意义上的 WiFi 全覆盖，白送白用还嗖嗖地快，你知道这是哪里？"朋友问这话的时候眼睛里闪着一些狡黠，让我很想知道她心里在打着什么鬼主意。

　　"大寨？华西村？"我胡乱猜着，手底下不停，在打开的电脑上输入"全镇网络覆盖"，百度很快，大概一秒钟时间，"乌镇免费 WiFi 将永久全覆盖－城市频道－浙江在线"被搜索出来。网页打开了，"在这么一个水乡里，竟然任何一个地方都有免费 WiFi，就连洗手间都有，真是太神奇了。""我们目前对于 WiFi 的建设是要达到全覆盖、零死角。""全镇迈入了 WiFi 全覆盖时代。"各种惊叹充斥着网页。

　　乌镇早有耳闻，知道那是茅盾先生的老家，是一个国家一级水乡景区，听说票价很贵，人气旺到不行。

　　我知道现在在中国，随便一个偏僻山村的小卖部里都可以实现二维码手机支付，火车票景区票订房网购完全可以一部手机搞定，但那大多只是 4G 信号覆盖，能全镇无死角 WiFi 而且还免费的，倒是第一次听说。

"说不定只是一个噱头，为了拉拢游客的自我营销手段罢了。"

朋友摇摇头："可不那么简单。知道互联网大会吧？世界顶尖的网络巨头都会到场，马云都出现的那个大会，就是在乌镇召开的。还有，世界围棋第一人柯杰与韩国围棋大师李世石与人类历史上第一个真正意义上的'可以自学的电脑'阿尔法的围棋人机对战也是在乌镇。被认为是一百年不可能有机器在围棋上战胜人类职业棋手的宣言就是在乌镇被打破的。"

朋友滔滔不绝，而我的电脑上则跳出一幅广告，刘若英端坐船头，静谧的水乡被美和温柔静静包围着。广告语随即出现在屏幕的一角，"乌镇，走过，未曾离开。"

现在的广告都很文艺，但如此简洁又字里行间云蒸霞蔚妩媚清新的广告语，的确让人向往。

朋友起身转过来走到我身后，当我在电脑的"12306"网站上订了两张目的地为乌镇的动车票时，屏幕的反光里，隐隐可以看到她的脸上露出了得意的笑。

一、连自行车都带着网络接收器

乌镇的绝妙首先是地理位置上的天下一绝。距离上海仅仅130 公里，距离杭州 60 公里，距太湖 20 公里，浙江江苏二省交界，又是嘉兴湖州苏州三市交界。地理位置得天独厚，加上江南特有的人文景观和水色灯影，成为中国最著名的古镇，也在江南密布的各种古镇里独拔头筹骄傲得简直有点过份。7000 年前这里是不是就如此的人杰地灵我们不得而知，但中国人临水而居的天性可以断定那时候的这里已经遍布人迹生机勃勃了。春秋时，这里是夫差与勾践两国的边界，多少金戈铁马鼓角争鸣的演义除了在虫蛀蚁啃的史册里就在这山山水水间，茅盾的《林家铺子》、"一观二塔九寺十三庵"，随便哪块青石砖下都隐藏着一段风云过往，姑嫂饼、定胜糕、三白酒，想吃想玩想品历史悟禅缘，你无论揣着多少心酸往事或是得意春风，都尽可以在这老街旧水里化解和消融。

首批中国历史文化名镇、大陆地区唯一的"亚太地区旅游文化金奖"获得者，从 2014 年开始，世界互联网大会每年一届，至今 6 届，全部于乌镇举行。这是何等的殊荣？

于是，形容乌镇，是用任何词典里找得到的溢美之词都没有渲染之嫌的；于是，在乌镇，连自行车都带着网络也就不足为奇了。

如果说带着欣赏互联网大会会址的光环去评价乌镇，那么全部商铺都可接通支付宝或微信支付并不稀奇，全中国哪里都能这样，但是百度地图 App 针对乌镇旅游制作了专业导航版就值得乌镇人骄傲了，东栅、西栅、小商品街，甚至一些旧巷民宅的来龙去脉，在百度地图上都可以清晰详尽地找到答案。你现在身处哪个景区，你身边哪个方向有什么景点，渴了怎么办，饿了怎么办，手机上一清二楚。乌镇除了坐船和步行，没有其他景区里的那些摆渡车，但是这里绿色出行的公用自行车随处可见，摆得整整齐齐，微信一扫，骑了就走，什么身份识别、押金支付以及租用金的缴付，统统一扫了之，而且整个镇子上这种租借点归还点星罗棋布，随借随还。好久不曾骑自行车的我们歪歪斜斜地骑着上路了，而朋友临水而走的龙行虎步总是让人担心她可能随时扑通一声跌落河去。

直到朋友骑够了车，从临水的店铺里买了一小瓶乌酒小心翼翼地揣在背包里，才有空闲用她百科知识一样的大脑填补我对乌镇的空白。

以电子订票系统、智能监控、全域一卡通支付、电子导游服务等技术为代表的基础信息化，正逐渐升级为大数据支持下的多场景化应用，深受旅游者青睐。去过乌镇的朋友都知道乌镇严格控制入园游客数量，在现场买票的游客经常需要等上好久才被允许入园，通过乌镇景区的官方网络预订平台以及 OTA 等渠道则可提前预约，不仅是门票，周边入住、餐饮、园中动态语音讲解、旅游纪念品和当地特产等的自助购买和支付都实现了一部手机全搞定的全自动化。

以电子票务智能系统的功用举例：通过全网营销系统在景区内布设的闸机设备获取不同景点游客人次，可统计出当天不同景点的游客密度，通过分时段售票情况统计不同时段入园人数，根据所得数据针对性的推出门票优惠政策，人多的时候票价不打折，人少的时候可以打折出售，这样不仅可以方便游客选择合适的入园时间，还能有效调节淡旺季景区入园人数。通过地图APP，游客可以实现景区内精准步行导航，同时在 50 余辆游览车和 150 余艘摇橹船上安装了 GPS 和北斗双模定位系统，实现车船的智慧调度，并且国内首创了手机扫码随时呼叫游览车。

租借充电宝也是，用户随时可以扫描"信用借还"二维码领取，充好电后也不必再回到租借处，而是找到临近的服务点，再次扫码就可以归还。免去了租用物品要留押金、人工手续繁琐、过程缓慢的弊病，连租带还，整个过程不到半分钟就全部完成。信用借还业务是乌镇与芝麻信用合作的项目之一，芝麻信用评分在600分及以上的游客在景区内还可以免押金借用雨伞和出入证，甚至婴儿车、拐杖、轮椅等也开始陆续实现信用借还。乌镇酒店也实现免押金信用住，免去了交押金、查房等各种手续，减少了处理时间和周期，提高了效率。

科技服务生活如只用来服务生活，无论多高大上的发明创造如果不能落到为百姓服务这个基础点上来，就全是空谈。甚至在两三年以前，也不会想到有一个名词叫智慧型景区。在这个意义上，智慧大于文化，服务高于一切。

乌镇为时尚科技型景区注入了新的发展模式，就像给一台电脑加装了新功能模块，从乌镇开始，全国范围内但凡有些经济实力的景区都开始以科技辅助园区管理和运营了。

智慧型景区，在乌镇成为一个新标牌。

二、电脑战胜人脑

朋友坏坏地问，知道刚才入园用了多长时间吗？我摇头，只知道人头攒动，不过似乎并没有停步就进来了。

"三秒入园，是乌镇的广告词之一。"朋友竖起三根手指，像一个"OK"的手势。

"哦。"我来了兴致，"还有什么高尖端的东西说来听听。别告诉我支付宝、人脸识别这些老生常谈哦。"

"你知道世界上第一次电脑战胜人脑是在哪里吗？"

"你是说计算速度？"我问，"最简单的加减法，随便一个十块钱的计算器都比人脑快。"

"你这是偷换概念。我是说自主思维判断层面上的电脑战胜人脑。"

"就是人工智能呗？据我所知似乎还不够先进。"我有点失望，"上次在交通大学参观了一个机器狗，原地转个圈要两分钟，十五秒钟迈一步，还不管前边是大马路还是沼泽地就是机械地往前走，连地形判断都没有。"

朋友笑："你也说跑题了。我说的是自主优劣势判断。比如下棋。"

"哦，国际象棋，电脑好多年前已经战胜了人类国际象棋大师。"

"象棋是子越下越少，对形势的判断和优势感觉很容易。而围棋就不同了。围棋是子越下越多，而且头绪很复杂，要通观全局，不计较局部得失，照顾到全局。还有，在优势下，要收回拳头自保胜势，在劣势下要奋起一搏，招数的取舍、计算的思路、每一阶段对局势的优劣判断采取的手段完全不同。这已经不仅仅是人工智能了，更多的是学习和运用人类的思维。"

对围棋我略知一二，据说那是人类历史上规则最简单，但又最复杂的智力游戏，甚至可以在人生观层面上指导生活方式和社交方式。什么"舍小就大"、"宁失三子不失一先"，很有些人生哲学的味道。而且这鬼东西从空秃秃的棋盘开始，一直要下几百手棋，子越下越多，到最后简直千头万绪，还要照顾到整个棋局，有时候故意舍掉一个局部，为的是赢得全局的主动权，这需要极高深的算法和长远眼光。机器下棋一般都只看局部，在局部的死活上比人类看得长远算得精确，但是全局的把握就需要庞大的计算和智力了。据说某位国内围棋职业选手曾经说过，未来一百年内，在围棋领域，能下过职业棋手的计算机不会出现。

她怎么突然说起了这个？

1993 年，数学家弗诺文奇曾在一篇论文里说过，"未来 30 年间，我们将用技术手段来创造人类的智慧，人类时代将终结。"想不到不幸被他言中。而这个标志，就是围棋作为一种最能模拟人类思维的棋类，其技术的最高峰从职业选手的高度上被电脑超越。朋友坐在美人靠上，望向远处苍茫的天际，目光深远得似乎在替人类忧心忡忡了。2017 年 5 月 23 日，由谷歌公司研制的阿尔法狗与世界围棋第一人柯杰进行了三番棋的对抗，结果是，世界围棋第一人一局未胜被一个电脑程序直落三盘。

其实早在 2016 年，当年纵横围棋世界的韩国棋手李世石就与阿尔法狗下了五番棋，结果四比一惨败，一台电脑拿走了十一亿韩元（约合 100 万美元）的奖金。当时柯杰输棋之后坐在棋位上浑身颤抖泣不成声。"当时的三盘棋，就是在乌镇下的。最后一盘棋柯杰认输之后，转身抱着身边的队友哭着说，我赢不了，我做不到。"向一台电脑认输，需要多大的勇气。

"然后呢？"我虽然吃惊，在来乌镇之前朋友已经一笔带过的提到了人机大战的事，但当时并不觉得有什么惊诧，觉得电脑在围棋上战胜人脑还是有些巧合的成分在里面，毕竟电脑不知道疲惫，也不会生病啊什么的受到身体或外界影响，只要有电，它只是一台精于计算法则的机器而已，而所谓一招棋错，满盘皆输，人会有失误，但电脑不会。

"然后？"朋友乐了，"然后世界顶尖棋手就都不服气了啊，就纷纷向阿尔法挑战了啊。然后，阿尔法就接连战胜了陈耀烨、时越、芈昱廷、唐韦星、周睿羊等中国围棋等级分前十名中的多名职业高手。"

"就是在这里？"我终于有点坐不住了，想不到小小的乌镇居然见证了围棋史上最让人震惊的一幕。

朋友点头："随后由中国腾讯公司研制的绝艺围棋软件就几乎没有对人类棋手输棋的记录。时至今日，绝艺已经包揽了全部世界人工智能围棋比赛的冠军，现在绝艺是中国围棋队的官方训练软件，据说它的棋力已经完全可以让人类顶尖棋手两个子的水平。"

我站起来环视周围，这水这灯光这如织的游人，是不是都会记得那些黑白棋子的简单世界里如此突变的风云？这以柔美著称的小小的乌镇，亲眼见证了人类智能史上传奇的一页，定是会给它的柔弱中添些阳刚，给它的水色山光中，添些一往无前的勇气。

"现在，除了旅游，乌镇怎么样了？"

"它还是世界互联网大会的永久举办地。"

三、从互联网医院到互联网养老

乌镇与互联网大会结缘之后，与其他景区的区别就像是诗与歌词的区别、学者和作家的区别，几乎一夜之间，乌镇便鹤立鸡群一枝独秀了。马云、李彦宏、刘强东等互联网大佬把会址选在乌镇自有道理。浙江永远是中国经济的前哨，也是中国科技风云的风暴眼。而乌镇则正处于这个风暴眼的中心，"数字经济、前沿科技、开放共享、网络空间共同体"这些名词都是从乌镇传向全世界的。

国际电信联盟（ITU）秘书长赵厚麟在乌镇表示，到 2020 年，宽带服务要覆盖全球 90% 的农村人口，资费要降低至月平均收入 5% 以下。而国际电联 193 个成员国和 700 多个部门的成员都可以利用 ITU 的机制和经验帮助数字丝路建立良好的伙伴关系。习近平主席更是在大会上明确提出加快全球网络基础设施建设，促进互联互通的重要性和关键性。就是在乌镇，习主席说，中国正在实施"宽带中国"战略，预计到 2020 年，中国宽带网络将基本覆盖所有行政村，打通网络基础设施"最后一公里"，让更多人用上互联网。

可以说，中国互联网的终极理想的发声地，就在乌镇。乌镇已经不仅仅是一个 AAAAA 景区的名词更是一个科技为主导、为主体的世界级数字化前沿了。

作为世界互联网大会的永久举办地，乌镇（东栅、西栅景区）的信息化构建正变得越来越成熟而具体、周到而全面，以江南水色著称于世的乌镇开始向创新互联、产业集群化方向靠拢，从而以一个互联网龙头老大的面貌重新让世人耳目一新眼前一亮，它已经急不可待地要从一个纯粹以风景取胜的古镇向全新的科技引领下的人文景观过渡，从一个风景区向科技型企业化转变，大数据高新技术产业区、互联网特色小镇等各类创新资源、新业态也开始在这个一直以门票收入为支撑的小镇上方兴未艾。

小镇景区原本只注重景观的建设，如今在景观条件创优达标到一定的程度之后，开始向提升互联元素上靠近，景区内的无线 WiFi 设备数量提高到原先的四倍，总数量超过三千个，所有的洗手间里也都完成了信号增强，真正意义上保证了全覆盖、无死角并已做到免费 WiFi 全覆盖，政务 App 和微信公众号驻扎在镇上每一个居民的手机里。

在"一个 App 解决全部问题"的理念基础上，作为中国最出名的互联网小镇，乌镇的使命里显然还带着互联网生活试验田的角色成分，原来一直只有创意无法真正落地的电子处方、电子病例共享以及送药上门的互联网医疗产业链也率先在乌镇试行。它不是医疗聚焦区，却占领了新型医疗；它不是药店，却给全中国的全能型景区开方抓药。它曾经与其他景区一样旧式经营，仅仅是给那一片风景明码标价，而现在，它执掌着一个中国式智慧景区业的全新走向，成为科技景区的至高点。

　　浙江省食品药品监督局早已确定了将乌镇互联网医院作为开具电子处方的试点工程。根据各方协定的互联网化的医诊相关问题解决方案，医院与药店达成配合试点协议，在官网后台开通了相应信息交换通道，在医生指导下，患者可在诊断后由乌镇医院的官网下单买药并支付药费和运费，由相关配合药店完成审核处方、斟误等常规手续后，按患者提供的收货地址将药品第一时间快递上门，若有断货、无法投递等，药店还要与医院知会，为患者处理相关后续事宜，其速度超过了常规医院，热心周到程度也有过之而无不及。而医生则以多点执业或自由执业的方式注册到乌镇互联网医院，经层层审核资质后由桐乡市卫计委注册备案，让患者足不出户便可以享受到国家级名医的诊断和治疗。乌镇试点成功后，多点执业电子备案制度将在浙江全省推行。

　　第一个吃螃蟹的人肯定是要付出些勇气的，但第一桶金也往往青睐这个吃螃蟹的人，而电子医疗的回报也就在成绩单上一目了然，方便了病人，拉近了医患关系的同时，乌镇马不停蹄，全国首家互联网医院在乌镇试行仅仅一个月，官网 APP 便推出了中国首张"互联网在线处方"：浙医二院院长、心血管专家王建安为一位患者试验性远程在线诊疗，并在诊疗后谨慎而兴奋地开出了中国第一张电子处方，所配药品亦由第三方药企完成配送。

目前乌镇互联网医院合建方已与全国 27 个省份 1900 多家重点医院建立信息系统深度连接，资源共享，病患也共享，名医带学生的各种实验性实践医疗体系也正在运行中，其中，三甲医院的接入率达到 70%，名医资源达到 20 万。经初诊后，患者同样可以出示电子医疗本由更高级别的医生复诊，预约当天便可进行检查，有效规避了常规医院预约专家通常要十天半个月的周期。

在这里，乌镇不是一片冰冷俊俏的风景，而是一个活生生的动态风光，它有体温、有表情。在我的印象里，乌镇，还是那个最初因拍摄《似水年华》而红遍大江南北的妩媚小镇，枕河而居，活得水一样温润恬静，孤傲而天真，高贵而凄楚，冷艳而迷醉。早上，居家的女主人带着狗去河边打水，浣洗、晾晒，傍晚的时候升起炊火，做好了饭，倚门而立的那样一尘不染也宠辱不惊的安静岁月才该是它的标签，这里就应该是"撑着油纸伞的姑娘"的天下。没想到，从 2014 年首届世界互联网大会在此召开，那个在时光深处款款行进的千年古镇居然迅速地与现代科技接轨，迎来了只属于自己的"互联网＋"时代，从古朴到新潮，从逸动到激昂，从闲适到热闹，现在的乌镇在同行业里遥遥领先一路飞奔，居然成了"高铁"乌镇。

乌镇工作人员小寥介绍，现在的乌镇，甚至连养老都与互联网挂上了钩。他一边介绍，一边又列出一组数据：截至 2017 年底，乌镇所在的桐乡市 60 岁以上口达 92.5 万人，占总人口25.95%。仅次于舟山 26.44%，比全国名列全省第二，其中乌镇 60 岁及以上老年人口占总人口已达 28%。

我国属于典型的"未富先老"国家，乌镇不仅在科技方面走在了全国的前面，连老龄化的步伐也同样靠前。但是乌镇有其优势条件，那就是互联网大会会址所在地的对互联网科技手段和信息的先行实践经验，同样的，互联网是否能在日益严重的养老问题上提供切实可行的支持，成了这个科技重镇下一个攻坚目标，借助乌镇已经成规模成体系的互联网技术优势，推动养老服务业向现代服务业转型发展，让老有所养不再只是单个家庭面临的尽孝义务和道德责任，而应该是社会整体需要共同面临、关注、解决的现代服务业发展问题。

互联网要"改变一座城、影响百万人"，同样也要对具体问题有着迎刃而解的能力。老年人群体生活、习惯养成、养老模式和方法等问题早在第一次世界互联网大会上就已经提出来，并引发乌镇在具体实施和政策导向上的深层思考，为互联空间如何改变生活做奠基，也为自身的再次转型发展奠基。

2015 年，乌镇已经着手启动"互联网＋"养老服务试点工程项目，拟以三年周期，总投资 5000 多万元，试验性完成现代网络型养老工程模式。当年 10 月，乌镇智慧养老综合服务平台正式上线试运行。经过一番招投标甄选，上海椿祺集投资管理有限公司在乌镇注册成立了椿熙堂老年社会服务发展中心，运用互联网、物联网、大数据、云计算等现代技术手段，推进"线上＋线下"相结合的"互联网＋"养老服务综合信息平台和养老服务信息管理系建设，为老年人提供紧急救助、生活照料、专业护理、文体娱乐、配餐就餐、医疗保健等集中照料和上门服务。政策上，在用房用地、通电通气、消防管网等方面政府大力支持，全面倾斜，一切开绿灯，目前椿熙堂老年社会服务发展中心在乌镇已经建成 1 个中心站点、2 个镇级二级站点、209 个村级三级站点，实现了户级养老覆盖，使老人足不出户就能享受实时化、多样化、个性化的智能照护和全程监控指导。

这种贴近式服务更具典型意义和普世价值，也始终在"服务"这个基调上推陈出新，那些新手段新方法不是凭空虚设，而是方便百姓服务百姓，朴实而干净，实用而有效。

在健康管理、社区文化、生活照料、膳食餐饮、专业照护5大需求板块做精做细，设立会员管理系统、服务需求平台系统、照护服务管理系统、服务交互系统、综合管理系统，线下服务的同时，线上跟进记录、统筹安排、监督管理。作为资源整合者，椿熙堂实现了将居家养老服务、社区组织孵化、义工和志愿者、便民服务等资源整合起来，形成了整个社会服务的支持系统。在养老中心，老人们只要刷一下卡，学习、娱乐、健康管理等服务便可一手掌握；身体不适、突发病情，只要按一下手腕的红色报警器，不出两分钟，应急救护人员就会出现；平时电灯不亮，打不开门等小状况同样是手指一按服务队立即赶到，特别是一些独居、失能、失独、低收入等群体提供涉及健康管理、生活照料、生活关怀、紧急救助等10项健康照护服务。另一方面针对普通老年人可能出现的突发疾病、跌倒摔伤等情况，提供紧急救助等服务项目，包括在孤寡老人家中安装平安钟，配有可以外出携带的紧急呼叫设备。

乌镇政府每年为椿熙堂老年社会服务发展中心提供150万元的运营经费，以保障各程序环节的正常运行，同时也保证了目前提供的70多项各类养老服务中有80%是免费提供的。专业的设备、扎实的技术支持、贴心的服务和低廉的价格，加之大量的人性化因素，真正做到了让老人如在家里，如在儿女身旁，从而激活了老年群居养老消费。

经过几年的试点，目前，用于椿熙堂"互联网＋养老服务"相关智能设备已经拓展到桐乡以外的苏州市、常州市、上海市等周边地区。初步形成了服务于长三角部分地区的智能养老体系覆盖。

岁月静且安好，养老模式也因乌镇的互联网技术渐渐影响全国，这个干净、朴素的国家 AAAAA 级景区，同样打造出了 AAAAA 级的养老新模式。

四、世界互联网大会的永久会址

这一系列翻天覆地的变化的源头还是乌镇成为世界互联网大会的永久会址。

每年岁末，都会有世界范围内的数千名嘉宾，包括世界级的互联网巨头齐聚这里，用中国模式的互联网应用模式来实地验证网络技术对人类生活的指导和促进意义。

事实永远胜于雄辩。乌镇的变化，正是由于网络扶持的结果。以乌镇为实验田、见证人，习近平以乌镇变化现身说法，针对互联网领域发展不平衡、规则不健全、秩序不合理等日益凸显问题，提出的全球互联网治理的"四原则和五主张"更是被有关专家解读为"中国网络观"的新蓝图并对互联网安全、互联网金融、互联网制造和互联网营销等方面，乌镇都具有绝对的指导权和发言权。

世界互联网大会又被称为"乌镇峰会"，位于西栅景区的乌镇互联网国际会展中心成为世界互联网大会的永久会址。三座主体建筑分三个方向向中心水池看齐，江南水乡的特色元素与会址建筑完美整合，外立面上，260 万片江南小青瓦、5.1 万根钢索铺天盖地的网状结构寓意四通八达的互联信息网，这座伟岸的现代化建筑和它寓意的高新科技，使这里成为代表着世界最高水平的互联网技术的集合体。从往日千年水浸美如墨染小桥流水的古镇，到与互联网融合共生共荣，再到一跃而成名企互联网科技展示的舞台，网络化、智能化、智慧化，已经代替了乌镇的古朴、单纯和宁静，成为乌镇新的代名词。

衡量世界互联网大会品质的一大指标是大会的信息化水平。而连国家主席都出席讲话的大会就足够证明其重要性。在互联网大会的影响下，目前有近两百家网络主业企业落户乌镇。同时，乌镇本地的旧有企业也不断借助互联网元素推进自身企业的转型升级换代和改造，化"制造"为"智造"，化"滞销"为"智销"，比如同属桐乡市管辖的濮院，本是毛衫产业重镇，在电商销售的冲击下，全国范围内很多传统市场和商店因为成本影响成果经营惨淡，但是在濮院的毛衫市场依旧火爆，经营门店的租金不减反增，这背后正是门店借助互联网营销示范性地带给传统产业的经营手段的革新，充分体现了乌镇借互联网产业的东风，对传统企业的拉动提升和改进作用。

乌镇峰会的作用显而易见，它不仅让国内各行各业对我国信息化的发展有一个认识，并有了一个集中展示其成果和效果的实验基地，更重要的是可以让其他国家通过对乌镇的实地造访，设身处地地对中国信息化发展的现状、取得的成绩以及地位有一个深刻直观的认识，在促进和推动我国网络强国战略的实施的基础上，进一步促进我国信息化向纵深程度的健康发展，提升信息化的社会效益和经济效益。世界互联网大会发放的"红包"，正不断影响浙江经济的转型升级和更新换代。

乌镇本来只有旧宅，但出生在这里的茅盾丰富了它；乌镇本来只有渔夫樵农，但来这里游玩的客人们热闹了它；乌镇本来只有乡村野树，但历史人文饱满了它。经济发展同样需要科技和文化的驱动，当别处还在竞相趋附的建屋造舍堆砌假山楼阁的时候，乌镇已经在"古意"之中翻出了新篇，在单一之上翻出了多样，在文化自觉之上翻出了文化自立。风景在乌镇已经不是唯一的经典，它融合了科技，也带动了科技；科技反过来再为风景锦上添花，推波助澜，这要比简单的景区改造人工雕凿，无论从风景需要上还是从历史需要上，更或者人文需要上，都要广泛得多、深厚得多、丰富得多，也实用得多，超前得多。

走在前面的人，可能要经历更多的风雨，但也是最先看到彩虹的人。

夜已经深了，朋友扫码叫车，再摆渡出去，跟随着夜游的人们兴致不减地向外走。临出门，我回头再次端详，想这老得古旧的镇子在返老还童的日子里，还会怎样的活力重现。那些绝代佳人风流才子甚至是贩浆走卒，是不是也都"来过，未曾离开"的难舍难分，而此刻的离开，是为了让那些留恋更安静，再过几小时，那些枕水人家的院子里又该放出看家的狗了，女主人在后面拎着打水的桶，向那石桥边急匆匆迈着碎步，而她的背后，阳光普照。

朋友却有点煞风景地回头望望那灯火通明的古镇，感叹一声，"感谢乌镇，让回味了一把骑自行车的青春记忆。"

一旁的我就乐出声来。

敢上九天揽日月——德清地信小镇

"吉林一号卫星工程"似乎并没有造成世界级影响，但是它却是中国首个以省命名的卫星群。该工程的主要目的即是以米级精度，为企业提供商业化遥感信息服务。而在吉林一号发射仅仅三年之后，在浙江小城德清，有了中国第一个以县命名的卫星：德清一号。

这条新闻在浙江省的各大报纸媒体上一连多日成为头版头条，从此，德清有了一颗上九天揽月的心，也多了下五洋捉鳖的勇气，更圆了逐日、奔月、填海的梦。

德清人马女士和我谈到这里的时候，我再一次验证了这的确是个对家乡有着浓厚情感的人，她对德清了如指掌。

"百度早就代替了现代汉语词典，你确信你还是全靠书得来这些东西？"我指了指自己的头。

她点头："是的，书是最可靠的东西，比如我知道，德清一号每秒七公里，90分钟绕地球一圈。"

可是，这有什么用呢？一个县，区区几万人，或轻工业或农业，弄一个卫星在头上绕来绕去除了成为一个噱头还有什么实际意义？

马女士显然读懂了我的疑惑："比如在德清，你知道有些老户人家的宅基地很大，但房子并没有那么大。如果他家邻居翻盖了房子，侵占了自己家的房基地，这官司除了拿土地证，更直接的证据是什么？可以查卫星照片。德清一号是一颗中低轨道、与太阳同步的卫星，轨道高度是 535 公里，它有着 30 厘米的精确定位、纳秒级的时间校准。把去年的照片拿过来，和现在的照片一对比，谁占了谁的地，一目了然。再比如，县政府的财政报告上一大堆数据，去年退耕还林多少亩，今年修公路多少延长公里，是不是虚报业绩，还是卫星照片拿来一对比，铁一样的事实胜于雄辩。"

"这么神奇吗？"我有点兴奋了。

"不仅如此呢，围绕着这颗卫星，德清已经成为新一代靠天吃饭的地理信息城，一个国家级的卫星城标新立异的崛起。这不是一个点，而是一个产业链。"

一个用卫星串起来的产业链，这种事听上去就足够高大上，足够惹人眼球。我想我有必要去走一走了。

一、从一村到一城

莫干山有着一个关于神剑的传说，现如今古迹仍在。科技同样是一柄神剑，它催生了一个与上古神器般无坚不摧的现代神话。

车进德清，几乎就是一个中国硅谷，太多大名鼎鼎如雷灌耳的名字涌进眼帘，千寻科技、阿里云、浙大中控，虽然我不是专业人士，但这里的每一个名字都名扬四海，每一个都是业界翘楚行业领军，这些中国甚至是世界上都如日中天的企业竟然不约而同的落户德清这样一个小镇，这里面肯定有些文章。

"信息化世界，最缺的是什么？人才，和技术。人才有了，技术自然就有了，那么，怎么招来人才，政策！"马女士如数家珍。做人工呼吸不如打强心针。十年前，德清开始谋划搭建一个现代高新科技为主体的新兴产业，也就是人们常说的科技新城发展战略方针，这也是现在这个地理信息小镇的前身。三年之后，浙江省地理信息产业园落户于此，由此开始，地理信息产业在德清水到渠成一帆风顺。

我们找了家小饭馆坐下来，等菜的时候我习惯性地抬起头，天上只有云，没有什么神乎其神的卫星。

"你看不到它，它却能看到你。在德清，犯罪率几乎为零，为什么？德清老百姓都知道，苍天有眼，卫星在上边瞧着呢，你的一举一动，都在它的监视之下。"

"德清一号在视频动态拍摄模式下能提供 0.92 米亚米级高分辨率，专业性很强，通俗地说，就是从距离地面 500 公里的同步轨道上，这颗卫星拍摄的影像可以达到地表上 0.92 米大小的东西，它都能清晰的捕捉到；它拍摄静止照片时，可以达到在一张照片上拍摄面积为 20 公里乘以 4.5 公里的范围、而分辨率依旧保持 0.92 米的技术要求下。这个指标放眼全世界也没有几颗卫星能达到。"说话间，菜已经陆续上来了，她开始给自己倒茶，"我想你刚才肯定会问，有关治安，白天还好办，晚上光线不足，卫星看不清了，不是一样会发生罪案吗？告诉你，德清一号有夜成像功能，在光线不足的夜间进行拍摄成像依然是 0.92 米级别。"

马女士的话第一次让我把这颗卫星和德清踏实地连在了一起，说得对，至少卫星保障了这里的治安。那么，用卫星保障治安岂不是大材小用？

信息时代这个词，至少在我心目中，还只是停留在超市的扫码付款和叫滴滴车上，但是进入德清，它就生动形象地给我上了一课。看我们聊得热闹，饭馆的小老板也坐过来，身为德清人的骄傲溢于言表。

"听说过港珠澳大桥吧？"

我点头："听说被誉为现代世界七大奇迹之一。"

"七大奇迹之一，够牛吧？这个奇迹中，就有我们德清的功劳。"小老板举起酒杯，嗞一声咽下去，咂了下舌头，"大桥设计和建设中最难的一道关口是要在海底用 33 节沉管铺设一条 6.7 公里长的隧道，而比这个难度更大的是在铺设隧道之前要进行详细的海底勘探，引导每一根沉管准确的走位和精准的对接。这个项目在全世界招标了很久都无人敢揭这个皇榜，多少世界顶尖的勘探公司望而却步不敢应战。说出来你们可能不信，最后还是我们德清的一家公司不仅揭了皇榜，更是毫无差错地圆满地完成了任务。这家公司叫浙江海源汇通空间信息技术有限公司，你们可能不相信吧，这家公司现在在海外有多家分公司，而它 2011 年才成立。"

我开始吃惊了。小小的德清，居然如此雄厚的科技力量做支撑。他凭的是什么？

小老板指了指墙上的宣传标语："抓龙头、铸链条、建集群。德清发展的三大法宝。政府出台的全国首个信息企业培大育强三年计划，引育一批地理信息的龙头企业和专利企业，从地理信息获取、处理、应用、服务一条龙的完整的产业生态链在一镇之中健全壮大。在我们地信小镇这方圆几平方公里的范围内，目前聚集着 280 多家高新技术企业，去年（2018 年）产值 102 亿元，财政收入超 8 亿元，从地理小镇建成的时候起就连年翻倍增长，今年我们镇的产值目标是超 200 亿元，财政收入超 16 亿元。"

如果连一个饭馆的小老板都把镇政府的财政数据清楚得像自己银行卡上的存款一样清晰，那么这个镇子的魅力就呼之欲出了：发展了，有钱了，生活好了，信心足了，也就真的以家乡为家，以镇为家了，因为自己是主人，有了集体归属感和荣誉感，并乐于参与其中，增加整体合力。

小老板面上泛光，越说越起劲。他介绍说，仅仅在十年之前，这里还是一个背靠湖州的城乡结合部的小镇，村居混乱、治安混乱、人口混乱、经济混乱，甚至连一条像样的水泥路都没有。真正的一穷二白，镇领导刚开始从治安抓起，从合作式的小作坊经营搞起，试图改善这里的面貌，但是多年辛苦收效甚微。于是几个领导一商量，不能头疼医头脚疼医脚，这些混乱的根源还是经济的薄弱，与其治标不治本，不如来个大手术，从头到尾改头换面。有人说，地理信息业是个发展前景相当好的产业，不妨从此入手。

可是镇领导就犯了难，这鸟都不敢落的穷镇，如何能引进高新技术安家落户？韩愈当年"云横秦岭家何在，雪拥蓝关马不前"的迷惑如今横在了德清面前。

规划，整体规划。他们请来高人，实地考察，以得天独厚的地理位置为先导，规划了一整套的引资政策，并决定开发一个现代化的产业园。从规划到建设都聘请国际级的专家论证和实施，从经济体的建立模式到实地测量建设，都按国际一流标准，短短几年之间，建起了国际会议中心、德清大剧院等地标性建筑，50

多幢产业大楼也拔地而起，光人才公寓就建了 2000 多套。高级酒店、智能餐厅、游泳馆电影院、学校医院养老所，公园绿地运动场，等等配套项目和设施一应俱全，当年的泥泞破败的小镇就成了今天的"产、城、人、文"有机融合的创新创业宝地。

银行倾斜、政策倾斜、待遇倾斜，政府注入了大量的财力物力人力，真正让那些高新技术人才宾至如归，企业为主体，技术为先导，质量是命脉，从一个村到一座城，华丽转身，在蜕变的阵痛之后，一切打散重来，这魄力，这胆识，就该是真正地把"可持续发展"奉为至理名言的典范了。

一番话像极了镇政府的发言稿，可偏偏是从一个小饭馆的小老板嘴里说出来，这让我兴趣大增。毕竟普通百姓能对着陌生人为政府击节叫好，这肯定是发自肺腑的赞叹，而这政府也肯定是能干会干有心计有头脑真正做事的政府，否则不会得到百姓如此拥戴，而且只有政府有充足的自信，才能给民众充分的自信，这是必然的因果关系。

我盛饭："吃完饭，我们转转吧。"

二、卫星镇、地理镇

带着吃饭时那个"用卫星保障治安是大材小用"的疑问，饭后我们在这座还散发着水泥和装修材料气味的崭新的小镇里逛开了。

小镇不大，真的是麻雀虽小五脏俱全，一个科技感十足的宜居城市该是什么样子，德清小镇便一语道破了。生活所需的全部，在这里你都能找到，甚至就在这密如林立的科技公司之间，居然还隐藏着一座地理信息科技馆。

这是一座以"地理信息，让生活更美好"为主题，集展示、科普、教育、宣传、研究于一体的大众化地理信息科技馆。由"导航与位置服务"、"航天航空遥感"、"地理信息系统及互联网地理信息服务"、"测绘地理信息工程服务"、"地图及地理信息文化"、"践行联合国2030年可持续发展议程的美丽德清"6个专馆以及序厅和未来影院组成，面积7200平方米，是目前国内面积最大、内容最齐全的地理信息专业性科技馆，一座科普型的建筑瞬间让那些高大上的专用名词进入感性化理解层面。借助北京天绘等大型企业的力量注入，这座现代感浓烈的科技馆也让这座小镇充满了接地气的通俗感，一下子从卫星、雷达、秒速等科技领域回归自然和朴素，也让这里成为国家三A级景区。而就在这个三A景区里，却在改变着世界，改变着你我，它厚德载物，怀抱千里。

"绝对权威"永远无法替代鉴定机制，社会学的鉴定机制就是是否引领潮流并参与社会改变，离这个主题稍远的都必是无源之水无本之木。社会认可、百姓得福，这几个词是唯一能参与中国社会竞争的基础力量。

启飞能源曾受邀在展馆外展示一台A16植保无人机，这架无人机配备了厘米级高精度定位系统，以及智能双目自主避障功能，代表世界先进水平。就是这架无人机，在2018年11月，首届联合国世界地理信息大会在德清召开，这座科技馆就是当年的会址。李克强总理、联合国古特雷斯秘书长都亲发贺电，108个国家和地区的1300余名嘉宾出席参加，国内外200余家展商集中展示了地理信息跨界融合领域最前沿的技术与产品，打造了"同绘空间蓝图，共建美好世界"的国际交流合作平台，凡此种种，哪一项不是世界顶尖的荣耀？随后在荷兰"2019世界地理空间论坛"上，又凭借"基于统计与地理信息的 2030 可持续发展目标进展综合评估"项目被授予"地理空间世界卓越奖"。德清地理信息小镇在屈指可数的数年之内就"从无到有"，"从默默无闻"到"傲视全球"的飞跃。

与苍生关涉不大的事物，无论再如何高壮雄武，都将被摧毁湮没，这座似乎从科研角度来说高不可攀的建筑最终如何为民众服务，才是验证投入是否具备社会价值的标准。

这座高大上的科技馆完全免费开放。作为民众科普的最尖端设施，从一座科技城又衍生出一个国家 AAA 级景区，在被挂星之后，又借此良机推出了集智慧城市、智慧交通、智慧旅游、智慧医疗等于一体的全新应用体验，呈现了以数据驱动的未来社区模板，它从高端科技的方向上解答了社会问题，又从服务社会的层面上回馈民众，更从普及知识的角度，大手笔投入，不计回报地成为公益设施满足社会要求，它解答了如何领先，又解答了领先的奥秘，更为"继续领先"做好了准备。

单纯的进化不是发展，它只是因势而动适者生存的本能需要，而真正意义上的发展，要特立独行，要标新立异，要目光高远，也要另辟蹊径。这一切，都需要有一个强有力的支撑点和切入点，而仅仅临摹，只能模仿前人，却无法超越。这就是德清之所以是德清。

值得一提的还是"智慧医疗"。

2017 年初，德清县人民医院与浙江大学附属邵逸夫医院合作共建的心内科远程会诊中心揭牌，从此德清市民只需借助互联网，便可享受省城医院专家视频会诊的便利。

在心内科病区，树立着两台大显示屏，点开"会诊转诊"页面，片刻之间远在百公里之外的邵逸夫医院两个科室的实时镜头画面便呈现在病患眼前。在这里，远程医学教育、病理知识普及宣传、具体病例的远程讨论、病情诊断、远程手术示范和手术实践转播，都可以实现秒同步，更难能可贵的是，这些资料还可以随时回放重播。不仅对病患，更对医生的实习提供了前所未有的便利，让德清市民在自忆的家门口就可以享受到邵逸夫医院优质的医疗服务。副院长俞计明说，利用互联网技术搭建的远程医疗平台，引入邵逸夫医院先进的医疗理念，为基层医院的临床医师带来急需的技术和知识，不仅提高了病人的就诊准确性，更提高了医院医护人员的业务水平，更好地为广大市民服务。高科技手段带来的云分级诊疗、智慧医卫自助检测、电子处方等一系列信息化手段，让互联网医院成为市民就医的主体，传统的诊疗模式一夜之间被推翻重建。随着智慧医疗去平台的正式上线，转诊成为历史，检查报告瞬间传输到省内专家手上，对疑难病症的正确诊断、急重病患的准确就诊都有明显的改善，诊疗效率几何级提升。

任何失去美好精神心态的宣传和口号都无法真正满足心理获得感，民众的心理获得感，说穿了就是"幸福指数"，除了生活上有安全感和经济上的保障感，又必须切实超越这些基本特征，从而从精神层面上和健康层面上谋求身心安乐、个性权利、完美保障，基于此，我们才能更深入地解读德清，解读一颗卫星带给这个诗意小镇的内核和本质。

三、天气预报一千米

这一切都利益于德清一号的上天和投入使用。

"德清一号"与一奶同胞的大哥"吉林一号"同属长光卫星

技术有限公司所有，这是国内首家集卫星研制、运营管理和遥感信息服务为一体的全产业链综合性商业航天企业。2015 年，公司推出了自主知识产权的"吉林一号"并成功发射，在本就是卫星大国的祖国大地上开创了我国商业卫星应用先河。

吉林一号的试运行成功之后，董事长宣明带领的科研团队经过两年多的实地考察，对这块得天独厚的浙东宝地情有独钟，于是决定将长光卫星的吉林之外的第一站设在这里。随着德清一号的成功发射和投入运营，整个德清的面貌焕然一新。

国内电子地图精英桔子地图、无人海洋航行器翘楚南方测绘、无人机行业第一把交椅中测新图，国内测绘地理信息装备领域第一家上市企业中海达等纷纷投来橄榄枝，中欧感知城市创新实验室、中科院微波特性测量实验室、武大技术转移中心、浙大遥感与 GIS 研究中心等科技创新载体也纷纷抓紧在德清圈地入驻，阿里巴巴集团与中国兵器工业集团合资在德清成立千寻浙江公司，这块不足四平方公里的小镇上集合了全国信息界的龙头企业，园区的核心区块里更竖起了北斗导航装备制造园、遥感测绘装备制造园等世界级的企业 Logo，整个信息业全能产业链快速形成。

由国际知名图形图像专家、欧洲科学院院士谢尔盖担任该中心首席科学家的中国·白俄罗斯图像处理研究中心不是首个在德清入驻的外资，但却是在德清将动态遥感影像处理向人工智能发展的带头人，在德清落户安家的这些企业中，有三分之一的核心成员包括中科院院士、国家"万人"和"千人"计划人才等，内容涵盖了遥感大数据、金融大数据、智慧农业、智慧旅游、VR/AR、激光探测等多个领域。人才的引用得益于地方政策的大力倾斜，德清高新区党工委委员、地信局局长章伟忠说，德清的科技、人才"双十条"新政后，海内外的专家教授，包括国家和省"千人计划"人才在内，小小德清已集聚3000多名高层次及应用型人才，成为地信小镇发展的核心支柱。

短短几年时间里，聚集在德清的地理信息产业公司有二百余家，而首开先河的长光公司则一鼓作气，又大笔一挥准备在德清以五年的时间，投资10亿元完成遥感大数据云平台项目，联合地信小镇内企业共同打造大数据背景下的地理信息应用市场。2017年地理信息小镇实现税收4.63亿元，连续第5年翻番增长。2018年上半年小镇营业收入达到50.6亿元，税收超4亿元，预计全年税收超8亿元，营业收入超百亿元，继续翻着跟头大步向前。

经济从一颗卫星开始，可是，一颗高科技的卫星除了拉动经济之外，与普通老百姓又是如何息息相关呢？

最神奇的地方在于，如果你要去拜访大概一公里之外的朋友，你可以先连上网络看看朋友家是不是在下雨。

是的，德清一号的精确程度能跨时代的达到天气预报一千米距离，或者一小时内准确更新，这在全国、全世界都是绝无仅有的，这对于一个小镇来说，是幸福还是奢侈？

人类的进步是以科技指标来衡量的，时代之赐总是恩典于第一个用技术辅佐生活的那些人。蒸汽机可以只用来加热水，也可以用来拉动火车；火药可以用来庆典，也可以用来征服；而科技，只用来幸福，它需要经验，也需要精力，更需要独到的利用它的眼光和方法。卫星已经不是新鲜事物了，但是利用卫星搞科研的多，用卫星服务一镇一村的却凤毛麟角。

王栋是"德清一号"的副总指挥，他专业地介绍说，"德清一号"还有一项世界级的领先功能是对同一地点的跟踪视频拍摄时长可达两分钟，这同样是世界级的指标。

四、造福自己也造福他人

以前农民在地里耕作，只能是抬头看天，低头挖地，靠天吃饭的日子苦啊。现在好了，天上有颗卫星，想想都神奇。地理信息与科技农业的整合使得原先低能的农业与高能的科技巧妙融合，精确定向，极飞科技更是依托卫星，将无人机产业在德清发扬光大，对施肥、植保等方面的农业信息化、农村地理信息产业化的指导进行了深入试验极飞地理依托自身在商用无人机领域十年来积累的研发和制造能力，融合了无人机、卫星遥感和云计算技术，拥有多项自主知识产权的测绘无人机产品和数据处理平台，助力智慧精准农业。过去的农民天不亮就要扛着锄头下地，现在的农民则坐在电脑前喝着茶聊着天，就把自己承包的地该使用多少化肥和农药，产量能够达到多少，未来若干天里气候、温度、湿度等数据曲线一目了然，过去人们只关心"今年的收成"，现在人们更关心去年、今年、明年的生产数据，从而对种植了如指掌，做到有的放矢。而这些数据，就是卫星加无人机对整个德清的全方位覆盖的结果。

当年看过德国农业机械的强大战斗力之后，曾惊叹科技改变命运这句话的精准，但是现在，从一颗尖端技术的卫星来感叹生产力的急剧膨胀和科技依托的强大后盾则更让人钦佩"科技是第一生产力"这句话的正确性。

极飞地理使用的无人机可以达到厘米级定位，可以想象，利用无人机喷洒药剂，比人还喷得精准仔细。动态厘米级和静态毫米级的定位能力加上基于卫星遥感技术和精确的定位技术，将数字化城市理念植入德清。不仅对农业生产，甚至基于实时感知车辆数据、拥堵指数等控制，对交通智能化有着决定性的指导作用。

与"吉林一号"卫星组网后，大数据全面完成，定时传回的气候、道路、地图等数据对城市规划、道路交通、五水共治、高空测绘等提供了准确指引，等于是把一个监控系统投到了天上，整个德清完全没有死角。

几年的时间，德清地理信息产业实现从无到有从小到大从粗到精的发展，成为了全国地理信息产业集聚度最高的区域。合理的破坏就像手术，总会用暂痛的代价迎来全新的躯体。从最初的立项建园开始，经过几年的励精图治，现在的德清早已完成衔石填海的补天大业，那轮回曲折艰辛困苦自不必细表，可以想见，把一块生铁投入火炉，烧红之后再插入冷水，"哧"的一声，再回炉重炼，再插入冷水。如此往复就百炼成钢。德清，就是这样千锤百炼终于修成正果的。

2015 年 5 月 6 日，"中国——联合国全球地理信息国际论坛"会址项目在德清奠基，中科院遥感所名下的中科卫星应用德清研究院，阿里巴巴与中国兵器集团合作的千寻位置、发射"德清一号"卫星的长光卫星、无人机的领军企业极飞地理等一批地信中坚在小镇落户，全面推动了德清的地信发展，中科微波目标特性测量实验室是亚洲唯一的地信先进实验室，技术与人才保有量世界领先，除了依然保持的传统农工业，地理信息产业已经成为了德清的拳头产业。

这是德清发展史的"总序"和"总纲"，德清变了，山更青了，水更绿了，城市更美了，人民更富了。富起来之后，德清做的第一件事便是与木里县建立扶贫协作结对帮扶县关系。县经合办主任曹才良提到，木里重大森林火灾给木里敲了一记警钟，由于木里县地形地貌的特殊性，灾情隐患严重，而且防灾减灾的手段又单一而原始，而这方面，德清基于卫星技术，可以有针对性的借助德清地理信息产业优势和成熟成套成系列的无人机技术、卫星遥感技术提升木里应急救援的响应速度、专业程度和救灾效果，有效减少森林火灾发生率，避免财产损失和人员伤亡。

　　四架火灾监测救援无人机就是在这样的情况下从德清地理信息小镇生产、组装并发往木里。在火灾监测、辅助决策、消毒防疫、物资运输等方面，通过德清的成熟稳定而强大的地理信息等科技手段助力木里开展森林防火和精准扶贫。而德清依仗的，就是早已入驻德清的浙江迪澳普、启飞智能等知名消防科技企业，这些企业在森林火灾预防、预警、物资救援等方面拥有优质的地信技术装备资源。

　　浙江迪澳普的 SV360—G3 无人机是一款工业级小型固定翼无人机，可远程高空航拍并实时传送数据，适用于火灾监测、预警等。启飞智能提供是 A16 植保无人机，可实现自主喷洒作业，用于消毒防疫、应急物资运送等。这些无人机投入木里之后，德清还安排技术人员前往木里开展无人机培训，并指导帮助木里县建设森林消防预警监测管理平台，同时带去的还有由德清牵头发动的红十字会、慈善总会等部门开展的慈善捐款活动的成果：50 万元善款。

　　共同富裕是理想，但善良的心是理想的基石，那是道德之巅的灿烂和温暖。只有落在了这个基调上，所有的付出才不会在乱流之中左支右绌前后摇摆。

五、"高新"和"国际"

如果一定要抛开地信和卫星这两个词去形容德清，那么一定会是"高新"和"国际"，卫星是德清的，也是世界的，一颗同步轨道运行的卫星不仅看着德清也看着全世界。这镇子成为全国首个拥有专属卫星的县城之后，德清一号成了招来凤凰的梧桐树，从而推动全镇的经济快速发展。

2017 年，德清成功创建了国家 3A 级地信特色旅游景区。随后更是抓住了世界地理信息大会召开的契机，加快步调对基础项目和配套商业的引进和扩建，把地信小镇打造成特色景区。整个浙江省有一个被正式命名的省级特色小镇，德清是其中之一，而且是唯一一个以高新科技为特色的小镇。

从科技到旅游，又是一次华丽转身。以科技为依托，以旅游为手段，德清在全方位提升'吃、住、行、游、购、娱'等旅游需求的基础上，开始向创建具有独特产业特色和人文风情的国家 4A 级旅游景区迈进。"产业为本、文化为脉、产景融合、智慧创新"四个理念，突出"基础设施、配套功能、服务质量、旅游环境、景区业态、产业互动"六大重点。这次摇身一变，德清更让世人面前眼前一亮，从此德清步入了一种精神亢奋和写意状态，像渐渐铺展的墨卷，汁水淋漓，豪情尽现。

树牌第一年，仅地理信息科技馆就接待游客超过 5 万人次，2018 年，这里更被认定为省级科普教育基地，在地信小镇旅游，还能学到科技知识，又成了小镇的另一特色。

德清县委书记王琴英说到这里的时候，脸上得意、骄傲和自豪的神情像阳光一样闪动着，从以农为主，到卫星上天，再到地信小镇、科技小镇、旅游景区，德清一年一变，借助卫星优势，努力拓展人工智能、大数据等新兴领域，带动产业跨界发展，为德清经济转型升级、高质量发展注入新动能。

德清以逐日之心，奔月之志，像卫星一样奔跑着。

甜蜜的漩涡：嘉善大云巧克力小镇

　　喜欢东游西逛，但最不喜欢参观工厂，总是感觉那些冰冷的机器和穿梭的工人，离心目中理想的迫切想靠近的东西太远。为此，当嘉善朋友提议要带我参观工厂时，我表示强烈的反对甚至抗议，"这么好的天气，逛逛小吃街，看看风景多好。参观工厂，未免流于形式还浪费时间。"

　　朋友连连摇头，"我们今天要去参观的工厂，不但比小吃街还琳琅满目，还有欧式风景可看，更让你感觉甜蜜。"

　　我半信半疑地被她拉上车，东偏北，上海方向。

　　即将驶出浙江，黄浦江在车载地图上被用一条蓝线标明，渐渐地变粗变大变近。我一边漫无目的地看着车窗外的风景一边在心里盘算，上海虽然经济发达，但却并非以工厂和生产业著称，到底有什么工厂能让人感觉甜蜜？车已经驶下高速，前方突然出现了一座高大的广告牌。

　　"绿色大云，人居大云。"

　　空气中飘来一片浓郁香甜的巧克力味让人精神一振。

一、旅游式工厂

眼前是一组占地十余亩的欧式建筑，周边满是花地草坪，绿地上星星点点地停着些老式公交车和巨大的字母，仿佛来到了欧洲的小镇。朋友停车："到了，歌斐颂巧克力小镇。"

红黄色调为主的热烈氛围中，穹顶栏阁的欧式建筑连成一体。早在几年之前我曾经也是在一个阳光普照的上午穿行在突尼斯的旧巷老宅之中，这里让我恍惚有故地重游之感，相差的只是些金发碧眼的西方面孔了。我有些目瞪口呆："你确定这是一座工厂？"

朋友不答，指指点点地给我介绍：这里是歌斐颂市政厅，这里是婚庆庄园，这里是可可森林，"全国首个以巧克力文化为主题的创业园就是从这156米长的观光通道开始的。"他带着我穿过一条通道，直接到达了巧克力生产线。透过玻璃，我能看到巧克力制作的全过程，原料的遴选、混合、研磨、提炼、加工，再到包装都可以一目了然。穿过通道，整个身心都已经被巧克力的细腻柔软和甜美包裹得严严实实。

就是这里了，巧克力文化展示馆。在金黄的可可树、可可果的包围之下，我又恍惚到了非洲的可可种植园。文字图片声光影综合运用，让人从对巧克力的一无所知到面面俱到的精通。而在巧克力文化体验馆就更让人激动了，这家工厂里居然有巧克力的私家订制房，有金发碧眼的外国巧克力制作大师现场表演，也可以自己动手做一块巧克力，调成什么品味、放什么坚果、做成什么形状都是你说了算。而就在不远处，一个造型独特的巧克力喷泉正一刻不停的从喷泉口里涌出粘稠的液体，仿佛地下有一处巧克力的熔岩，在这个薄弱处从天而降。

　　我连做带吃，一边不住点头，这工厂，的确是比逛小吃街过瘾。离开城市的钢筋水泥和玻璃幕墙，突然陷身于一座以工厂冠名的巧克力世界，就像是跌进了甜蜜的漩涡。而据说，这里的老总莫雪峰居然是个 85 后。

　　"后生可畏啊。"朋友开始讲起莫氏王国的甜蜜故事：

　　莫雪峰的父亲莫国平本是以包装起步，直到儿子莫雪峰从美国波士顿大学拿到了金融学硕士学位后，莫国平亲赴美国参加儿子的毕业典礼，并要求儿子回国创业。儿子唯一的条件就是不受父亲余荫，要做自己喜欢做的事，因为他不喜欢包装业。

　　当父亲的于是问他，你想做什么？儿子回答，你当初创业的时候我还小，你太忙了经常吃不上饭，妈妈就总是在你出门前往你的口袋里放上几块巧克力。那时候感觉巧克力简直太神奇了，甚至有一种神圣的普度众生的感觉。莫雪峰在美留学期间曾多次考察当地的巧克力种植、生产、营销等各个环节，早就在心里做好了回国创建自己的巧克力王国的念头。

　　那时候国内的巧克力市场还基本处于空白，发展空间极大，国内厂家更只是注重巧克力的生产，至于巧克力文化的延展几乎为零。莫雪峰的目标很坚定：做国内最好的巧克力制造商，也要做国内第一个巧克力文化的传播者，他给自己的创业定位就是，巧克力工厂式文化旅游，集巧克力生产、研发、展示、体验、文化传播、亲子游乐和休闲创意为一体的工厂式旅游，或者叫旅游式工厂，把产业做成文化，把文化拓展成旅游，用旅游创造效益，真正实现经济链条化。

　　虽然是以巧克力命名，但是莫雪峰的目标和产业内容显然不仅仅甘心只是一个巧克力的生产者或者作坊，而是要做一个围绕着巧克力，做大一个"甜蜜"事业，包括文化、创意、食品、包装、手做等一系列体验，把国人心目中的这种高档零食以文化的形式呈现出来，赋予其个性和精神内核，从而形成风味独特令人难忘的甜蜜旅游产业。

2011年，歌斐颂巧克力正式立项，莫雪峰从瑞士请来专家、引进设备，建立了世界第一流的巧克力流水线，全部采用数控技术，年产高品质可可脂两万吨的能力。

"两万吨，似乎并不是很大的一个数字啊。"听到这里我打断了朋友的话。朋友回头看我，目光里充满了一个内行打量外行的可笑感。

"不是很大？这么和你说吧，目前世界上第一流的巧克力生产厂商，年产量也不会超过四万吨。"

这真是出乎我的意料，我本以为，一家工厂年产两万吨实在是小儿科呢。

2016年，科特迪瓦驻华大使慕名而来实地考察，并与歌斐颂集团达成互助协议，邀请派员赴科特迪瓦考察，双方深入使用，在科特迪瓦开辟两万亩可可农场，定点培植和收购纯正的科特迪瓦可可豆专供歌斐颂。这是国内第一家可以真正品尝到科特迪瓦巧克力的生产企业。

把甜蜜做成主题，把食品做成文化，将巧克力作为灵魂，莫雪峰真的把甜蜜做成了艺术经济和经济艺术，以特有的"十三道工艺法"收入国家级非物质文化遗产。

二、鸟语花香的人间天堂

早在甜蜜小镇开张之前，大云已经是闻名遐迩的生态旅游区了，一直是国内有名的"全国最美乡镇"、"中国鲜花之乡"，更是有名的温泉度假区。

碧云花园是以花卉和水果为主的休闲体验园区，是嘉善杜鹃的主要产地，北京奥运会、上海世博会都有产自这里的花，而碧云花园也权威地参与了国家级行业标准《杜鹃盆花生产技术规程》的制定。

总裁潘菊明在上世纪九十年代以服装起家，创建了嘉兴大阳服饰有限公司，功成名就之后第二产业便瞄上了来势正猛的绿色花卉养植界，并大气魄地在这里规划出一个超前规模的碧云花园。

"现代人经常搞错一件事：主宰世界的不是我们人类而是大自然，主宰花园的不是阳光而是植物。植物是花园的灵魂，花园的精神和全部内涵，都源自植物的自然本真。"潘菊明几乎每次演讲都要用这一段话做开场白，而"营造碧水云天的生态农庄，奉献鸟语花香的人间天堂"则是碧云花园的梦想和初心。

潘菊明是土生土长的农村人，1984 年，经过三年军队的锤打，潘菊明退伍之后进了大云镇的一家乡办服装厂，靠着军队里练出来的精明肯干认真负责，他从仓库管理员一直做到会计、厂长，服装厂衰落的时候他回家务农了两年。在田间地头上，潘菊明时常看着天空设想自己的未来。1991 年，心有不甘的他向亲戚朋友借了 7500 元钱开始了第一次创业。十年之后，他的服装厂终于打开了海外市场，他有机会去日本进行商务考察。

就是在那个时候，第一次出国的潘菊明就敏锐地发现了契机。在大阪，他第一次亲眼看到了漫山遍野的樱花林，从此，他的心里多了一个梦想花园。回国后他立即着手把心中那个梦想花园变成现实，并第一个在大云建立了以生态观光和手植教育为主的绿色旅游项目，他给自己的花园起名碧云。

碧云花园项目是大云第一个生态休闲旅游项目，浙北首个全国自驾游基地、国家级旅游示范点，潘菊明也被后来的投资者亲切地称为潘兄。

而云澜温泉则是苏浙沪一带罕见的甚至是唯一的"真温泉"项目，更是国内首个女子温泉。

中国似乎遍地都是温泉，但温泉广场那种消费场所里的温泉，货真价实的其实不多，温泉的采集成本太高。嘉善没有山地丘陵，却有一口好泉。嘉善县魏塘镇，一刻不停地喷薄着浓浓暖意，此泉名幽澜，已有两万六千年的喷发史。2006 年，浙江国土资源厅根据勘察报告，投入民 3500 万元进行地热资源勘查，并在 2008 年在地下两千米深度成功引出温度高达 40 度的地热水。这口井的水质属于偏硅酸铝矿物水，在地下浸泡了两万年的地下水中富含锂、锶、碘等矿物质，达到了医疗用水标准，有着良好的养生美容保健功效和消除疲劳抵抗衰老的疗效，在整个华东也屈指可数。

就在嘉善打出第一口温泉井后不久，习近平同志来到大云，正式提出嘉善要"转变发展方式，主接轨上海，统筹城乡发展"的发展思路。这句话让一个人猛然察觉到了温泉带来的机遇。2009 年初，大云温泉正式对外招标。中标者即是目前的温泉拥有者，张虹。

张虹的荣誉太多，联合国授予的"世界杰出创业女性"、"中国十大品牌女性"、"华东旅游联盟会长"、"浙商理事会主席团主席"，也是浙江云澜旅游的董事长。这个出生于嵊州的传奇女子，有着浙江人特有的敏锐和坚韧。最早她来大云投资了不少地产，温泉一出，她又立即大手笔拍下开发使用权，并投资 30 亿围绕着这口温泉打造特色旅游休闲景区。她请来迪拜帆船酒店的副总设计师担任总体设计，美国 GCH 公司负责景观设计，酒店的策划则是与希尔顿合作。世界级大师的鼎力合作之下，云澜湾小镇一竣工立即被评为国家 AAAA 景区，并一举拿下了首届中国温泉新锐"金汤奖"并荣获华东最美温泉、中国国家劲旅奖最佳温泉旅游景区称号。真是拿奖拿到手软啊。

说起来张虹与温泉养生业毫不搭边，能有今天的成就完全凭借她独到的眼光和准确的市场判断。2002 年，张虹在嘉兴创业，一个人单打独斗，开发了长三角地区第一个 shoppingmall 优品住宅区项目。6 年后，温泉从大云的地底下被开发出来，业界评论说温泉经济将成为大云的新机遇。经济嗅觉的灵敏加上果敢坚韧的性格，促使张虹开始钻研温泉项目，并请专家评测和规划，在精心预演和产能推算之后，张虹立即着手打造自己心目中的温泉养生蓝图，并第一时间向温泉开发委员会递交了相关材料和开发设想，并在随后的竞拍中以总分第一名的成绩拿下了项目，成功地引领了大云旅游业从传统单一的农家乐模式向高端大气现代化的温泉度假村模式的转变，2011 年，云澜温泉正式对外开放，给大云的旅游业从最简单的农家风味小吃转向与现代人消费理念融合的"体验型、度假型、文化综合型"的整体风格上来。

温泉主体建筑自然是帆船酒店的设计师马丁先生，以莲花为意，又增建了"双莲古井"，寓意"冷热双莲，井上添花"，主体以唐风汉韵的中国元素为基调，原木门廊、飞檐古木、台亭栏杆，处处的中国风景暖暖情意。用中国元素切入中国消费者的欣赏角度，这不是什么新套路，但却很简单有效。

　　以温泉为核心项目，张虹还继续推出新颖的旅游体验项目，云澜湾是中国首个女士温泉体验社区，将温泉产业向集中化和全方位化发展，云澜湾的一泓花宴、金丝黄菊、布袋木偶都已成为围绕着温泉项目互补互衬的感官体验活动；云澜湾的泓艺术馆更是将各种艺术展和文化名人讲座吸引进来；上海师范学院的师生们每年都要来这里进行收画创作和交流；国学导师、书画名家也是这里的常客；围棋大师聂卫平、陶艺大师侯一波、国学教授于丹等都曾是这里的上宾。

　　云澜湾内的每一幢房屋都有故事，这也是引得名人到访的理由之一。号称"梦栖泓庐，自在于心"的泓庐酒店把江南水韵、园林、国学要义和道家养生等元素巧妙结合，泉水古树、长廊玄窗，有西风古道的沧桑感也有采菊东篱悠然自得，有梅妻鹤子的逸气又有晨钟暮鼓的禅味，在飘飘欲仙的美妙之境里体会人间烟火，在三尺凡尘中领略无限宇宙；而五道禅院则以琴书茶香花五大元素烘托出儒家思想的精髓，五间养生房设计独特寓意深远。所谓五道，即琴道（琴瑟在御）、书道（枕经拥收）、茶道（上善若水）、香道（红袖添香）、花道（朝花夕拾）为主题，又暗合金木水火土五行，每套养生房都有独立温泉泡池，可谓是妙趣横生，一个温泉能泡出中华五千年的味道。

　　借助女士专属温泉，把温泉休闲和健康养生相结合，从美容美肤到生理健康，一向目光长远的张虹将"宜游宜业宜居的温泉小镇"再一次提升，云澜旗下开发的女性专属的"超越米其林"养生花宴更成为万千女性来此的必点餐。云澜温泉的美丽服务计划全方位启动，通过温泉养生的启动，切入高端生理卫生检验、妇幼保健和月子中心、微整容抗衰老等项目也加速启动，目前这里已经成为浙江省中医药文化养生示范基地、浙江第一家全国青少年教育成长基地。2018 年 3 月，张虹随浙商女杰代表团赴纽约出席了联合国妇女地位委员会会议，并在会上发表了专题演讲，由此云澜湾开始迈向世界，成为让全球瞩目的东方女性养生品牌。

2017 年 11 月与上海景域集团签订了总投资 2.6 亿元的"云野·歌遥"项目，主攻绿色山水田园风光秀，以水乡山野草树稻苗为特色旅游基点，将农耕文化与古典山水田园文化整合一体，真正成为集度假、美食、游戏、闲趣创意等多功能为一体的水乡精美放松基地。

说到山野闲趣，就不能不对大云的地理位置感到骄傲了，大云独特的地理位置使其有着得天独厚的花卉生产条件。四季分明的亚热带气候十分有利于花卉生长，杜鹃是嘉善的县花，也是碧云花园的主打经济花卉，杜鹃满山满野，成为笑声遍地的休闲绝佳地，目前正在与上海智杕、嘉佑农业、台湾精品农业对接农旅开发项目，让杜鹃开到大云的每一处角落。

这里是一个世界级的鲜花展示区，数千种花木与远处的民居近处的流水相呼应，夹杂着葡萄园、桂树园、草莓园等采摘试验园，缤纷色调成就了鲜活的云海花田。

这里饱浸着创始人潘菊明的故土情怀和浪漫理想，甚至还有他的全部心血。来到碧云花园，郁金香海、薰衣草海和樱花林更能让人感觉到人生美丽真的是需要与花相伴的。诗情、画意、花香，人生的完美似乎缺一不可。

有花，有巧克力，还有温泉的温度，这么甜，这么暖，怎么能没有爱情？借助花海和巧克力产业的兴旺，大云的婚庆产业居然也异军突起。

最早是歌斐颂的花园式厂区吸引了很多到杜鹃花海拍婚纱照的恋人们来这里取景，到后来很多婚庆公司找到碧云花园和歌斐颂签约进行正规租用式拍摄，使这两大景点成为婚庆拍摄基地，而云澜温泉又恰巧走温婉路线，加上附近的田园风光同样是婚庆取景的胜地。如此一来，这个文化小镇又一夜之间成了婚礼庆典的聚集地。聪明的大云人开始挣起了婚庆钱，从婚纱摄影开始，到婚庆糖果批发，再到婚庆鲜花、婚礼策划和婚宴接待，大云的婚庆一条龙服务竟然后来居上炙手可热，每年接待婚庆事宜多大8万次。

云澜温泉抢先进入婚庆行业，依托温泉优势，董事长张虹请上海摩玛兄弟加盟，打造华东最大的一站式婚庆蜜月基地。从婚庆策划到摄影、婚宴、礼仪演艺、婚房设计等等，一个温泉村完成从恋爱到求婚订婚结婚度假全系列。仅婚纱摄影一项，温泉村就划出土地200余亩，取景区从哥特式教堂到荷兰风车，从少年的旋转木马到天马行空的热气球应有尽有。

歌斐颂、碧云花海以及云澜温泉刺激了婚庆产业，而婚庆产业又反过来为这几大支柱产业继续创收，大云的连锁效应开始正向螺旋式上升，巧克力产业链、文化创意链和休闲蜜月度假链最终形成。

甜蜜终于有了它的归属。

大香、大美、大温泉，嘉善的三大品牌支柱，撑起了一片香雪海。

三、甜到半夜能甜醒一样

此地有万种风情，也有跌宕的旧时光。

春秋时这里本为吴越接壤之地，双方交战必在此刀光剑影一番，嘉善先人看习惯了人世沧桑世道艰辛。地处长三角城市群核心区域，是浙江省接轨上海第一站，夹在上海与杭州苏州等名城之间，嘉善一直也是被各方眷顾的小弟，特殊的地理位置造就了一个全国综合实力百强县。这里的人们不讨巧，不张扬，依托境内交织的水网晨渔暮纺，勤劳肯干，素以鱼米之乡、丝绸之府、文化之邦而名扬天下。

这个3.87平方公里的小小镇子，是浙江到上海之间最后一个小镇，嘉善到上海虹桥枢纽仅需19分钟、南下杭州也只要半小时。在众多的历史名城文化名城之间，嘉善以"镇域景区化、景区全域化"、"以旅游集聚产业、以产业支撑旅游"的产业培育目标和发展理念，成为力追名城、带领全省的重镇。

镇子虽小，抱负却不小，投资2000多万的云宝二十四节气体验馆正在进行施工图设计；投资500万元全域导视系统已经完成总体规划的设计并进入施工阶段，整体工程已经完成；嘉善大云的开遍杜鹃的花海里，碧云葡萄、有机甲鱼、缪家大米、铁皮石斛、巧克力等特产推出了一系列工农产品和艺术手工品，云宝旅游品牌已经小有名气。配套设施上，有"被誉为温泉旅游中的家"的斯维登度假酒店，有道法自然的双莲酒店，碧云农庄、樱花风情街等特色街区和山庄星罗棋布，美食则以云澜湾花宴、莲塘秋船菜、碧云农家菜、巧克力西餐等特色餐饮为主品牌，《嘉善巧克力甜蜜小镇规划环境影响报告书》和嘉善巧克力甜蜜小镇"区域环评＋环境标准"改革实施方案的具体内容正一一实现。作为浙江省2017年度优秀小镇参加全省示范类小镇评选；在2018年5月嘉兴市第一批省级特色小镇模拟验收评估中综合得分第一名；荣获旅游界奥斯卡 – 2018 亚洲旅游红珊瑚奖——"最佳旅游创新项目"奖。一个真正深入世人生活中的甜蜜计划正深入人心。

更难能可贵的是，大云在全力发展新兴甜蜜产业的同时，仍没有忘记自身原有优势，借助甜蜜事业带来的丰厚利润扶持巩固绿色乡土旅游项目。

大云一直以来都是旅游胜地，水乡旅游也是这里最早的 4A 景区。1990 年前后，这里还是一个纯粹的农业镇，2001 年才开始着手开放水乡旅游。大云是典型的水乡，遍布区域内的水道就像大云的血管，乡土气息才是大云的根。独特的江南水色和古桥古宅，村野风光，蓉溪之滨的大云旅游区本来以游憩为主，沿溪而建的古村落和田园景致充满了陶渊明笔下采菊东篱的悠闲自得。而碧云花园的落成其实也是利益于得天独厚的田园基础，当碧云花园渐渐丰满之后，它便返回身来引领了水乡景区重建和扩建，从资金和景区设计上整齐划一，相融相生。十里水乡汇集了蓉溪拱绿、桃源隐渔、秋芦飞雪等十余个景点，既可坐在船头用一杯茶陪伴你一个下午，也可以信步闲庭围着五公里的溪边甬道消磨一个傍晚，如果想去街上走走，高标准景观级的巧克力大道、温泉大道、花海大道也会让你领略精致曼妙的江南风情，转向小桥流水、花荫虫鸣之中，便如人在画中，画在景中，景在梦中。真的是五分钟忘了自己，十分钟就能忘了世界。

景观可以人工，原乡味却不能再造。在一片花开成海香气袭人的景观群之外，原生态纯乡情的自然风貌和绿色特产也让这里的水乡意境更丰满更圆润更扎实，处处可见的休闲农庄里你可以从事众多项目的农事体验，也可以亲自采摘，亲自下厨，再睡一晚星月当头鸡犬相闻的农家觉，做一个忙里偷闲的农家人的梦。阡陌之上，荫鸟渔灯的悠闲生活让忙于奔波的人们终于可以有一个彻底放松不用戒备的安然之所了。

从农业向工业转变的过程中并未将二者截然分裂，而是农业里有工业，工业里有旅游，旅游里有文化教育，文化里有休闲，休闲里又带有养生保健，轻休闲的工农结合，田园与城市的互融事通，正是云的生财有道。从瓜果梨桃的甜到巧克力的甜，从婚庆系列的爱情甜到经济振兴的日子甜，大云把一个甜蜜梦做得如鱼得水风生水起。既未因重经济而破坏环境，又用一个恰到好处的切入点将本色村情与现代科技合为一体，经济上富裕了，人文上充实了，环境上也更加绿色天然了，早在 2000 年，大云镇党委书记沈宏伟就说过，"环境就是生产力，生态就是竞争力，这是大云人深信不疑也坚定不移的理念。"这里不用五水共治，这里在发展经济的同时就已经在保护水资源了，这里更不用治理污染整顿排放，这里只排放甜蜜。

因为大云人精明地懂得，只有"宜业"，才能"宜居"；只有"宜居"，才能"宜游"，这才是特色小镇真正该把持的"特色"。这些细微之处是大云从诞生的那一天起就敏锐地注意和留心到了，比如花园和农场的名称上就有着截然不同的心理暗示性，而巧克力、温泉、水乡等这些看似普通的词汇在一个小镇上叠加，就会产生不同凡响的心理趋动性，纯粹的自然景观很难再刺激到现如今挑剔的游客的兴奋点，但甜蜜、养生、婚庆这些内容的结合却能产生强大的心理引力，让人很想一探究竟，看一看是怎样的场景才能把这些元素化合成一个有机整体。

这是一个聪明的小镇，更是一个智慧的小镇，坚持特色创意才能做特色景区，坚持不流于俗才能别出心裁，坚持个性发展才能持续扩大。930万元的投资将全市首批新型智慧城市标杆市"五类试点"单位做到极致，"旅游服务的智慧"、"旅游管理的智慧"和"旅游营销的智慧"正如火如荼，结合当今流行的旅游元素，迎合游客的猎奇心理，扩展文化品牌建设，当初的大力发展工业将"农民变成了市民"之后千篇一律的城市旅游、山地旅游、古都旅游再拉回到山野旅游、生态旅游、绿色旅游、休闲旅游中来，"把市民再变回农民"的景区方向何尝不是一次返朴归真的绝妙构思？

品牌需要推广，推广需要手段和社会影响力。虽然特色有了，但酒香也怕巷子深，从游客们口口相传到结合现代手段如何能成功地推广自身，成了旅游基础完备之后大云人思考的问题。

2017年6月1日，正值儿童节，大云镇移师上海举办了一场隆重的发布会，这个发布会同样有着巧克力般的甜和杜鹃花一样的艳：大云镇有了自己的旅游事业品牌，其标志是一朵中国元素的云朵，其品牌口号是"大云把你宠上天"，吉祥物是一个叫"云宝"的大眼睛娃娃，呆萌又不失可爱的形象一经问世便深受欢迎，随之而来的是以云宝形象为主题的手机壳、抱枕、手袋等产品；几乎与此同时，云澜温泉的宠物"小八"、"小星"也纷纷亮相，大云有了自己的代言。借着"小八"与"小星"的动能，云澜温泉又与台湾著名文创公司肯默合作，推出了全新的云澜IP形象代言人，活泼聪明的莲格格和潇洒沉稳的温太医。

品牌渐渐成型，大云镇的各大版块也再接再厉，纷纷拿出二期扩展方案，扩建工程也随着经济的步步提升而加快脚步，世界童话王国、拳王水街、希尔顿五星级酒店等一批项目也相继签约落户，曹家上下浜等特色自然村落正在招商，小镇的甜蜜产业链辐射区域不断延伸，2016 年，投资 50 亿的天洋"梦幻喜善"文创项目落户，投资 15 亿的德国啤酒庄园工程动工，洽谈中的农业旅游与文化旅游二合一的浙江蓝城项目计划投资 180 亿，投资 18 亿元的台湾植物迷宫项目也按部就班提上日程。按着上级部署和指示精神，"旅游体验化，空间集聚化，水路联通化，全域景区化"，大力发展"巧克力体验高地、婚纱蜜月胜地、文创影视基地"，把产业链和他意完美结合，搞甜蜜浪漫的产业，做甜蜜浪漫的事业，一切为了世界更甜蜜。大云，作为一片温泉花海的甜香小城，既没丢掉"中国第一水乡花园"的美称，又将"上海后花园"的位置坐得稳稳当当名符其实。

出了大云就似乎听到了黄浦江的水声，大云离上海太近了，沪杭高速上两分钟就进入上海地界，我问朋友，是不是可以去城隍庙去吃什么好吃的。朋友笑，"你还没吃够啊？甜到牙疼的巧克力小镇，估计你现在胃里蠕动的都是可可脂。"

"是很甜。"我咂咂嘴，"说真的，还有点意犹未尽，舍不得走。那小镇的味道，简直太香甜了。甜到半夜能甜醒一样。"

"可让你说着了。"朋友点头，"知道大云的口号是什么吗？让每一个来小镇的人都有回家的感觉，让每一个在小镇生活的人都有度假的感觉。"

中国第一茶乡：西湖龙坞茶镇

　　与朋友西子湖畔逛了一上午，秋光如泼，美不胜收，不知不觉，时光飞逝，只觉口干舌燥。朋友说，带你去喝茶吧。三拐两拐，眼前一座"问茶楼"。

　　古朴、典雅，既有日本茶艺馆的味道，又充满了中国传统儒家的细节，暗色调让那些茶室茶具甚至茶香都天然得与这西子湖畔的美景合拍。茶艺师正在给大家讲解西湖龙井茶的由来和特色，并给大家每人沏上一杯茶，免费品尝。表演者把茶叶装到茶叶罐中，竟然能保证每一根茶叶都是按顺序整整齐齐码在一起，像一支训练有素的队伍。就感叹，这茶也是有纪律的呢！这问茶楼不仅名字好，连意境也好，主人一定是个风雅之士吧。

　　朋友神秘一笑："是个女子，曾经是个受过专业训练的运动员，后来到手表厂做了女工，那时候是如花似玉的十八岁。"

　　我一边打量着这极专业高档的茶楼一边静静地等着朋友的下文，她却住了嘴，只好追问，"后来呢?"

　　"后来?"

　　后来，徐建平丢了国营铁饭碗一转身下了海经了商，那还是

1985 年，她还不满 23 岁。中国刚刚改革开放，市场经济一夜之间让每一个不甘寂寞的人都看到了希望，但是太久的旧思想牵绊，真正能放手一搏的人还是太少。连名字都像个男孩子的除建平自是不愿平淡无波的生活。她想了半个月，毅然决然从杭州手表厂辞职。

开始，她推着自行车，四处推销厂里的手表，后来还做过导游，导游干久了又顺带着承包了旅游大巴车，再后来开旅行社……直到万融堂开张，她终于不再折腾，而是安静地把一杯茶泡好。

那时候的问茶楼还很小，与现在 4000 平米的面积相比简直不在一个档次上，背靠西湖和龙井，得天独厚的地理条件让她的茶楼生意红火。每天都是座上客常满，人们喜欢到这里，不仅仅是劳累了一天放松一下，更主要的是问茶楼不仅有茶，还有一肚子小百科的女主人。

在西湖能喝上一杯纯正的龙井，这不算稀奇，但是有关龙井的故事，有关杭州的传奇，哪一个评书表演艺术家也不如咱的老板娘说的地道纯粹。那小小的一口井，细细的一片茶有几千年的故事，唯独徐建平能说得清讲得透，让人听着上瘾。

这几乎成了问茶楼的特色招牌。这小小的茶楼也在西湖边渐渐有名。常有人说"广播台有个小喇叭栏目，大家都爱听它的故事，老板娘你故事讲得这么好，你就是西湖边的小喇叭"。以至于后来大家都不说去问茶楼喝茶，而是说去听小喇叭。

说出来很多人可能不信，问茶楼的常客里，后来出了几个很有名气的景区讲解员，这些讲解员都说，自己的工作兴趣，就是来自问茶楼老板娘的那些妙趣横生的故事，觉得有必要有义务把有关杭州有关西湖有关龙井的故事，讲给更多的人听。

这也让徐建平感觉到茶楼才更对自己的胃口，觉得这才是自己这辈子应该用一生去做的事情。

也正因如此，才有了今天的万融堂。

"你提过很多次万融堂了。这到底是个什么呢？一家企业？一个品牌？一个工作室还是什么？"

一、万融堂里是茶乡

龙坞茶镇是 2018 年浙江省级小城镇示范样板获得单位，万融堂则是龙坞茶镇的重点示范单位，一家集西湖龙井茶种植、附属产品加工生产和销售、茶文化推广、龙井茶非物质文化发展和深度体验、茶园生态观光体验于一体的综合性产业集团。

当年的小喇叭已经不能满足于现代发展需要，传统的茶室品茶加证书式的人工讲解的经营模式已经不再是占领市场的唯一手段，甚至早已不能满足市场的高层次需求。当太多的合同和洽谈从饭店的包厢改向茶室后，曾经在旅游行业摸爬滚打多年的徐建平渐渐意识到自己与现代旅游产业的脱节越来越严重，多年的旅游接待经验让徐建平深深感觉到问茶楼的发展要全方位立体化。她带领自己的创业团队考察市场，深入调研，推翻三十年苦心经营的问茶楼模式，从零开始向全新的茶旅游模式转型，打造了茶文化演绎＋茶健康＋茶体验＋茶餐饮一整套茶文化旅游新模式，围绕着龙井茶深入挖掘茶品相关产业项目，公司充分利用西湖龙井核心产区天然优势，传承古法制茶技艺的精髓，打造了 4000 平米的茶文化体验中心。

诚信做一杯好茶。这是万融堂的经营愿景。将传统农业与现代化科技相结合是万融堂茶文化体验中心的重点内容。

万融堂选址龙坞茶山，这里是西湖龙井茶最大的核心原产地，拥有数量最多最全的龙井茶树品种，万融堂的目的就是要在最纯正的龙井源头打造自有的原生态龙井茶园，游客来此，可以欣赏到漫山青茶翠的江南独有的茶园秀色，更可以下到茶田里亲自采茶。这里的导游全是从业十年以上资深茶文化讲师和有着多年经验的老茶工，怎样做一杯好茶，怎样把新鲜的树叶变成馨香可口的杯中美味，她们都能侃侃而谈，娓娓道来。从龙井茶在杭州的产区分布到六大名茶的介绍，再从龙井茶树的历史说到茶圣陆羽的传奇往事，杭州与龙井，这两样东西都是中国历史和文化中最活色生香的一部分，于是讲解员的故事生动有趣，引人入胜，不输于当年问茶楼的小喇叭。

一个景区式经济体最该施展的技巧便是用文化促经济，这几乎成了现代社会百试不爽的经典，这不是一种包治百病的灵药，但对了症总是见效快，它更像是一种生命本能、经营本能和发展本能。摒弃了现代技术手段，区内专门设立了传统的老旧炒茶锅，龙井茶炒茶王现场表演，旁白里是炒茶十大手法，在茶艺师的指导下，游客们也可以亲自体验炒茶工艺。自己做茶自己喝，那味道可谓新奇特。除了传统工艺，这里当然也少不了现代化的茶叶生产流水线。国家最高标准建设的茶叶生产车间里，游客同样可以体验茶叶的生产全过程；还有国家级的高级茶艺师现场表演茶道，讲解茶道历史和趣闻，从茶中品味百味人生，所谓品茶即问道，茶道的礼仪文化和国学精髓甚至是人生哲理，从一片树叶神奇地变成一杯好茶，这其中容得下太多的反思、领悟一日之间就都可以精进，在小小一杯茶里，就品得够上下五千年，看得见纵横八万里，更能让一个人瞬息之间从深厚走向宽广，从单纯走向成熟，从阴郁走向明媚，从简单走向精致。

最重要的当然还是品茶。万融堂品鉴区设有十几个精装品茶雅房，全部采用南宋风格装修，全实木深茶色的风格让人置身其中会感觉到庄严和深刻，刚才采过的茶还在手边吧？品尝自己亲自从摘叶到分拣再亲手炒制出来的茶，在一系列亲身体验后，享受着自己的劳动成果，那沁人心脾的香会让人沉心一醉，定会对茶之一物有更深的认真，也对人生有着不同寻常的品味和感悟，清汤入喉的那一瞬间，你甚至可以放心把自己的一切都托付于它的大度、诚恳和真挚。

茶是哲学饮料，也是历史讲师，更是人生指南，这也就是中国人为什么钟情于茶馆茶楼的微妙所在了，在万融堂，不仅能给你旺盛的人生动能，还有你闻所未闻的美味：茶餐。

强大的讲师团队、业务精熟的采茶工艺师，加上广阔的茶山、如画的风景，一杯茶，就是一本人生的书；一日的旅游，也是一生的享受。茶不仅仅用来解渴，还可以用来感受生活。正处于高速发展扩大中的万融堂茶文化体验中心是杭州市市长和市民代表点赞单位，也是中华茶奥会指定优质服务单位，多次接待中央领导及省市领导的考察。他们从绿色的茶树丛中撷取精华，不仅发展壮大了自身，还让公众受益，经济稳定之后，他们开始不仅仅只拼经济指标，长期有效的开展公益性研学和对茶文化的传播与推广工作，万融堂品牌已经成为杭州和浙江的阳光旅游、创新旅游、文化旅游的标杆企业，徐建平女士也因力争上游的创新精神，被评选为优秀企业家代表，在北京人民大会堂受到国家领导人的接见和表彰，把万融堂品牌带入京城，更推向了世界。

而他们秉承的，是中国人几千年来对茶之一物的崇高敬意，因为世上万物，似乎只有茶能深入人心，与心对话，给你诚实和透彻的感觉。

二、加大茗堂的奥秘

"神农尝百草，日遇七十二毒，得茶而解之。"传自《神农百草经》的这一句虽有夸张之嫌但也不无道理，茶可解毒、美容、清肺、利尿，延年益寿的功效总是错不了的。

龙坞茶镇的李主任介绍："茶多酚是茶叶中多酚类物质的统尔，茶叶看似普通，但只有茶树含有这种物质。茶多酚占茶叶的25%以上，从药理作用上来说，茶多酚有抗癌、修复细胞，预防人类退行性疾病、搞衰老，促进心脑血管机能改善，提高免疫力甚至有防腐和保鲜的功效。纯植物体系中能同时具有以上功用的物质，只有茶多酚。"

我似懂非懂："啥叫退行性疾病？"

"简单说吧，老年人上下楼都会感觉膝盖受不了，针刺一样疼。症状上就是关节炎。但是在病理上，老年性关节炎的诱因主要就是因为年龄大了，身体各功能模块的老化导致的关节结构病理性改变。说白了就像机器磨损一样，身体的机能也在退化，所以老年人这种关节炎就是退行性关节炎。"

我大概懂了，"还是防止衰老。"

"不是防止，衰老不可能防止，也不可能完全避免，茶的功能只是延缓和改善。你看谁天天喝茶就长命百岁了？不过喝茶延年益寿的功能是举世公认的。"周主任的表情很得意，"茶的抗辐射作用也很明显。茶被誉为'原子时代的饮品'，因为茶多酚具有强大的抗辐射能力，据说当日本广岛原子弹爆炸后，存活率最高的就是喝茶、种茶、卖茶的人。茶多酚是目前世界公认唯一具有抗辐射能力的天然植物提取物。"

"喝了龙井茶，不怕原子弹。"我的话引起周围人的一番大笑。

"这里也有茶多酚产品，而且全国闻名。比如这里的黄金品牌——大茗堂。"

大茗堂与浙江大学共同研制，以 18 年的理论基础加上高新技术萃取，旗下茶多酚产品畅销 21 个国家和地区，产品中茗宝系列、茶舒宁系列都是响当当的拳头产品。

2013 年，公司与浙江在线环保新闻网达成合作意向，成为环保活动基地，不负自然的恩赐，寻求自然的呵护，让生命与自然和谐共生，大茗堂把品茶做成了产业，把经济动能转成文化渗透，是现代科技企业的文化转型的示范，也是龙坞茶镇的风向标。

目前大茗堂已经是投资 4800 万元、占地 5000 多方，涵盖茶科技体验中心、茶文化交流中心、DIY 品鉴区等多功能版块的集生产、旅游、科普等功能于一身的综合性茶多酚国家级生产基地。让世界共享茶健康，他们的这一宗旨从未改变，将茶叶这种产自中国发展自中国的本土健康文化的健康价值、应用价值和人文价值无限扩张成文化，把茶多酚这一植物萃取技术从事业提高到产业的多元性机构，再通过互联网销售渠道，早在 2011 年夏天就着手开办电子商务，从直营网站到各大网络商城，再到海外著名的 Amazon、Ebay，世界的每一个角落，都可以觅到大茗堂的足迹。那里面不只有满足日常性、季节性、病理性消耗的能量，更有健身益智明理的文化满足。

三、龙之坞

还用介绍西湖和杭州吗？就如同龙井茶一样，似乎不必多言。龙坞茶镇位于浙江省杭州市主城区西南，隶属于西湖辖区，距离西湖仅 12 公里，一脚油门十分钟就到。早在宋末元初年，龙坞地区已经成为西湖龙井最重要的产地之一，向有"千年茶镇，万担茶乡"之誉，仅茶园就有一万四千多亩，七成以上的龙井茶都出自这里，江南得天独厚的气候条件和地理位置，使龙坞成为世界著名的茶叶产区，周边山峦起伏森林葱郁，更有山水相绕茶山连绵，负氧离子浓度常年维持在 4000 个左右/cm3，是杭州主城区内的"天然氧吧"，镇内各村从风俗习惯到建筑特色再到人文底蕴都有着龙井地区特有的鲜明味道，是杭州市"美丽乡村新典范"，也是杭州票选的市民游客最受欢迎休闲度假胜地，茶镇内聚集西湖龙井茶炒制技艺非遗传人和炒茶大师近百人，每年都要举办盛大的西湖龙井开茶节炒茶王大赛等活动，其影响力轰动全国。

如果构不成群体性的齐心协力，许多可供谋存的创造性思维和观念便会显得单薄和苍白，白蛇许仙是否在这万亩茶林中走过几回已经不重要了，重要的是，龙井茶终于因为龙坞的存在而显得丰厚独特，他们在一成不变中苦求变化，又进而把这种变化当作一种自然规律去遵从和贯彻，如云如雾，飘荡隐约，让自身从古老走向新生，龙坞从千百年前的好一天开始，就从未失去对茶的迷恋，祖先们起伏的胸膛里始终藏着一个绿色的天地。

作为文化传承和典范，龙坞在最初振兴的时候很是犹豫了些时间，是坚持保留传统低效的制茶工艺还是引入现代科技手段高效采茶？前者可以纯粹的维持龙井古茶的独有风貌，更有利于重现古时茶工的场景，为怀旧旅游提供条件，但缺点也显而易见，老旧的制茶工艺落后，产量低，只能靠高昂的价格去保证经济稳定，但高价又会限制销售门槛；后者可以大幅度提高产量，对经济可控性和价格的亲民性有一定的保障，但是会不会失去茶叶的古法制造的感觉和味道？会不会破坏龙井古茶的观光度和怀旧感？

取舍还要靠技术实力和魄力，靠强大的领悟力、推断力和决策力。西湖区委区政府专门成立了国有独资企业杭州之江经营管理集团，以企业为主体，市场化运作，在全省特色小镇中首创政府和社会资本合作的模式，依托社会名企专业化优势，在古法与新法的结合部出重拳，既保证古法制作的口感，又加入了新型设备的高效，兼而得之，恰到好处的平衡处理，打造独具特色的茶产业小镇？不仅把原本"低小散"的破旧不堪的乡镇工业区改造成现代感十足又不失民国风味的茶产业园区，从风格上保持怀旧本争，又恰到好处的从技术上保证了经济效益，更从人文上以经济为基础大力投入，把突破意识和先锋意识当做最重要最具体的发展保障，其产出则除了经济，还有文化，这才是西湖龙井最重要的"本来味道"。

靠什么才能在继承传统的同时发扬传统？靠新潮？靠文化？靠美誉？靠历史？还是靠政府，自己则坐吃山空？小镇的靠山似乎很多，但每一座都有些过度依赖而产生的不稳定感和迷离，靠发发牢骚和自怨自艾显然于事无补，而又不能坐以待毙或者仅仅靠嘴上说说来获得一点暂时的满足。

最终他们还是决定靠自己，那种自主气魄才可能会让个体生命和集体生命都呈现灿烂的色彩。当年的主要从事五金加工？蜡烛生产等劳动密集型企业的普通工业园，通过政府决策的统一整合后，原先的多层厂房？办公用房等整体提升改，改造风格为民国风情，融入龙坞茶镇特有的 VI 体系，打造风格统一又多样、产业纯正又全面，整体经济形态和文化形态充满了小巧精美的文艺格调的现代化产业新区。

在经营结构上，重要大企业的加盟、高新科技型企业的入驻都为茶镇振兴提供源源不断的新动力。2017 年 1 月，农夫山泉总部搬至龙坞茶镇葛衙庄 181 号，2017 年当年即实现销售收入187.6 亿元。自从入驻茶镇以后，不仅给小镇带来了强大的经济效益，更互利互惠地以小镇的专业科技支撑和茶镇丰富的茶业资源研发含茶饮料、袋泡茶等茶衍生饮品，在目前已拥有的茶饮料及其生产方法等专利 60 余项中，"东方树叶""茶 π""打奶茶""泡泡茶"等产品市场已经进入市场，销售持续火爆，已成为国内茶叶与饮料科研文化等因素结合最紧密、效果最显著、效益最突出、经验最丰富、开发最成功的国家级饮品龙头企业。

茶镇里汇集着以茶产业为主营方向的浙茶集团艺福堂中国茶产业联盟交流总部等众多知名茶企和茶机构，国家级省级非遗传承人的大师工作室 8 间，特色鲜明的茶文化产业特色街区是中国首创，世界唯一。

对外影响力上，印度、斯里兰卡和马来西亚等茶企正在洽谈入驻龙坞茶镇的合作意向，这里也渐渐成为世界茶文化交流基地和中国"茶叙外交"基地，9 月份刚刚在法国举办龙坞茶镇海外推广展，11 月承办第五届中华茶奥会，龙坞茶镇已经立足浙江，走向世界，成为中外茶艺产业最重要的国际出发地。

最令茶镇人骄傲的自然是这里成为中国国际茶博会永久会

址。中国国际茶博会是由农业部发起并主持举办的国际上最权威最具影响力的全球性茶业研产销售和技术交流的盛会，首届茶博会在于 2017 年 5 月在杭州 G20 会展中心举行，当时已引进国际重视，多国媒体报导，习近平总书记也专门发来贺信杭州龙井的名声和龙坞多年发展形成的巨大影响力，让农业部下定决心将茶博会永久会址落户杭州，但当时具体会址并未确定 G20 峰会结束后，农业部联合浙江省及杭州市相关领导数次调研龙坞茶镇，最终将茶文化基础深厚茶品质韵味独特、茶产区世界最大的龙坞认定为茶博会永久会址。

不仅如此，龙坞茶镇在开发茶文化精品旅游项目也已成规模，以"茶旅文化"为主色调的特色旅游线囊括了整个龙坞地界共计"1 + 10"个村社（"1"是指以葛衙庄社区约 3.2 平方公里为核心的特色小镇区域，"10"是指外桐坞、大清、桐坞、慈母桥、龙门坎、何家村、上城埭、长埭、叶埠桥、西湖茶场 10 个特色村），外桐坞的"艺术和民俗"、上城埭的"茶、森林、水库、民宿"、白龙潭的"水""氧吧"，茶院人家、茶艺馆、茶工坊、茶苑戏台等景点也各领风骚，甚至还有一条国内最长的山体游步道从龙坞开始，西山游步道成了友坞新的特色景点。这条游步道全长达到了惊人的 115 公里，想要走上一圈需要几天时间，它像一根纽带，把杭州西部群山串成项链，是亲子休闲、茶山览胜、徒步登山、远眺杭城的首选。2016 年旅游人次已达 130 万，2017年被评为中国最受欢迎十大金牌茶旅路线之一。2017 年 8 月，龙坞仅用 3 个月时间就高分通过 4A 级景区资源评审；2016 年以来，龙坞茶镇先后荣获"中国美丽茶镇"、"2018 中国 20 条茶乡旅游精品线路"、"六茶共舞三产交融示范单位"、"美丽西湖行动先进集体"等称号。

产业的旅游化、休闲化、科普化，是现代经济体最值得期待的局面。九街开街、千人千锅炒茶、龙池古井炒茶大师争霸赛、少儿茶艺大赛都成为龙坞茶镇经济附属价值的再体现；作为中国茶博会的分会场，这里承接过联合国粮农组织考察团、茶博会部长级考察团、农业部考察团等多个国内外重量级嘉宾，龙坞茶镇被列入2018年度浙江省小城镇环境综合整治样板创建名单，已经成为全省经济样板镇。喝茶、饮（料）茶、吃茶、用茶、玩茶、事茶，这种茶文化品鉴并进的经营特色，龙坞茶镇已经成为茶产品全产业链的历史经典特色小镇，更成为名符其实的中国第一茶镇。

坐在街边，捧一杯茶，晃一晃，好似杯中盛了整个世界。这飘着香气的小镇被群山环抱着，它安静、自持，饱满又清香，像一位深居高阁的淑女，矜持着也热烈着，更像一位上古贵族，清清爽爽地过着自己的日子，眉眼间带着非凡器宇。

我打开手机想拍几张照片，朋友用目光制止，"这里只应该用心去记，一打开相机，茶香里就飘进了现代味，而我更喜欢感觉它是古朴和庄重的。"

我轻轻放下手机，生怕一按快门，就给这淡雅之地凭空添了浮嚣。

不胜人生一场醉：绍兴黄酒小镇

天下风云出我辈，

一入江湖岁月催。

皇图霸业谈笑中，

不胜人生一场醉。

天下美酒，南绍北汾；天下武功，皆出少林。9 月 10 日 – 12 日，南绍北汾，逐鹿中原，问鼎天下！邀各路豪杰齐聚嵩山少林，看《禅宗少林·音乐大典》、玩"少林侠客行"嘉年华、观南绍北汾侠义盛典、听南绍北汾论道嵩山。一场侠义与美酒的盛宴，万事俱备，只等足下。

问苍茫大地，谁有此豪雄！望诸侠友酒友闻风而动，共赴盛事，以酒为媒，以侠会友！

2017 年 9 月，一张英雄帖充斥着各大媒体的头版头条，此次活动是山西杏花村汾酒集团有限责任公司和会稽山绍兴酒股份有限公司联合主办，由太原博雅奇正文化传播有限责任公司承办的南绍北汾"少林侠客行"英雄会。中国是武术之源，更是酒的故乡，能写下如此英雄帖的人，应该是个天生的酒鬼。

国庆假期，看完阅兵，意犹未尽地在网上随意搜索，然后就盯着这个英雄会的视频看个没完没了，毕竟这英雄帖写得豪气十足，而少林寺，又仅仅只靠这三个字就足够吸引眼球。

视频是个一小时的剪辑，"少林侠客行"武侠嘉年华全程在少林寺景区内，活动还原龙门客栈、藏经阁、黑木崖、景阳冈、移花宫、冰火岛、鹿鼎山等七大武侠场景，每一场景都设置关卡，每一关卡也都有武侠人物摆下擂台，有文有武，只要你爱武侠，懂美酒，均可前来挑战。可赢取武侠 T 恤、南绍北汾门票、特制汾酒、会稽山黄酒等礼品，以及孔庆东、王立群、韩云波、郭灿金等文化名家集体签名的神秘大礼！

朋友看得拍手跺脚，兴高采烈得像个孩子。看完剪辑，朋友突然转头看我，"干脆，咱们去黄酒小镇吧。"

"我以为你要去少林寺呢。黄酒小镇就是这里面说的绍兴酒？"

朋友打开手机地图，"是，不远，开车一个半小时。"

一、南绍北汾

少林寺不必多说，从 1982 年开始，中国就没有一个人不知道此寺为何方神圣，北汾也自然如雷贯耳，"借问酒家何处有，牧童遥指杏花村"，唐代诗人杜牧的《清明》是汾酒最好的免费广告。"看看人家这广告创意，已经合情合理合法的渗透到每一个小学生的课堂上。"说到这里朋友哈哈大笑。"汾酒有着 4000 年的历史，南北朝时期就作为宫廷御酒被载入二十四史，成为最早的国宴用酒，这就是'北汾'一词的由来。这里也可以说一句，现在的汾酒是白酒，但最早叫汾清的汾酒，其实是黄酒。"

"南绍自然就是绍兴黄了。"我接了一句。

"当然，绍兴地处江南，绍兴黄，那是中国黄酒一绝，无出其右者。"

绍兴，让人向往的地方啊，小桥流水，名人如鲫，同样是在小学的课本上，鲁迅先生已经在课桌上刻下一个"早"字。

"不仅有鲁迅，绍兴名人太多了。"朋友总是能猜透我的心思，一边把车拐上杭甬高速一边滔滔不绝。"周恩来就亲口说过，'我是绍兴人'，绍兴现在还有周恩来祖居和纪念馆，一个南腔北调的徐渭那几间东倒西歪屋也在绍兴，秋瑾、王羲之、蔡元培、陆游、陶成章，都是绍兴代表人物，'儿童见面不相识，笑问客从何处来'就是贺知章辞官归隐时回到绍兴老家时的场景；画画的有王冕任伯年，作诗的有马一浮虞世南。"

"虞世南我知道，唐诗鉴赏词典里第一首诗就是他的'居高声自远，非是藉秋风。'"我插了一句。

"对，虞世南不仅是大文学家，还是唐代著名的书法家和政治家，一时无两。现代还有夏丏尊、钱三强、邵力子、朱自清，教育家竺可桢、蒋梦麟、许寿裳、马寅初，这些都是民国时举足轻重的教育大师，要不蔡元培当时做教育部长的时候能那么如鱼得水？很多也是得益于这些绍兴同乡的鼎力相助，至于其他的，什么谢晋、六小龄童、陈道明，小小的绍兴，你随便一走，就能与从大禹到梁山伯祝英台，从黄宗羲到张景岳拜个遍。"

"张景岳不就是号称'仲景以后，千古一人'的中医学中的仙手吗？"

说话间，车已经下了高速，从鉴湖大桥一路向南开去，"是的，绍兴人才辈出，来绍兴，绝对值得你沐浴斋戒虔诚礼拜的神圣之地。"

我盯着路边一闪而过的"黄酒之乡"的巨型广告牌，"这些名人如此聪慧，应该都是喝多了黄酒的缘故吧。"

朋友点头称是："秋瑾的'不惜千金买宝刀，貂裘换酒也堪豪。一腔热血勤珍重，洒去犹能化碧涛'里说的酒，我有理由相信是黄酒。这酒，有气魄有灵魂有豪情。"

"还有杜甫的诗《饮中八仙》中，写当时京城长安八名豪饮之士，其中排在第一的便是贺知章。'知章骑马似乘船，眼花落井水底眠'，真是醉态可掬。他与张旭、包融，和写《春江花月夜》的张若虚合称'吴中四士'，都是嗜酒如命的人。贺知章的酒量应该也是打小儿喝黄酒。"

"是啊，所以说，酒文化酒文化，黄酒对于绍兴人来说，肯定是一种文化。"

"没错。"朋友头也不回，"黄酒是世界上最古老的酒类之一，只有中国有，与啤酒、葡萄酒并称世界三大古酒。据说日本人曾用巨资拿到了一张绍兴黄酒的配方，但回国生产，怎么也不是绍兴黄酒的味道。类似于黑龙江的德莫利炖鱼，必须是松花江的水，炖松花江的鱼，差一点都不行。大约在三千多年前的商周时代，中国人就用独创的酒曲复式发酵法开始大量酿制黄酒。'绿蚁新焙酒，红泥小火炉'，这古诗说的就是黄酒。黄酒产地较广，品种很多，著名的有山东即墨老酒、赣州黄先生黄酒，无锡惠泉酒、绍兴女儿红等。远古时采摘的野果吃不完，就那么放着，又没有保鲜方法，野果就会发酵，时日长久，便积累了以野果酿酒的经验，晋代江统在《酒诰》中说：'有饭不尽，委于空桑，郁结成味，久蓄气芳。本出于此，不由奇方。'殷商时期就掌握了酿造黄酒的技术。《汉书食货志》载：'一酿用粗米二斛，得成酒六斛六斗。'这是我国现存最早用稻米曲药酿造黄酒的配方。黄酒是四大发明之外的'第五大发明'"。

对黄酒早有耳闻，但不是听了朋友的介绍还真不知道原来黄酒的说道这么多。

"还有你不知道的呢。黄酒被称做儒家的'文化精髓'，黄酒天然的与中庸之道合拍，它度数不高，不烈喉，不上头，生性温和、风格雅致，酒文化古朴厚重，真善之美、忠孝之德全在一杯酒里了。你喝的是中国文化，而不是一杯黄酒。比如，黄酒集甜、酸、苦、辛、鲜、涩六味于一体，兼备协调、醇正、柔和、幽雅、爽口的综合风格，所以说，如果一定要用酒来代表中国传统文化的精髓，那么一定不是白酒而是黄酒。"

我还想再请教一些什么，朋友已经踩了刹车，"我联系了绍兴黄酒小镇的专业讲解员。我们到了。"

二、酿得绍酒万里香

"'汲取门前鉴湖水，酿得绍酒万里香。'绍兴自古就是中国黄酒的主要产地之一，这里的黄酒文化既体现了鉴湖文化的精髓，又体现了儒家思想的特色。黄酒小镇是 2015 年 6 月浙江省第一批命名的特色小镇之一，2017 年被省工商局授予省级黄酒商标品牌基地。这里按照'一镇两区"的创建模式，由柯桥区和越城区共建，分湖塘和东浦两大片。以黄酒产业的传承保护和创新发展为主线，着力推进黄酒企业集聚，做大做强做优做精，并将触角延伸到黄酒相关文化挖掘与旅游开发。在三五年内将这里打造成一个融生产观光、展示体验、文化创意、休闲旅游于一体的特色小镇，从而发挥对周边经济和文化旅游的辐射带动作用。仅湖塘片区 2018 年小镇黄酒产值就达 18.54 亿元，年产黄酒 20 万吨，是全国唯一、世界知名的中国绍兴黄酒生态产业基地。"

讲解员果然是专业，不仅从黄河小镇的规模、产值等数据上介绍，还穿插着有关黄酒的文化和精神内核。"中国传统儒家内涵的格调清淡无为，宣扬仁、义、礼、智、信等人伦道德。而黄酒恰恰与儒家文化呼吸与共一脉相承，有着高度重叠的内质关联。中庸是黄酒之品格。所谓'中者，天下之大本也；和者，天下之达道也。'中庸既是一种伦理原则，又是一种人与人之间互动的方式方法。黄酒以'柔和温润'著称，恰与中庸调和的儒家思想相吻合，被誉为'国粹也就为之不过了。

仁义是黄酒之礼，忠孝是黄酒之德。黄酒生性温和、醇厚绵长，中国传统酒大多以辛辣回甘为主，唯有黄酒是以其独有的'温和'取胜的，让人口舌生津耳目一新，黄酒的文化习俗始终以'敬老爱友、古朴厚道'为主题，这与儒家所追求的'忠孝'精神一脉相承。"

果然一副好口才，我们一边欣赏着形形色色的黄酒，一边听讲解员细细道来。

小镇的黄酒酿造企业 6 家，全是国内响当当的名号，会稽山、塔牌、鉴湖、浙江东方、浙江越景、绍兴湖滨，几乎囊括了绍兴黄酒的全部主营品牌，另外还有电子商务销售的 2 家公司入驻小镇。仅会稽山绍兴酒股份有限公司旗下就有浙江唐宋绍兴酒有限公司、浙江嘉善黄酒有限公司、乌毡帽酒业有限公司等 3 家企业，近年来飞速发展的会稽山酒业于 2014 年 8 月 25 日在上海证券交易所挂牌上市，成为国内黄酒行业第三家上市企业。2016 年 12 月 29 日浙江塔牌绍兴酒有限公司 14.78% 的股权又收入会稽山名下，2017 年 11 月 8 日，会稽山再接再厉，以 7.35 亿元的价格全资收购绍兴咸亨食品股份有限公司，收购完成后已经拥有了 3 个"中华老字号"（"会稽山"、"西塘"、"咸亨"）企业，在传承创新发展中华民族产业的道路上，品牌实力进一步增强，成为绍兴酒文化的传承代表。

鉴湖原名镜湖，相传黄帝铸镜于此而得名，春秋时为越国都城，称"越池"，经东汉会稽太守马臻纳山阴、会稽两县 36 源之水而成湖，碧波映照青山叠翠，置舟其上，有在镜中静游之感。从金庸笔下的越女剑到鉴湖女侠秋瑾都曾饮此水，共此月；从琴圣蔡邕到辛亥革命的陶知章，鉴湖见过了太多的风雨世故，也修炼成沉稳平和的秉性，于是才有了这淡定自然湿润的黄酒。

2017 年初，黄酒小镇启动酿制约 18 万斤集鉴湖源水、本地糯稻为原材，原汁原味、品质纯正的"绍糯精酿"，2018 年 12 月 8 日，首家黄酒新零售未来店"会稽山 1743"在绍兴开业，成功打造成为绍兴黄酒文化集结地。小镇通过开展中国·绍兴黄酒小镇"黄酒文化论坛"、第 22 届绍兴黄酒节黄酒新品发布会、黄酒开酿节等，宣传黄酒传统文化，不断提升美誉度和知名度。同时，引导支持小镇企业组织参加全国糖酒会、泸州酒博会、汾阳酒博会、上海国际酒交会、中华老字号、绍兴老字号展会等，举办"封坛节"、主题新品发布会等，浙江塔牌绍兴酒有限公司获得首届"紫禁城杯"中华老字号文化创意大赛铜奖，"塔牌国酿"荣获 2018 中国酒类产品包装设计创意大赛暨最美酒瓶设计大赛优秀设计奖。会稽山世博情缘产品获 2018 年度中国酒类产品包装设计创意大赛暨最美酒瓶设计大赛铜奖；G20 指定产品获 2018 年度中国酒类产品包装设计创意大赛暨最美酒瓶设计大赛优秀设计奖。

"移家只欲东关住，夜夜湖中看月生"。陆游住东关古镇时，品饮女儿红酒后写下了以上的诗句，至今脍炙人口。黄酒并非绍兴独产，但女儿红却是绍兴独一份的特产。家有女儿降生，当家男人就会下到自家田间地头，从三亩田里采三百斤糯谷，亲手酿成三坛子女儿红，装坛封口埋在后院桂花树下，每天耕作之后回了家，总要在树下跺上几脚，让那酒与这生养自己的土地结合得更紧密些。待到女儿十八岁出嫁之时，藏了十八年的父爱也像酒一样浓，刨开土，把那陈了多年的酒取出来，大花轿，女儿红，这酒要作为女儿的陪嫁送到夫家。每坛中舀出一碗酒，分别敬给公公、亲生父亲以及自己的丈夫，祈盼人寿安康，家运昌盛，子孙昌隆。这哪里是一坛酒，这分明是一代一代人传承着的美好祝愿。

这样的酒，已经超脱了单纯的酒的概念，而有如此美好寓意的酒，难道只该用品牌一词去评价而不是用文化一词吗？这样的酒，是一种历史荣誉感的累积。

如果把黄酒小镇的荣誉证书铺开，足够铺满半个镇子，作为中国传统酒文化的重点传承品类，绍兴黄酒在一个小小镇子里写下了世界级的大文章，也成就了大事业。

绍兴古称山阴，王羲之乐山，才有了墨宝"山阴道上行，如在镜中游"；袁宏道之诗"钱塘艳若花，山阴芊如草。六朝以上人，不闻西湖好"，更非一时之浮夸，身在鉴湖，谁还去留恋西湖的美呢？眼前景色已经够醉了，湖山奇丽的绝佳胜地让贺知章、陆游等人都生于此死于此，诗文故事离不开这里，在鉴湖湖畔的戏台上把酒临风，便可回味一下鲁迅书里的社戏风采了。

黄酒，成了绍兴和鉴湖独有的标志，它已经走了几千年，还要继续走下去，因为它背负着五千年的中国文明史。

后劲是否强劲要看人才是否断档，和江湖一样，作为博大精深的文化现象，酿酒也是需要人才培养的。2017 年 4 月 19 日，会稽山与浙江树人大学举行共建揭牌仪式，2017 年 9 月 22 日，黄酒学院举办第一期新生开学典礼。绍兴黄酒学院一项目入选 2018 年教育部产学合作协同育人并立项。2018 年 10 月 12 日，省级技能大师工作室陈宝良技能大师工作室落户鉴湖酒厂。塔牌绍兴酒有限公司结合手工酒酿造特色，总结提炼出"师道传承"企业品牌，努力培养一批国家级、省级黄酒酿制技艺代表性传承人。据不完全统计，目前小镇拥有高专人才 267 人。

三、最醉人小镇

酒大多是需要温一温的，唯独黄酒，却是冰镇了口感更佳；别家酒都以清澈无色为上品，唯独黄酒以色浓味醇为一绝；别家酒以辛辣为烈，唯独黄酒以温润为标牌。这和江南人的温婉柔和一脉相通。酒是世界通行的最古老的饮品，尽管现代酿酒技术随着科技的进步不断发展和精纯，但其中本质东西是不会改变的。比如我们熟知的慕尼黑啤酒一向是啤酒中的经典，它之所以迷人，是因为它摒弃一切现代化科技手段的支持，依然遵循着古法酿酒的传统，历三百年依然不添加任何机械工艺，正因如此才始终如一地保持着自然纯正的品质，而古法酿造的黄酒也一样，从不试图用过于现代的手段单纯地提高产量，遵循着自己独有的古老酿造法，代代相传始终如一。这是黄酒的品格。

喝黄酒是要有些品味和素养的，儒家的"和为贵"、与黄酒的"中和"理念相融合，恰好成为黄酒的"和谐"内核最重要的一部分，也是儒家思想的中"天地人合一"的精神境界中最神妙和最哲学的精神隐喻。"女儿红"，这名字听着就醉，"花雕"，同样透着白墙青瓦的中国风，像一首周杰伦的歌，"篱笆、阳光、青瓷"般的感觉让人未饮已乱，举杯就可以邀月，喝黄酒，很容易成为诗人，中国自古就是把酒当做一种文化来崇拜的，而黄酒，无疑更具代表精神。黄酒与啤酒、葡萄酒并称为世界三大古酒，黄酒更以其甚至是超过了文字年龄的 6000 余年的惊人历史被誉为中国国粹，在有色酒中，红酒对应优雅贵族和高端场合，啤酒则面向休闲大众，黄酒则是文人雅士对酒当歌慨当以慷的专用品。天下黄酒源绍兴，占尽了地源、水源、人源、文化源之利，黄酒已经成为一种人文符号和文化特征，而黄酒小镇保持和发扬的也正是这样的经济继承和文化继承，而后者的作用似乎大于前者。

于是，黄酒产地成为特色小镇也就顺理成章了。在 2018 年 11 月举办的中国黄酒产业发展暨特色小镇高峰论坛上，中央电视台品牌顾问李光斗说，"说起红酒，就会想起波尔多，说到啤酒，就会想到慕尼黑，因此，黄酒也要实现产区国际化，打造超级品牌。"小镇的目标也很明确，接下来的主要任务就是真正把黄酒小镇做成经济特区和旅游景区，定位于"世界黄酒中心代表区域"和"世界级的黄酒品牌产业群和黄酒文化体验基地"，把历史、科技、农业、等资源完美整合，从黄酒独有的文化元素入手，最终成为绍兴市特色鲜明的超级符号。小镇邀请国际化的设计规划团队，对小镇开发区域进行整体规划设计。黄酒小镇周边旅游资源十分丰富，完全可以通过加强与鉴湖旅游度假区、大香林景区、兜率天景区、金沙东方山水景区的互动，形成精品游线，实现吃住行游购娱的产城融合的示范区域。小镇与精工集团、前海融泰中和投资签订总投资 25 亿元的"绍兴黄酒产业基地及文化旅游"项目正热火朝天的进行中，特色黄酒元祖绍兴米酒项目于 2017 年 2 月启动建设，基本投入运营。鉴湖北岸十里湖塘休闲片区也得到了万科、绿城、融创等国内知名投资客商的青睐。

绍兴市市场监管局在保护黄酒品牌方面付出了持之以恒的努力。2017 年，绍兴市市场监管局成立了"绍兴黄酒商标维权办公室"，精准打击黄酒侵权行为，实现品牌认证对接，助力黄酒产业升级。严管品质，保证黄酒质量稳定。2019 年 4 月 1 日，黄酒新国标（GB/T13662 - 2018）正式实施。新国标的实施，有利于让绍兴黄酒走向国际市场，打开新的篇章。

除了特色小镇相关政府的帮扶之外，绍兴市还大力加强对黄酒品牌的全方位保护工作，为小镇振兴做好后勤。2017 年起，绍兴市市场监管局持续开了"维权一号"系列执法行动，对绍兴市的黄酒市场进行过了全方位的排查整顿，通过随机抽查、定期通报等形式对黄酒企业严加管理；绍兴市市场监管局以古越龙山、会稽山、塔牌、越王台 4 家黄酒企业为试点，利用信息化监管手段在全省率先建立绍兴市特色地产食品电子追溯体系，也为浙江特色小镇的保护和维权、深入持久保持经济活力做出示范。

一个崭新的全方位立体的黄酒之城正欣欣向荣。

黄酒的名气到底有多响，看看它的青睐者就知道了，自 1959 年钓鱼台国宾馆建馆之始，绍兴黄酒就被列入国宾馆国宴专用黄酒；北京奥运会、上海世博、G20 杭州峰会、世界互联网大会等一系列重大的世界性活动，都飘荡着绍兴黄酒的芬芳，它是中国酒类中唯一与茅台平起平坐的酒品，也是中国有色酒中最具特色的代表，更承载着绍兴这座中国最古老城市的悠久历史和文化特征。绍兴市黄酒行业协会会长傅建伟的一番话定位是很准确的："黄酒表达出生命的醇厚，体现了不疾不徐的人生态度。从这个意义上来说，黄酒的文化内涵，恰好符合当下转型中的社会精神追求。"

黄酒的文化高度是其他酒类望尘莫及的。于是，再来绍兴，就听听越剧，品品人文，坐坐乌篷船，喝喝黄酒，这里，有中国最醉人小镇。

当然了，喝黄酒的时候，别忘了要一碟茴香豆。

深呼吸，闭上你的眼睛：仙居神仙氧吧小镇

单位组织去仙居工疗。同屋的同事有晨跑的习惯，我因为工作需要夜里写字则习惯晚睡。经常是我刚睡下不久，她已经跑步回来了，叮叮咣咣地开门进屋，冲进浴室，再一身柠檬味的沐浴露味出来掀我的被子。"大好时光就被你这么浪费了。"

"我还享受了美好夜色呢，万家灯火，月下独酌，天涯共此时，虫声新透绿窗纱。你那时候早鼾声如雷了。"我不服，但是那些还很浓烈的睡意一旦被惊扰就再难复原，我拥着被子坐起来，一脸无辜。

"你们作家，整天熬夜，其实更需要有氧环境，你知道有氧运动的好处吗？"

"我连啥叫有氧运动都傻傻不清。"

同事坐下来："有氧运动是指人体在氧气供应充分的情况下进行的体育锻炼，具有强度低、有韵律、持续时间长等特点。步行、慢跑、骑车、跳舞、滑冰、游泳、爬山、太极拳、各种球类运动等都属于有氧运动。"

我面无表情无动于衷。

"有氧运动能够锻炼心肺功能，保护血管，使心血管系统能更有效地将氧运动到身体的每个部位，提高身体含氧量，使人神清气爽，不易疲劳。能降血脂，减肥胖，提高抵抗力，延缓衰老。"

"照你这么说，有氧运动包治百病长命百岁了？"我不屑。

"长命百岁称不上，包治百病看在什么层次上说了。"同事把我的枕头抽去一个，抱在怀里。"世界是大家的，但生活是自己的。不信你进高压氧舱待半小时，保证你神清气爽年轻十岁的感觉。"

"这么神奇吗？"我学着相声里的口吻反问，看着她换衣服，梳头，然后从椅子上抓过我的衣服丢过来。

"赶紧起来，我领你去氧吧。"

"氧吧？"

"氧，是地壳中最丰富、分布最广的元素，但也是最不纯粹的元素，它很难提纯到绝对值，但它同时也是构成生物界与非生物界最重要的元素，不吃饭，人可以生存数周，不喝水勉强能活一周，但是人乐呼吸试试，五分钟大概是极限了吧？"她一边收拾东西，一边絮絮叨叨，"生命开始于氧，生活维系于氧。或者说，生命的一切的一切，都是从氧开始……"

一、深呼吸度假天堂

"深呼吸，闭上你的眼睛，全世界有最清新氧气。"同事唱着歌，拉着我跟着百度地图导航走，地图上显示，这里是浙江台州仙居县，地图上的景点介绍说，"境内湖光山色秀美，草木密林深邃，森林覆盖率达 77.9%，湖泊湿地、荷园花谷、田园古村、地道美食，采撷自然人文精华；SPA 养生、时尚医美、主题疗养、缤纷休闲，汇聚高品质特色康养产业。这里不仅是绿色天然氧吧，更是全天候的深呼吸度假天堂。"

我笑了，想必同事在唱那首歌时也是看到过这段介绍，"深呼吸度假天堂"该是什么样子？

我眼前出现了一个数十米直径的圆顶建筑，浑身紫铜打造，显得铿锵有力。同事负手而立，对着建筑上的刻字摇头晃脑念念有词，"道，可道也，非恒道也。名，可名也，非恒名也。"是《道德经》的开篇词。

"我知道你想问什么。这处所在，名叫天圆地方，是中国美院设计的，那个大圆顶，直径20米，材料是30吨紫铜。是这里的地标性建筑。"

"这就是你说的氧吧？"我诧异。

"不是，这只是氧吧的入口，通俗地讲，这是游客服务中心。"她一脸坏笑地引我进去。我震惊于这气势恢弘的建筑，也惊叹于这里的道风仙骨。

据她说，东海之滨，除了太湖边上有个隶属江苏的南山竹海外，这里是最接近氧吧条件的绝佳去处。

景区说明书上说，这里是仙居旅游产业发展的主平台，也是国家全域旅游示范区创建的主模块。仙居县委县政府"打造美丽中国样板区、建设中国山水画城市"的决策部署，利用天然条件，巧夺天工地人工建成了一座现代化的有氧旅游项目。依山傍水，人间仙境。"一核、两轴、五组团"是其旅游特色也是行业目标。"一核"：神仙氧吧小镇，"两轴"：水韵生态轴和交通景观轴，"五组团"：康养度假组团、古镇文化组团、滨水运动组团、田园耕读组团、温泉养生组团。总体目标是打造县域绿色化发展改革现行区、国家全域旅游示范区、国际特色旅游目的地，总规划面积 49.2 平方公里，计划总投资 400 多亿元。这对于一个县级旅游项目来说，是天大的工程和天文数字的投资。

可以看得出仙居县的力度决心和大手笔。

"已经投资到位了几十个亿，基础设施都建得差不多了，短期目标是国家级旅游度假区。"同事又开始她的数据论证了。"来，深吸一口气，绝对让你有飘飘欲仙的感觉。"

她一边说一边拉我进了游客中心，中心内特设氧吧书房及知氧学堂，有关氧气的一切知识和趣闻，在这里都可以全方位了解。"1777 年，法国科学家拉瓦锡通过实验，真正认识到氧气。""古人曾把氧气称之为养气。""自然界中氧气的主要来源于植物的光合作用。"

太多的知识你总是似曾相识，但却又说不出更深层次的东西来，在这里，还没进入到氧吧世界，先从百科知识上进行了一番有氧运动。

从游客中心出来，我真的不由自主地深深吸了口气，旁边有个标识牌，"这座桥叫会仙桥，看，山如黛，水如虹，林鸟鸣唱，野趣纵横，像不像人间仙境？"

"这里不是叫神仙居吗？"我搜索着意识里仅存的一点印象。

同事摇头，"神仙居在那边。"她伸手一指，远处青山叠翠奇峰秀石，"神仙居是国家五 A 景区，再往那边一点，是国家级历史文化名村——高迁古村。"

同事领着我走过会仙桥继续向景区里面走，一边掰着手指头讲这高迁古村，始建于元代，浙江中部地区最具代表性的古村落，沧桑数百年，现在仍存有六叶马头四开檐"三透九门堂"的

11 座宅院，每一座宅院各具风貌特色，兼具江南建筑的小巧精致和北方皇室的沉稳豪华，木雕、石雕、砖雕、悬雕、浮雕等都带有明末清初的品性风范，不浮夸又精细，不凝重又庄严，自古便是游学、论道、说禅、述学的上风宝地。北宋龙图阁直学士吴芾、南宋左丞相吴坚、明代左都御史吴时来等各领风骚的一时俊杰都是高迁人，时至近现代，十七世浙东副元帅、怀远将军兼仙居县尹熟公也曾在这里居住过。

同事对于江南各地的研究真是让人叹为观止，在她这里我只有听的份。

"人体为什么不能缺少氧？"在她面前我像个小学生。

"生物生存的基本条件是什么？不是环境，不是食物和水，而是新陈代谢，是自身肌体的修复重生和细胞重组。人体新城代谢过程当中必须有足够的氧才能完成，而新陈代谢最主要的条件则是营养，营养保证了新陈代谢的顺利完成，但是这里有一个问题，那就是，各种营养物质必须同氧结合，才能完成生理氧化过程，产生能量并被人体接受和吸收，最终维持延续不断周而复始的新陈代谢。所以氧是人体新城代谢启动机制过程中最关键的物质，是人体生命运动的第一需求。"

我似是而非似懂非懂地点着头，信马由缰地随着人流向前走，前面是会仙桥。

会仙桥下的水面叫如意湖，形似如意，建筑上也极尽道家风骨，一曲一亭台、一曲一拱桥、一曲一荷花、一曲一浓荫，道家有静水心莲之说，于是在这如意湖上，便桥桥曲折，像人生里那些波折跌宕。都说水平如镜，这里的水真的像镜子，静，净，镜，圆满、平稳、大度而慈祥。山、水、亭、台、荷花、苇荡、青草、花树、清茶、朗月、山风、水鸟于一湖之间，一心之上。看山是山，望水是水，仁者乐山智者乐水，于是这一山一水之间，便会是大彻大悟的高人了。

如意湖上走一走，人都似乎如意了。这名字真是恰如其分。湖中有三个小岛，就如传说中蓬莱、方丈、瀛洲三岛高居东海一样，活脱脱一处海上飞来妙境，人间绝佳仙居。养生、休闲、度假，浪费时间能浪费到如此境界倒也真是妙不可言，随眼看处，亭台如梦，楼阁正在似画，湖上荷蝶共舞，廊桥九曲，好一派风生水起、魂牵梦萦的佳境。

远处的喷泉开始发作了。

璀璨如大珠小珠，袅袅若羽化登仙。那泉足有二十米高，挥挥洒洒遮天蔽日，随着伴奏音乐的高低跌宕，喷泉腾起的水柱时高时低，水花时大时小，此起彼伏，直上云霄。清凉世界，明白人生，在这一泉一湖之上已经得了圆满，平静、悠远、淡然，陶渊明说的物我两忘应该就是这种飘然若仙的状态。所谓"立地成佛，升天得道"，佛讲究的是入世，而道则是无为的出世了。在仙居，你会真正明白什么是道法自然，因为这自然的一切，就是道。它轻，却不是飘浮感；它慢，却不是惰性慵懒，它那么积极和放松着自己，不慌乱，不焦灼，不浮躁也不浮夸，它是带着润物细无声的诗意的，潜移默化羚羊挂角，在这里是完全不会有火气的，甚至连人世里的谁胜谁负都不必计较，日子慢得好像再也过不完了。

二、"1＋N"的镇村联动

喷泉背后果然是一个五彩缤纷的世界，幸福村居、田园花街、梅林寻仙、东鲍古窑文化体验区，新型村落在绿山清水之间果然别具一格，满眼绿，满心歌，草丛间、浅水边，草木氤氲，云飞霞绕。远离城市的游人们在此架设帐篷，白天看山看水看人间天上；晚上品茶、钓鱼、啤酒加咖啡，氧气不只是实体，更是精神上的放松，柔软是休闲的主要特征，童话般的晶莹剔透没有杂质，它风情万种又柔情蜜意，天真烂漫又绝不单调，在仙居过一夜，定是会梦到神仙。

以一点带全面、以镇带村、以村促镇、镇村融合，这种"1+N"镇村联动发展模式，为仙居的特色民居式旅游、文化式旅游、休闲式旅游建立独一无二的标签，既休闲度假，又健康养生，是生存与生活的联动，生态与生息的兼容，它的华丽在于，从不单纯的用重彩表现浓艳，只是用清爽来解读闲逸，它不锋芒，也不迟钝，不讨巧又不争宠，它以一点带全身，以一个小镇带动全县，用特色出奇制胜，用个性张扬品格，它从不用天降大任来标榜自己，只是安静地成为你的人生后花园，是个真真正正的绝佳闲散地。

浙江全省第一批仅批建了 37 个省级特色镇，神仙居氧吧小镇便是其中之一，镇子不大，还不到四平方公里的面积，却大手笔地投入 80 个亿，得天独厚的度假林区，无可挑剔的生态环境，特别是此处负氧离子极高的优势，"氧吧"级别的旅游、休闲、文化和健康产业链和一个具有旅游度假、健康养生、文化创意、宜居宜游等功能特色的国内知名小镇已经立于浙东，幸福村居、旅游景点、旅游产品业态已经铺展开来，并不断加大村庄、古民居、古村落的景观改造和修复工作，形成了一个以 4 星级文化礼堂（上横街文化礼堂）和一个 3A 旅游景区（上横街村）为标志和中心的生态旅游重镇。

在此基础上，花仙谷、田园花街、东鲍古窑文化体验区和上横街村氧体验馆等特色旅游点的不断修建，整合着生态旅游、文创旅游，旅游产品的业态不断丰富，昔日沉寂的古村变成了如今人如蚁聚的旅游中心，已获评长三角最具魅力旅游特色小镇。

三、旅游文化综合体

"一个旅游点，能有多大的经济维持力？"我有点疑问，毕竟，旅游是软经济，特别是村镇级的旅游项目，大多热度很高持续度却不够，像个参加五千米比赛中的百米冠军，这类轻型经济从理论上来说总要以旅游为依托，有重点的硬实力的经济做捆绑性支撑才可能真正做到持续发展。

同事听了我的话却展颜一笑，随手一指，"看到了没？前方在建工程总投资约 5.2 亿元，占地约 70 亩，由浙江丰安生物制药有限公司投资开发，主要建设卫生保健中心、健康食疗中心、健康疗养客房、行政与健身运动等。与丰安生物毗邻的那个白墙黑顶、鳞次栉比的具有鲜明的徽派建筑风格，是湿地主题酒店项目。该项目总投资约 4 亿元，占地约 70 亩，由上海亚繁集团投资开发，引入希尔顿（逸林）酒店管理公司，主要建设集休闲、度假、会议、餐饮、娱乐为一体的五星级主题度假酒店和养生公寓等，湿地主题酒店上游为远处是 SPA 养生度假基地：该项目总投资约 10 亿元，占地约 206 亩，由登云国际集团投资开发，主要建设 spa 美容养生中心、大健康产业基地、养生度假酒店、商业广场等，着力打造国内最高端的康体美容养生度假基地。与 SPA 项目隔溪相望的是神仙居悦城：项目总投资约 25 亿元，规划占地约 505 亩，由上海亚繁集团投资开发，主要建设大型室内运动体验区、水上乐园、儿童乐园、户外运动公园、特色滨水商业街、文化广场、精品酒店群等，着力打造以运动娱乐为主题的旅游文化综合体。"

"这些数据你都记得住？"类似于报告性质的精确数字让我在吃惊之余对同事表示怀疑，以为她在信口胡吹。同事拍拍手机，"旅游就要提前做功课啊，我的手机里有全浙江省的重点项目报告介绍。"她的有备无患让我失笑，但还是对她的准备工作的详细感到安慰。

"这边是德信文化主题乐题项目（手指德信文化主题乐题项目）。该项目总投资约 10 亿元，占地约 170 亩，由杭州德信集团投资开发，主要建设旅游商业街区、精品度假酒店群、文化演艺中心、户外休闲体验区等。富民山庄总投资约 3.9 亿元，占地约 55 亩，由温州鹿城农商银行投资开发，主要建设五星级园林式度假酒店、银行系统的高管和员工培训疗休养中心、金融产品研发中心等。文化创业产业园规划面积约 150 亩，总投资约 10 亿元。主要规划建设仙居传统手工艺活态街、非物质文化遗产展示中心、名家大师工作室、科创乐园、众创空间和人才公寓等。目标打造成度假区文化创意产业集聚区和文化高地。国家公园科教中心项目规划总用地面积约 17748 平方米，拟建总建筑面积 22140 平方米，其中地上建筑面积 16540 平方米、地下建筑面积 5600 平方米。主要建设博物馆与生物多样性科研监测中心用房及相关配套设施等工程。据悉，2016 年 2 月，仙居县正式获环保部批复'国家级生态县'称号。2016 年底，完成生物多样性本底调查和评估工作，有国家一级重点保护动物 1 种，黑鹿；有国家二级重点保护动物 4 种，分别是猕猴、穿山甲等；植物资源列为国家重点保护木本植物有 21 种，属于一级的 5 种，属于二级的有 16

种"。

在杭州太子湾公园看到松鼠不稀奇，但是在仙居这种名气不大的地方能看到猕猴、穿山甲，这消息让我为之一振。果然是灵山秀水，在这一片清灵之地投资不仅需要魄力，还需要审美能力，同时神仙居能以旅游项目招来经济实体的加盟，倒是目光长远运筹帷幄。氧吧小镇不仅有空气之氧，更有经济之氧，能把旅游、休闲、文化和健康产业完美整合，实在是个不小的壮举。

四、逍遥圣境、悠养天堂

在随处可见的氧吧驿站，同事扫描二维码租了辆自行车，"这才是真正的在氧吧里有氧运动。"有了车果然顺畅了许多，新鲜奇趣的仙草生态体验馆，汇聚台州老手艺的如意湾非遗长街，各处逛下来，不但不累，还觉得周身通泰极是舒服，这可能就是高压氧舱般的体验吧，生活需要艺术性的休闲，更需要休闲的艺术，在这天然氧吧里，时间似乎慢下来，而心跳却在加速，真正的闲情逸致也不过如此吧。

穿过田园花街，同事带路拐进了村子。上横村的荷塘暗香浮动，散养的鸭子们大摇大摆地晃来晃去，在这里还看到了两口古井，井台上斑驳的石阶像极了同样斑驳的记忆，让人不禁想到了父辈，想到家和故园月色。东鲍村则是以古窑著称，泥塑和亲子游戏在这里很兴旺，不少家长带着孩子过来休息，村子里满是泥土的芬芳。以这些无污染的小经济产业为核心，带动了绿色旅游，并在其中坚持高端化、市场化、品牌化、绿色化，神仙居已经成功创建了规模型的国家 4A 级旅游景区，建成以生态景观河道、湿地公园为主景观的景观群，策划并实施 17 个高品质的观光、度假、生态、特色旅游产品，形成多条可供游客选择的旅游线路，先后获得"长三角最具魅力旅游特色小镇"和最受欢迎"旅游小镇"称号。

这一圈逛下来，果然名不虚传。

"氧的化学符号是 O，一个圆圈，无始无终，带着中国道家的无为无终理念。"同事又开始了知识点传授，"你可能不知道，其实氧气不仅仅存在于空气和绿色植物中，更可以通过吃来人工合成。"

在我诧异的目光里，同事来到一家饭店门前，停好自行车挤进去找了张桌子。"这是最地道最正宗的'仙居八大碗'，尝尝。"她一边点菜一边头也不抬地继续说，"增加呼吸、改善肺功能的食物可以加大氧的吸入；提高血红蛋白的食物可以使氧的运输能力增强；增加血液循环的食物能加快氧的运输；富含有超氧化物歧化酶的食物有清楚氧自由基的成分，也能防止细胞受伤害，影响氧的代；含维生素 C、维生素 E、β－胡萝卜素的食物也具有清楚氧自由基的作用，食用这些食物都能达到间接补氧的作用。而你早上起来头昏、不清醒，工作久了乏累、情绪低落、注意力不集中，工作能力下降，还可出现烦躁、幻觉等精神异常等表现，其实最根本的原因就是，身体缺氧。所以，通常我们下班后大吃一顿，特别是吃些清淡的食物，会感觉很舒服很满足很放松，体力也会恢复很快，就是这个道理。"

我也不住点头，这镇子，是够有特色的。它已经走出了单纯的乡野旅游内容，转而成为一种真正意义上的休闲去处。古语说，夫唯不争者，而莫能与之争。这虽然是儒家经典，宣扬的却是道家精神。仙居就深得其中三味，静若处子，不争不吵，就独独在这一片灵山秀水里洞察了宇宙玄机。全中国大大小小的原生旅游景点，说到全身放松的，真正可以忘忧的，仙居肯定能占到一个名额。

饭店里有关于小镇的介绍，说是这袖珍却玲珑、小巧却不单调、简单又不失情趣的小镇自创建开始，就充分利用自身"氧吧"级别的生态环境优势，从最初的规划设计到项目和资金的引进、产业发展、产品打造、人才引进、基础景观设施等全方位集中力量打造"健康养生、休闲度假"旅游主题。的主题是唯一的，也是一直不打折扣贯彻着的"康养度假"，在经营目标上，"逍遥圣境、悠养天堂"形象口号和"天人合一、道法自然"的休闲主题 VI 体系，并同步扶持和创建健康疗养、文化创意、耕读体验、体育健身等新颖而独具风味和地域特色的旅游业态，"院士之家"和"国家千人计划创新基地"；在绿色旅游的理念上，更着力打造地域文化印象，德信文化主题乐园建成台州市首条非遗历史文化街区，每年春节期间还要举办花灯节，先后举办马拉松、音乐文化节等特色文化活动 24 场次，大文化产业不断植入，让小镇旅游业态更显魅力和活力以及生命力。2018 年度小镇游客总量近八百万人次，其中省外游客量近百万人次，人们长途而来，只为了在这林间山野里放肆一回、有氧一回、生态一回、健康一回。

神仙氧吧小镇打造成浙江大花园靓丽风景区、全域旅游示范区，宜居宜游宜养的知名旅游小镇，其地理优势的魅力区别于乌镇西塘等临近的世界级的文化名镇，不走寻常路，而是大力发展以地理优势为主攻方向的特色旅游，悠闲度假和智慧度假的绝佳胜地。

随着大数据时代的降临，智慧化智能化也已成为每个景区必不可少的标配，特别是对于面向年轻一代的轻松旅游项目来说，智慧式旅游作为传统旅游业蜕变转型和创新的必要条件和首选方向，它不仅代表着景区的科技化，更是为了方便、快捷、周到的提高服务。

而智慧旅游不是噱头，不是花架子，它最大的现实意义和实用意义是真正能提升旅游景区的服务水平和游客便利迅捷的体验。对于景区而言，通过现代科学技术，云平台和网络技术，使景区管理流程智慧化、促进服务精准快切实从减少程序、压缩费用、提高效率、满足需要这几方面达成高速的目的。面临日增的游客量，镇里有容车1200个车位的生态停车场，买票订餐住宿有官方App、微信公众号、网站，景区主要公共场所WiFi全覆盖，实行智能门禁、停车、智慧安防等智慧化管理方式。建有拥有公共自行车租赁、电瓶车租赁、公交车等多种交通设施。记得北京第二外国语学院党委副书记计金标曾经说过，智慧旅游是变革旅游产品经营方式、购买方式和消费方式的有力助推剂，智慧旅游强调"智慧"，不是单纯单点旅游咨询的提供，而是从旅游前、旅游中和旅游后所有资讯的购买和设计，使旅游者通过技术创新获得更多便利。

在神仙居，金标的话得到了最好的验证，在这里，智慧旅游带给人们的是精神和身体的双重快感，神仙居的智慧，在山，在水，在科技技能，也在这朴实灵秀的山风野树之间跳动着的氧气分子，它让人在乐山乐水的同时，想跳，想喊，想唱。

到神仙居，只需要一双舒适的跑鞋，就会感觉，这世界真美好。

中国"格拉斯"：埭溪美妆小镇

一直在杭州逛，周边方圆二三百公里逛了个遍，渐渐地生出些倦怠来，最美江南，人间天堂，看得久了也难免会有些审美疲劳。于是在微信群里跟方方面面的朋友招呼着，让给介绍些可以浪费些时间的去处。这一天翻遍了百度地图，突然名字映入眼帘："或许，我该去看化妆品了。"

那是个化妆品生产地。湖州，埭溪，杭州东偏北，六十公里，太湖之滨。

女人难有对化妆品提不起兴趣的，但我不得不承认，我更喜欢埭溪这名字，很江南，很温婉，也很柔中带刚的韧性十足。

"2015 年 6 月 4 日，中国化妆品基地长三角生产中心启动，着手谋划小镇建设。同年 9 月 28 日，首届化妆品行业领袖峰会召开；11 月 20 日，第一家外资企业，韩国韩佛株式会社签约入驻；2016 年 3 月 15 日，亚洲最大的包材企业，韩国衍宇包材株式会社签约入驻；两个月后，厦门新日用化学制品有限公司签约入驻。"我一句一顿地念着电脑上的介绍，"白居易还有诗：惯游山水住南州，行尽天台及虎丘。惟有上强精舍寺，最堪游处未曾游。"

　　读毕，内心很是纳闷了一阵：天台虎丘还好理解，上强是哪里呢？能让大名鼎鼎的白诗人也认为是"最堪游处"，然后遗憾"未曾游"？

　　趴地图上看，天台与虎丘之间画条直线，居中的位置，地处当年莫邪炼剑的莫干山下，一个名叫埭溪的小镇。

　　中国四大避暑胜地之一的莫干山绵延数百里，回转低旋，怀抱中坐落着这个安静的镇子，它地处于有"天堂之路"的苏杭黄金旅游线上，小镇依山傍水，静若处子，兼有山区与平原的双重景观，也有山的巍峨与水的静然。镇周竹坚花柔、山水秀美、奇峰怪石，其间点缀着江南独有的小桥流水温婉风情，有竹海安吉、龙井杭州、粮食重地太湖及水产名城大闸蟹之乡、名城绍兴环带左右，素有"鱼米之乡、丝绸之府、茶竹之地"美誉。

　　最堪游处未曾游。若是没有这首诗，我想很多人会忽略了这里，包括我。

　　点着电脑上的地图，心说，六十公里，一脚油的事。下一个目标，就是埭溪。

一、名镇风流

　　宋太平兴国八年，距今 1000 多年，建城，但是早在春秋时，这里已有"上强里"之谓，唐代称上强，宋时称施渚，《湖州府志》称埭溪市，这是历史上第一次以埭溪给这里命名。所谓埭溪，《归安县志》上说得明白。"因镇周多山，每遇汛期，发源莫干山之水直泻溪滩，筑石埭遏其冲，故名埭溪"。

　　按江浙地方话，人们更习惯称其为"埭头"。

　　从长深高速上拐下来，沿 104 国道走不了几公里，路边一块紫底红字的广告牌，"中国美妆小镇"直闯到眼睛里来。路对面规整的厂房和淡淡的桂花香，厂房上几个蓝色的大字，"珀莱雅集团湖州分公司"。中国最大的美妆产品，在这里也有基地，有珀莱雅撑腰，看来这美妆小镇敢冠以"中国"，倒也真不是浪得虚名，有些底气。

接待我的吴女士建议先去镇上吃点东西，于是穿过工业区，埭溪镇不大，横竖两条街，像养在深闺的小家碧玉，小巧精致得如同一首诗。这里也真的留下过很多大诗人的墨宝，钱起、郎士元等文人墨客均游过埭溪、留下了不少于石刻拓墨铭文诗画，因为没逛工业区而是直接到了镇上，让我有一种错觉，这里不是美妆小镇而应该是一座文化小镇才对。

其实一直在找白大诗人提到过的精舍寺，打听了很多人也没有确切的故址，不过关于白居易和精舍诗倒是口口相传得绘声绘色：明清之前，精舍寺简直就是埭溪的招牌，规模宏大香客如云。白居易在江南游历多年，也很多次路过埭溪，但是有缘无分，他从未在埭溪下过马提过诗，精舍寺更是只闻其名未曾一游，后来怅然作《寄上强精舍寺》诗云："惟有上强精舍寺，最堪游处未曾游。"

吴女士突然提起，说白居易当年曾给元稹写诗说，"每到驿亭先下马，循墙绕柱觅君诗。你现在是在埭溪找白居易的诗啊。"我也笑，"是啊，晚生了若干年，见不到白大诗人。"好在吴女士打听到在埭溪镇的后旦村，有白居易手迹"最堪游"的摩崖石刻，于是迫不及待地过去。

石刻不算高，却堪称雄伟，一边是崖壁，一边临着曲曲弯弯的小溪，窄窄的小路就从崖壁下细细地穿过，倒真称得上是风景绝佳处。

"古路清霜下，寒山晚月中。"用诗来表述美，总是有铿锵的古典意味。听说旧时的上强精舍寺有陈朝观音，泥胎金镀甚是堂皇，殷仲容书寺额笔意雄浑，山门极高，近百尺，谓之精舍三绝。寺内有池深不见底，内有金鲫，数年一现，寺内香火百年不绝，每天要雇人用车拉走，可见当时盛况，足可见是远近闻名的朝圣之地，故白乐天诗中才觉是"最堪游处"了。

唐朝诗人钱起的《题精舍寺》描绘了精舍寺的美景："胜景不易遇，入门神顿清。房房占山色，处处分泉声。诗思竹间得，道心松下生。何时来此地，摆落世间情。"诗人郎士元也有七律诗云："石林精舍武溪东，夜扣禅关谒远公。月在上方诸品静，僧持半偈万缘空。秋山竟日闻猿啸，落木寒泉听不穷。惟有双峰最高顶，此心期与故人同"。

江南故地，自古便是富贾骚人的闲居之所，宋以后，这里偏居一隅，中原大乱的时候，唯独这里还算是鸡犬相闻的太平盛世。那些国破山河在的旧官僚和大地主、甚至一些吟风颂月的文人墨客为避战乱，纷纷南下。这里是杭州的后花园，近着古都，又不在朝中，太多的人留守这里，开一块地，种几亩田，叹一声人生苦短，道一声世道艰辛。埭溪左右，从小羊山村到后旦村至秀中坞一带数十里方圆山溪拱列，冬暖夏凉，这些有钱的业主就把银子投到了这山清水秀之处，江南的名园，除了苏州，便要数到埭溪了。南宋之后，许多官僚、富豪到武康、吴兴及埭溪一带修建园林别业。

埭溪名人吕留良是史上有名的学者、诗人和思想家，继承了王明阳的衣钵，在杭州一带学子众多影响极大，他曾苦学庄子，给自己起字庄生，后随王阳明崇尚理学，清修毕生，著作颇丰。晚年改名耐可，寓意耐住此刻即可，一字用晦，号晚村，别号耻翁，名与字都在随时反省，中国自古便有吾日三省吾身之说，吕留良可谓是深得王明阳教义的精髓。

1645 年吕留良与侄儿吕宣忠散尽家财召募义勇，与入浙清军缠斗多年，谁说书生笔不能持一剑？他一生跌宕，年四十余须发灰白齿落过半，从小还有咯血疾，五十五岁就撒手西去，临终前数日，仍勉力补辑《朱子近思录》及《知言集》，弟子劝其休息，答道："一息尚存，不敢不勉。"真是活到老学到老的典范。去世后，其弟子及曾静等人广播其善，将吕氏学说传遍江浙。后来曾静策动川陕总督岳钟琪反叛，被告发下狱，因为曾师，吕留良被剖棺戮尸，著作则列为禁书。雍正在《大义觉迷录》骂吕留良："夫普天之下，莫非王土；率土之滨，莫非王臣。吕留良于我朝食德服畴，以有其身家，育其子孙者数十年，乃不知大一统之义！"而据说，其孙女（一说女儿）便是吕四娘，正是这位刚如烈汉的女儿身将雍正帝刺杀。吕留良案是雍正年间的钦命大案，当时轰动朝野。

康熙十七年，早知不妙的品留良一心归隐，已知天命的吕留良到埭溪建风雨庵以避政事锋芒，他削发为僧，不问世事，也没能想到身死之后，仍是一番浩劫。

据说风雨庵不大，但极具精巧之能事，一度被认为是江南园林之典范。此次来埭溪，早已不知风雨庵该从何处去寻，舞榭歌台，风流总被雨打风吹去。

从宋始，到明清，在江南大地上，中国园林在艺术达到一个空前绝后的顶峰，而埭溪就正在这顶峰之上。南园、西园、上庄、下庄、花屏山、莫家栅、秀中坞等都是古来有名的园林胜地。

从镇上返回的路上，正好路过一处新建的住宅群，黄墙高楼气派得很，小区前卧着一块巨石，墨汁淋漓的行草笔走龙蛇，"莫家栅"。下了车呆立良久，想想真是感慨，世事沧桑，怎样的挣扎都抵不过时间的大笔一挥，想当年莫家栅名园林立，福禄之地，现如今也只落得一块石牌三幢楼。

老话说得真对："守住此刻，才是真永恒。"

二、美丽公约

过了莫家栅，就正式进入了美妆小镇。一个个在电视上烂熟如心的知名企业的金字招牌真可以用"如雷贯耳"来形容。

总投资 1.55 亿元的御梵化妆品用了两年时间把产品买入了化妆品的核心地带欧洲，年产值近亿元；衍宇化妆品包装材料（湖州）有限公司从落户到竣工，仅仅用了一年多时间。在衍宇包材生产车间，各条生产线都已开始运作，一派忙碌景象。"我们现在主要是试生产阶段，从销售额来讲，可以做到 100 亿韩币到 300 亿韩币。"楚成包装、华宝油墨，这些化妆品配套衍生企业目前都是全线开工订单饱和，全国各地甚至是世界各地的订单逼着这个小镇的企业向纵深扩大再生产，自建立美妆产业到如今短短几年时间，每年产值利润都较去年翻倍提高。

从小镇的一家家工厂走过去，发现这个名人辈出却真的很少进入别人视线的小镇真的有其独特之处。美妆小镇，在中国也没有几个，这里的小镇，则更多地融入了历史元素和文化基因。所谓人杰地灵，地灵了人也杰。那些历史上举足轻重的名人与这依山傍水的清秀村落相融，再以一个扮靓美人的产业，连那些瓶瓶罐罐也似乎带着饱经诗书的儒雅感。

每一件化妆品都是艺术品。刚刚从当初租借的老厂房扩大规模新建厂房投产半年的合盛塑料的食品级无尘车间里，从原料进厂到注塑制胚，再到热吹成形，最后丝网印刷，一个个晶莹剔透的瓶子似乎有着深厚的文化底蕴，带着浓郁的中国气息。合盛塑料是珀莱雅的指定包装生产箱，生产全过程受世界级包装体系的管控和监督，它们的产品百分之七十要发往珀莱雅公司灌装再发往世界各地。

如果不是走进了这样的车间，真的不知道自己家里那些小小的化妆品，甚至连瓶子都这么一丝不苟，注塑阶段有一个头发丝宽度的杂质，整个瓶子就要作废；吹瓶阶段瓶身厚度差了三微米就要挑出来；而丝印就更精益求精了，一个墨点，整个注塑吹瓶工序就前功尽弃，这个瓶子已经不合格了。

如此严格的检验，使得每一个被包装好运出厂门的瓶子都是精品中的精品。再加上创业之初，有着先见之明的美妆小镇就与浙江省检科院共同设立化妆品检测中心，以国内最先进的设备和最高水平的技术人员，组成华东地区最大的集化妆品检测、认证、咨询等服务于一体的专业检测中心，对每一个小镇出产的产品都严格把关毫不留情。来过小镇的生产一线参观过的客户都不得不承认，只要是美妆小镇生产的东西，就都带有埭溪人坚持、严肃、认真和顽强的 Logo。有了这个 Logo，就代表是有信誉的，有品质保证和职业素养及行业责任的，美妆小镇虽然才短短几年，但是已经代表了中国化妆品产业的最高水平和最高素养，也拿得出中国化妆品行业最高科技含量和质量的产品，完全可以免检。合盛总裁孙俊玲女士说，每家入驻企业都要签署《美妆小镇美丽公约》，以"守法、公平、诚信、创新、可持续发展"为基本原则，切实做到无污染，保安全，这也是所有入驻企业应当担负的社会责任和职业道德，绿色生产，绿色生活，诚信经营，诚信处世，这样的企业才能真正做出让用户放心，让社会满意的产品。

珀莱雅湖州公司该算是小镇上的美妆明星了。这家国内化妆品的龙头企业落户埭溪以来，完全按照总部的经营构想，严格控制每一道工序，其原料96%采用进口，产地分布欧美、日本等20多个国家100多个品牌；VISIA面部图像分析仪、PRIMOS皮肤快速三维成像系统、德国CK皮肤测试仪等设备都是国际一流国内领先的；旗下的珀莱雅、优资莱、韩雅、猫语玫瑰等品牌也都相继打入国际市场，带着埭溪的文化印迹和中国风范，成为中国化妆品走向世界的顶尖代表。

珀莱雅还资助希望小学，建立公益积金。2011年1月，珀莱雅就是在埭溪所属的吴兴区慈善总会设立留本捐息冠名基金——"珀莱雅慈善救助基金"。该基金主要用于本区域的助医、助困、助残、助老以社会公益事业资助等。云南丽江的感恩林、100万元手笔的杭州市下城区公羊会公益服务中心"东归英雄—牧羊天山"活动、湖州"珀莱雅之林"、与联合国妇女署联合开展的中国女性公益计划等等都是出自珀莱雅手下。

化妆品美容，生产制造就更不能毁了清新世界。珀莱雅采用空压机热能回收系统进行生产热能回收，每天可生产60℃的水25吨，可供300多名员工洗澡，每年可间接减少碳排放30吨；回收过程中不符合生活用水的那一部分就用于清洗机台、卫生清洁及现场保洁等，这些水如果直接使用生活用水，每月需要1500吨，如此回转往复利用，不仅达到节能减排的目的，更为美妆小镇的绿色生态工程起到了模范带头作用。

这个四千多人的埭溪名牌企业，从杭州总部走出来，辐射浙江，带动东部，影响全国，成为世界级的骄傲。

说到珀莱雅，老总侯军呈总要提上一提。这个 16 岁丧父，辍学修拖拉机的穷苦小子，接触化妆品的照实是从推销员做起，扎实勤恳吃苦耐劳，当年跑遍大江南北只为一口饭吃，现在是年销售 50 亿元的珀莱雅总裁。当年为了打开国际市场，他一个人转机几十个小时，带着一百多公斤的样品漂洋过海去卡萨布兰卡，再租一辆车走七个小时到摩洛哥的一个研究院去推销，人们以为他只是一个推销员，哪里知道就是这个躬身弯腰卖命推销的中年人，是一个年利润以亿计算的大企业老总，而那时候的他腰上还打着四个钢钉。苦，累，但是功夫不负有心人，50 亿的年销售，就是他一车一车推出来的。

现在的侯总还兼着杭州化妆品协会的会长和全国工商联美容化妆品商会和副会长，记者采访他的时候，精悍的侯总面带微笑，"我无非是基于一个梦想，现在讲中国梦，我们有我们的行业梦。当初三十四个杭州化妆品行业带头人共同组成了一个公司，我们要打造一个国际化的像法国的格拉斯、普罗旺斯一样的平台，一个行业内全球知名平台。"身在行业之中，他知道和国外相比，中国的化妆品消费只有国外的十分之一，而且中国目前的低碳环保经济需要化妆品这种无污染低能耗高回报的企业，还有一个重要的就是，目前中国化妆品消费的三分之二都是国外的品牌，中国自有品牌只要保证质量和信誉，市场是巨大的。

就是在这个基础之上，侯总有了更壮观的想法。他亲自找到了湖州市政府协商，最终选址埭溪，亲手打造了这个中国化妆品的第一品牌基地。

美妆小镇自建设以来，累计入驻项目 70 余个，总投资已落实 160 亿元，大手笔自然要大发展，镇党委委员、副镇长莫芬芬的话代表了美妆小镇的理想化发展。"我们围绕打造'美妆产业集聚中心、美妆文化体验中心、美妆时尚博览中心、美妆人才技术中心'目标，加快产业集聚、要素集聚和品牌集聚，不断推动这座产城融合的复合型小镇加快崛起。"这是一个集群化的全产业链集团，其目标不仅是化妆品生产的"世界工厂"，更有与化妆品相关的配套产业，与埭溪相匹配的文化元素渗透，一二三产联动的核心动力驱动的文化型产业区。不能只发展经济，还要注重文化，化妆品本身就是一种高科技的文化，还要加以历史性文化的基因，才能打造出真正属于埭溪的化妆品品牌，也才能真正将埭溪文化和经济完美糅合，成为代表中国的美妆产品形象。

从原辅材料生产，到检测认证中心、香精香料、品牌管理化妆品及企业、研发和品牌服务提供商、大师创意工作坊、整形美容机构，再到配套的美妆讲座在这镇上都能找得到，完全的自给自足，独立一条龙。

韩国化妆品的入驻融入了世界化妆品领军品牌，韩国的设计理念；科技孵化园则代表着高新技术的集大成者；娇兰佳人化妆品华东集散中心等 8 个美妆小镇重点工业项目则是中国境内最值得借鉴的区域品牌。这个位于中国经济最开放、最活跃、最具国际竞争力的地区——长三角中心位置的湖州吴兴区埭溪镇，已经渐渐从单纯的文化重镇向文化型经济特色镇华丽转身，成为中国美妆产业唯一的特色小镇创新平台，以产业为核心，融文化、旅游、社区、开发区和科技研发区等功能于一体的化妆品特色小镇。

三、替大诗人圆梦

海拔 325 米的山城格拉斯位于法国东南部的阿尔卑斯，紧邻尼斯和戛纳，阳光、沙滩、海浪、古城，满心满眼的地中海风情。17 世纪时这里是世界级的皮革产地，为了去掉皮革上以及弥漫在空气中的异味，人们开始采集附近山上疯长的蔷薇和茉莉制作香水。直到今天，格拉斯仍然是世界香水产业的中心被称做"世界香水之都"。

埭溪的口号便是打造中国的格拉斯，中国人的美妆，从埭溪开始。

世上本来就没有"门"，只有你不想进的，没有打不开的。而这其中，需要信念和信心两样东西来支撑。秉持"产业高地、时尚园区、特色小镇"的发展主题，"一核三区"是建立美妆小镇的伊始就已经定下的空间布局，即化妆品产业核、产业服务区、旅游休闲区和创意体验区，建设成为中国美妆产业集聚中心、中国美妆文化体验中心、国际时尚美妆博览中心，中国东部的美颜中心。为了打响美妆品牌，埭溪镇甚至把发布会带到了化妆品之都法国。镇管委会总顾问侯军呈的开篇词说话："今天，我们带着一个梦想来到巴黎，一个中国化妆品产业的梦想：我们将在中国湖州建设一个全新的、世界级的中国化妆品产业集聚地，来全面提升中国化妆品产业发展水平，造福中外消费者，并为全世界有梦想的化妆品企业提供一个创业平台。"

"We are in control（一切尽在掌握）"这是当地报纸当天报导此事时选用的标题。这个完美的亮相带来的直接效果是招来世界各地的美容产品落翅在埭溪这棵梧桐树上。韩国第三大化妆品研发工厂韩国化妆品株式会社、韩国最大的化妆品包材制造企业——衍宇包材株式会社（YONWOO）、意大利 VIRIDIS 品牌香水项目、法国百年薰香精油博物馆项目、上海上美化妆品生产基地项目、浙江卓妍化妆品建设项目、杭州心悦化妆品生产基地项目、苏州凌琳日化有限公司项目等一大批生产企业项目，总投资超过 125 亿元，2016 年 5 月，距离美妆小镇挂牌仅仅一年时间，埭溪就成功入选浙江省"十大示范特色小镇"、中国香料香精化妆品工业协会和全国工商联美容化妆品商会授予的"美妆创新贡献奖"和"中华美业特殊贡献奖"；经信领域省级行业标杆小镇以及中国化妆品产业链高峰论坛暨亚洲十国采购峰会战略支持单位。

一年时间，埭溪已经世界闻名。

那么多世界一流的美妆业翘楚齐聚此地，他们不是对手，而是伙伴；他们又是对手，彼此竞争促进发展的对手。一个好对手胜过一万个敌人，一个企业的幸运，一个行业的发展，未必能时常得到彼此击掌而鸣的对手。通过对手，可以见已短，学人长，交流、合作、资源共享。每年一届的化妆品行业领袖峰会，召集了法国化妆品谷主席安塞尔、大韩化妆品协会副会长李明揆、中国香料香精化妆品工业协会理事长陈少军等一流美妆企业家和行业专家，"中国化妆品生产基地湖州"作为中国唯一的国家级化妆品产业基地，在浙中大地上已经花开千朵。

化妆品的意义就在一个"美"字，这里有深厚的文化底蕴，有得天独厚的地理条件，也有足够的人文基础和市场基础，决心一下，一个本来默默无闻的小镇，突然就成为业界榜样，这里有集收藏、保护、研究、教育、服务、展览于一体的全国乃至全球最大的化妆品主题博物馆，也有具备资金筹措、技术研发、品牌培养等功能的投资 2 个亿的美妆科技孵化园，更有从化妆品原料种植、萃取、研发、提纯到生产、包材制造、印刷以及完整的销售渠道，产品研发就地转化成销量，产业链条的闭合让这里用最少的成本、最成体系的服务和最高科技水平的研发，将最价廉物美的产品送往市场，也能让中国化妆品具体全球视野、最高水平和最佳平台、最良发展前景。

"新蓝图，新赶超"，这是第四（2019）届化妆品行业领袖峰会的主题，美妆小镇的二期工程指标也在这次峰会中被曝光：中保玫瑰文化园项目，规划面积就达 4850 亩；泊诗蔻化妆品项目总用地 50 亩，总投资可达 2.3 亿元，目前已拥有 800 多个线下网点，2017 年在美国销售突破 8000 万美元；禾田香料项目总投资1200 万元，计划年产能达 400 吨，销售可达 1.5 亿元；宾格生物项目总投资 900 万元，计划年产能达 1000 吨；尚色化妆品项目总投资 2500 万元，计划年产能达 5500 万件，销售可达 3 亿元；开森化妆品项目总投资 500 万元，计划年产能达 8000 万件，销售可达 2000 万元。

此次峰会，包括法国化妆品谷创始人安塞尔、意大利化妆品协会和西班牙化妆品协会的相关负责人都出席发言，并对埭溪充满希望。他们在考察了埭溪当前的化妆品市场现状并做出预测的同时，也都表达了对中国美妆小镇和中国化妆品行业的认可和信心，并表达了强烈的加盟合作的意向。这些意向的达成，终将会对埭溪的二次发展提供强劲的技术和资金的支持，在扩大品牌知名度的同时，打造产业"特而强"、功能"聚而合"、形态"精而美"、机制"新而活"的特色小镇，把埭溪推向欧美，成为中国本土的"格拉斯"。中国美妆小镇总顾问侯军呈曾在峰会现场说："我们在美的地方，做美的事业。"

同样是在这次峰会上，美妆小镇又新增了教育类建设工程，从人才培养的最根本处解决美妆小镇高速发展带来的人才短板问题。小镇投资 10 亿元与浙江育英教育集团联手筹建的浙江育英职业技术学院湖州校区，打造成产、学、研协同、国际化合作水平高的创业型职业技术大学，据了解，该项目建设用地约 500 亩，致力于 5 年内全日制在校生规模将不少于 5000 人。借助这一项目，中国美妆小镇或能为化妆品行业培养更多专业人才。

几年之后，埭溪的美妆业，将出现一大批埭溪本地定向培养的高素质的专业人才，从产品开发到原材料合成，再到形材设计、广告创意，全程定向配合企业人才发展需要灵活设置专业，机动配置学员。那时候，埭溪将不只有名垂青史的历史名人，更会有以美妆小镇为代表的高科技人才的名字，成为小镇的骄傲，世界美妆界的领袖。

对于小镇的快速壮大，用工和技术人才成了当务之急。为此小镇与全国多家托管公司合作，从全国各地招募人才，并在小镇专门人才孵化中心。随后镇政府出台多项政策，向特色技术型人才倾斜，对入选"南太湖精英计划"领军型创业团队入驻埭溪，多项政策奖励合计最高达到 800 万元；对落户埭溪的高层次人才在购房、儿女就学、社会保障方面都有优惠和奖励；仅购房一项，符合条件的最高可获 100 万元的补贴，其子女在湖州中考中还可以享受加分。一整套人才政策覆盖国内顶尖人才、省级重点人才、市级重点人才、优秀人才等五个人才层次，每一层次均有极丰厚的物质和财政贴补。

　　浙江产业特色名镇有一个共同点，那就是把产业链条全部封闭，从最初的原料到最后的销售都在本地完成，时间成本和效益成本都压到最低，而在链条闭合之后，几乎都不约而同地在人才上入手，先是鼓励人才落户，其次是办学，从最基础的教育上开拓未来市场，提高成员素质，打造团队意识。经济的动能和效益最高瞻远瞩的投资便是教育，这也是经济回报社会的最终极形式。

　　唯有教育才是科技的最后支撑，一个富了办教育的经济集团，才是一个具备高新意识和持久能量的发展型经济集合体。

　　回程路上，穿过了不少正在建设和扩建的企业，远处青山如黛，同行的小镇工作人员说，那是乔盘山，山不高，有青云禅寺，原名"赵王庙"，始建于明末。有着"埭溪第一才子"之称兰静孚先生游青云禅寺后，曾写下禅诗一首：

　　　初日仙楼上，春山鸟共啼。
　　　苔色幽径里，磬声祥云随。
　　　波罗从此出，救世多慈悲。
　　　世界有尘缘，虚无来去时。

　　苔色幽径，虚无来去。两个妙到毫巅的词，用在埭溪身上真是绝配。美妆为了身体，美景则满足心灵，如此山清水秀人杰地灵之处，怎么会少了一片欣欣向荣？

　　怪不得多年以前的白居易就会有"最堪游处未曾游"的失落之慨。

　　想不到大诗人的遗憾，今天被我替他圆了梦，诗人九泉有知，会不会抿然一笑？

根之家乡：开化根雕小镇

　　去开化还是自驾好，早上从西湖边出发，三个多小时，到开化正好是中午了，舟车劳顿之后，饥肠辘辘之时，可以美美地吃了上一顿开化青蛳。这应该是催一个吃货早起赶路的最佳理由。

　　陪我去开化的朋友果然乖乖起床，早早动身，一边开车一边点头，"汽糕，还有开化汽糕，只有钱江源才吃得到的特色营养早餐。"

　　我还能说什么？吃货永远只对吃感兴趣。不过我想，就算简单到从吃去开始喜欢一个小镇也不是什么坏事，毕竟吃可以把一个生硬冰冷的城镇从抽象概念里拉回到感性感知的层面上来，所以，吃，虽然只是一时愉悦口齿快感，却也不会因为仔细端详而感到苍白和失落，也可以成为一种通用语言，体会到一个城市色香味俱全的美好。

　　开化，钱江源头，地处浙皖赣三省交界处，西接婺源，境内85%为山地，素有"九山半水半分田"之称；亚热带的季风吹了几千年，吹出一个人杰地灵温和宜人的绝佳之处，这里可是有"中国的亚马逊雨林"之称的，但游人却不多，毕竟能出现在这里的外省人大多奔着婺源和休宁两个 5A 景区去了。

但正因如此，倒是给了小城开化安静的基因和不浮不躁的底气，它安然，开明，淳厚，既不屑于争什么天下第一，又独具风骨和特色，稳稳当当地坐在浙西山地之间，不怒，却不怒而威；不苟言笑又风情万种。

等两盘青蛳下了肚，朋友才慢条斯理地揉着肚子擦着嘴抬头看我，"你到开化不会就为了两盘青蛳吧？"

"当然不会了！"来接我们的开化文友小徐接口，"这里有中国唯一的根雕博物馆，你肯定感兴趣的！"

朋友似笑非笑看着我们，久久不肯起身。我知道她肯定在心里又鄙视我了。也是。博物馆，放眼全国，哪个小县城还没个一座两座的，有什么可看的，还值得开了几百公里的车。我拽着朋友，轻声说："来都来了，就看看呗，不看怎么知道你会不会失望。"

我拉着她跟在小徐身后向外走，一边听他如数家珍口若悬河。

一、来看他，和他的树根

2019 年 8 月 29 日，第 76 届威尼斯电影节在意大利威尼斯举办，"聚焦中国"主题活动也随之在意大利展开。"聚焦中国"活动是由意大利文化部电影总局、意大利国家电影音像与多媒体工业协会、威尼斯电影节组委会与新华网等机构，联合举办的以中国近年经济和文化发展主题为核心的系列活动，以多种多样的活动形式，推动中意两国一带一路的文化交流，为中意两国乃至中欧之间搭建围绕影视文化和相关主题合作和沟通的平台。而在威尼斯电影节的开幕式上，除了那些光彩照人的世界顶级明星艺人之外，开化根雕也绚丽登场，以其悠久的文化历史、细致传神的形象设计、巧夺天工的技艺让各国来宾大呼惊奇，也给电影人带来了新的艺术创作灵感，开化根雕更是通过这次活动向全世界展现了开化艺术成就。意大利电影工业协会国际部主任罗伯托斯·塔比莱亲自为开化颁发威尼斯电影节最美外景地证书。

在电影节现场，开化为在场嘉宾精心准备了"无念熊"主题玩偶、明信片、画册、书签等艺术纪念品，充分展现开化风貌，根雕大师、根宫佛国"掌门人"徐谷青还作为中国根艺大师与众多电影明星一同亮相红毯，成为电影明星之外独特而又抢眼的艺术明星。

"徐谷青？根宫佛国？"我打断了小徐的话头。"一个根雕博物馆居然敢自称佛国？"

"对，绝对的自信才有绝对的底气，当然了，要严格区分自信和自大。但是在这里，绝不是自大而是坚决的自信，徐谷青给开化带来的自信。这个徐谷青就是为开化创出 5A 品牌的根雕博物馆的创始人，中国最传奇的根雕艺术家。我们这次来，就是来看他，和他的树根。"

"真的有那么神奇吗？"我还是半信半疑。树根而已，虽然网上说得天花乱坠，我总感觉有些夸大其辞。

"眼见为实。一切看过之后再下结论。但是我想先提几个人，这几个人的地位分量可以说明这个开化根雕敢自称佛国的底气何在。威尼斯电影节上有一位特殊的嘉宾是来自意大利的设计师弗朗西斯科和赛琳娜，他们夫妇二人是根宫佛国设计夜景灯光设计师，也为众多的世界级电影做灯光设计。这对夫妇说，那个美丽的地方也是他们理想中的家园，是一个让人惊叹的神圣之地。世界级的灯光大师的话，你还表示怀疑吗?"

　　多少还是有点的。毕竟中国现在大力提倡经济振兴，相形之下，所有的艺术都多少有些生不逢时的狼狈，而艺术又需要经济的支撑，但经济时常把艺术丢在一边一个人大步向前，放眼历史，哪一次艺术的振兴其实都是从经济的崩盘开始，却很少有经济大繁荣之后仍然全力支持艺术的时代。相比之下，艺术是痛苦的，能在经济大潮中独守艺术，这精神难能可贵，但是又能坚持多久? 规模如何? 这实在是个不好意思深究的问题。

　　当我把自己的疑惑通盘托出后，小徐眼中闪过一丝气定神闲的自得。"你这样想我能理解。不过等你看了之后，就会明白经济对艺术的支持有多重要，艺术对助推经济的作用有多大，而经济和艺术的结合能造成怎样的感染力，你也会从这里找到答案。这就是独一无二慧眼独具的根雕之城。"

　　二、树根，也是艺术之根

　　东阳木雕、乐清黄杨木雕、青田石雕三种传统雕刻艺术是浙江的三大雕刻艺术，相较之下，开化根雕有些默默无闻，不过近年来，开化根雕却异军突起，跻身这三大雕刻艺术之列，被称做"浙江四雕"之一。

　　根雕在开化由来已久，屈指算来已有千年历史，特别是以"开化根雕"为主题打造的根宫佛国文化旅游区开园 17 年，已经获评 5A 级旅游景区。园区内有结合汉唐风格的亭台楼阁和玲珑剔透小巧别致的江南园林景观，更有 2 万余件大型根雕作品为其助威，这些作品中最大单件作品重达 40 余吨，堪称是世界之最。

　　徐谷青艺名"醉根"，祖上从曾祖父徐元祥开始便遍访名师，木匠手艺惊世骇俗，根雕则师从宋国光，在开化县远近闻名。传到了徐谷青这一代更是青出于蓝，徐谷青书画俱精，尤爱根雕。虽然一直只是在县城的园林管理所工作，但他所做的园艺盆景已经是县里的抢手货，后来师从原中国美术学院院长肖峰，中国根艺美术学副主席李蒂，上海根艺美术学会会长胡仁甫等大师，技艺更是突飞猛进，终成一代名匠。

白石尖或者说是县内最高峰，徐谷青小时候上学要翻过这座山才能到学校，他每天天不亮就要爬起来翻山越岭，从小就养成了吃苦耐劳的好品性。但是初中毕业后因为种种原因他还是不得不辍学，父亲给他找了个箍桶匠的手艺活。

徐谷青心灵手巧，不仅箍桶手艺好，还自幼受父辈影响爱上了雕刻。作坊没有主顾上门的空闲里，他自己研究木雕、壁画、书法，渐渐进入门径，技有小成。23 岁时他到杭州上海谋生，一边工作，一边苦学绘画、雕刻。当年过年，父亲买回一张年画，内容是一截苍劲的树根被风浸雨蚀的沧桑感。

那感觉让他浑身一动。

大年初一一大早，他就一个人背上干粮钻进深山刨树根去了。晚上回来时他连扛带拖弄回了十多个树根。就这样，整个年关他都把自己丢在一堆树根之间，手中的刻刀斧凿给了他一个在树根上绽放的梦。

开化根雕古已成名，最早可上溯到唐武德，那时候还不仅仅是根雕，应该准确地称之为木雕，直到明武宗正德六年开始才从木雕中渐渐分离开来，形成一个单独的艺术门类。根雕讲究的是七分天成三分雕，七分意境三分实，似是而非，灵光一闪很重要，所以，做根雕这一行，不仅要手艺精湛，更要悟性高、联想丰富，文化底蕴饱满才行。

徐谷青的第一个作品是一只根雕椅，那些本来只能做柴烧的烂木头，在自己手里变成了一个有用的物件，还另开蹊径别具美感，这让徐谷青兴奋异常，从此一发不可收拾。

很多人谈到了艺术家，一定会用数量来争胜，但是真正的根雕不可能一人一时就完成。同样的，勤不一定能补拙，但灵性被开发了之后就一定会达成精致；数量不代表质量，但数量和质量也有其必然联系但又完全没有对应性。要知道，现在每个人都可以在歌厅里吼上几嗓子，但真正的音乐家没有几个。

徐谷青深知自己的势单力孤，想要振兴根雕事业必须加大影响力，吸引更多的人投身其中。

1991 年，徐谷青创办了开化第一家根雕厂并创建了衢州醉根艺品有限公司。在他的带动下，开化县民间根雕业在古有基础之上迅速地开始第二次复兴，而徐谷青无疑是此间的带头人、启蒙者和领袖，更以其独特的风格在业界一枝独秀。

能用根雕撑起一座城的亮点特色，的确是需要真功夫在里面的。在徐谷青看来，开化根雕不同于别种根雕技艺的难点和关键在于，创意是需要与匠意相辅相成相融相生的，水乳交融的结合才能制作出灵魂和作品都让人震惊的艺术。"一件根雕作品的好坏，看它是否最大化地运用材质的结构来构图，是否最大化地能够表现展示结构上的具体技艺。能巧妙的运用，将创意与匠意有机融合起来，最大化地表现出作品内涵与独特的魅力。"徐谷青在创作前是满怀虔诚的，他经常会在一根素材树根前坐上好几个小时，一根一根地抽烟，有时候甚至需要用酒来提高自己的兴奋感和创作激情，用心慢慢体会人与自然的内在共鸣，作品与素材之间的必然联系。"来自大自然的作品是最有生命力的。在雕刻之前，树根就呈现出各种各样不同的形象，只要刻画上画龙点睛之笔，这个根雕就有了属于自己的灵魂。"

给一棵树根赋予灵魂，是一个根雕家必须要做的事，也是唯一的一件事。就像亚里士多德说，"那活的灵魂已经在那里了，我只不过通过雕刻将它剥离出来。"

开化县白石尖脚的梅岭村，徐谷青的故乡，自古就是根雕之乡，但在他之前的所有根雕艺人都是独立作战，自由创作，赖以养家糊口，唯有徐谷青，将根雕注入了艺术的个性，成为一个个包含精气神的个性艺术品。

在开化的中国根艺美术博览园内，有一组气势恢宏的展品，是一组巨型根雕五百罗汉阵，全长 680 米，是目前全球最大的巨型根雕五百罗汉阵，正在申报世界吉尼斯纪录。从 2000 年到 2016 年，徐谷青历时 10 年零 6 个月，这件作品才全部完成，这五百罗汉，个个形态各异、栩栩如生。

这件作品的素材，选用有 1000 多个龙眼树树根。当年广州白云机场扩建时，很多生长多年的龙眼树被伐掉，那些挖出来的龙眼树树根在废料场里堆积如山，它们当中很多树根的岁数在千年以上。徐谷青到现场看了一圈之后，当即决定将这些树根运回来，并连夜构思了气势磅礴的五百罗汉，在他的刻刀之下，每尊罗汉的特点都被呈现出来，情表于外，意韵其中，雕刻精细传神，个个神采飞扬。

每一个到过博览园参观的人，没有一个不为它所惊叹。

1991 年徐谷青辞职创办开化根雕厂开始便将其艺名"醉根"注册为作品商标。他以自己的根雕技艺为基础，博采众长，推陈出新，并带出了众多徒弟，广授技艺，因材施教，丰富根艺题材品种，开拓根艺发展空间，在实际授徒和制作中按徒弟的个性特长着重培养，带出了一干各具所长的学生。他和徒弟们承古厚今，形成了以徐谷青根艺为主的开化根雕艺术创作群。2001 年 9 月开化县被中国根艺美术学会、中国经济林协会授予"中国根雕艺术之乡"的称号，并被联合国教科文组织授予的"一级民间工艺美术家"称号。为了让根雕艺术发扬光大，他作为根雕大师为世界唯一的根文化主题景区根宫佛国，打造了一个梦幻般的了解根雕艺术、领略自然山水、感受根雕之美的旅游胜地。2013 年，根宫佛国文化旅游区，成为了衢州市首家国家 5A 级景区。

根雕，其实是艺术之根，也是艺术家之根，根雕的精髓就在于"三分人工，七分天成"，以天然形态的根重塑艺术形象，人工修饰雕凿只是辅助，把根的魂剥离出来而已。在各地大力发展经济的时代，却独独有着这样一群人枯守着艺术的底线，这看似有些不合时宜不识时务，但恰恰有了这样一群人，开化的经济发展力和艺术向心力都极大提升，它们相辅相成，互为唇齿互相依存，也让徐谷青对开化根雕的传承有了足够资格成为见证。

所有对生命的感悟和对世界的问寻探究，都在他的透着灵性的刻刀下一一呈现，大千世界三千红尘都可以在一棵老树根上重新展现，并以艺术的形式给这复杂的世界一个简单的答案。

那答案不是唯一，却是他以根代言，对生命和生活的所有感恩之情。

三、根宫佛国

说起来那还是汉唐天下。

开化以其地理优势，自古便是东部驿站的结合部。唐武德四年开化古驿道的开垦使其成为浙、皖、赣三省经济文化交流的必

经之路。待南宋临安建都后，当地丰富的木材资源成为开化的摇
钱树，钱江源头到东海之滨，大大小小的运木材的车马如洋溢洪
流奔往钱塘江，周边的徽商闽商也经此前往建安古都经商，时代
终于将一个小小的开化推到了风口浪尖，成了一个以木材经销和
水路运输为主的大商埠，经济异常发达。

　　于是，木材的附属品，树根便在开化人手中，从一个被无情
丢弃的废物成为了艺术原胚。清光绪《开化县志》载："宋国光，
字尔衍，清乾隆邑痒生，授例就营千总，善绘画，善雕琢，得盘
根错节之树桩，随手刻画为人物花鸟，见者叹以为真。钟峰书院
落成，门窗雕刻竹叶，镂梅花兼绘古十八学士栏壁，形神毕肖。"
这应该是开化根雕艺术的最早记录。钟峰书院也成了开化根雕的
鼻祖和源头。

　　开化根雕的特色在于它已经不仅仅局限于根雕一物，而是将
盆景、院檐、园林、石刻等形式整合在一起，带着明显的佛教道
元素和情怀，从而以树根的虬韧展现天人合一的艺术境界，使根
雕成为整个中华文化的载体。徐谷青作为开化根雕的代言，经过
多年努力，已提携发展了开化本地根雕企业 30 余家，从事根雕
作业人员近 2000 名，年产根雕作品已达 30 万件之多，产值超 15
亿元，成为开化的经济支柱项目。在这个产业集群渐成规模之
后，开化县依托已经成了气候的根雕产业，开始致力于打造一个
开化特色的经济兴奋点和文化嗨点，把"走出去"和"迎进来"
作为开化经济的总方针，把经济和文化齐发展作为开化的总目
标。目前开化每年举办根雕艺术的"一节一周一赛"活动，并着
力创建根艺班、国际根艺学堂等根雕文化培训，将开化根雕作为
品牌去经营，很多根雕作品成为众多世界级的收藏家争相收藏的

黄杨品，根雕亦成为商品走遍全国，走向海外，这不，做为文化代表，本次根宫佛国还受邀参加威尼斯电影节，为根宫佛国文化旅游区成为具有国际影响力的开化招牌和中国文化的精髓代表被世人共识。

"创建根宫佛国文化旅游区的目的，是希望将根雕这门艺术做到极致，做成一件能留给子孙后代的'遗产'，让它造福一方。"采访他的时候，徐谷青很平静，他希望通过根宫佛国文化旅游区的藏品，能过保存、展示、宣传开化根雕艺术，将根雕产业与休闲旅游、国学文化、传统技艺、电子商务等结合起来，以"根宫佛国"做轴心，成为经济和文化的主阵地，辐射影响并带动整个根雕小镇的发展，助力开化名片，打造开化经济的标杆。

日前开化根宫佛国除了巨型五百罗汉园外，中国根雕博物馆、醉根文化休闲度假村、徐谷青根艺精品陈列馆、醉根艺品展销厅、奇石盆景园、枯树名木园先后建成。已经引进了一个投资亿元的'根宫夜宴'夜游项目，用世界级的科技手段再造一个景区。融根艺、佛学、美学、生态、园林艺术为于一体，开化根雕已被列为浙江省非物质文化遗产，宁静而葱郁的小城，终于迎来了属于自己的春天和力度。

以根雕文化产业为核心而建设的开化根缘小镇，也荣膺 2017 中国十大最受欢迎旅游小镇。

一个小镇，却被冠以"国学文化的百科全书"之称，一切都利益于它的根雕艺术。这个 AAAAA 级的景区总投资近 30 亿元，包含"道行天下"馆、历史文化馆、民俗文化馆，并在周围设有钟、鼓、古琴、古筝、编钟、编磬等六个主题角楼，同时已签约引进西泠印社、玉雕、砖雕、紫砂、古琴、木雕、书画等领域的多位大师，浙江省工艺美术研究院和中国美术学院绘画学院、雕塑与公共艺术学院也将在此挂牌，最终将营造一个浓厚的诗书礼乐氛围，将民艺与传统文化相融合，在传承中实现创新。

艺术总要在社会生活中找到生存点和普世意义而不仅仅是吟风育月的故作高雅，如此才能在生命力和延续性上找到其存在的确切含义，并由此生出一种稀世的伟大。这种伟大，不仅成就了艺术家的名望，更加重了艺术本身的分量，再由此衍生出一个镇的整体经济实力的根基，无论对艺术家本人还是对这个城市来说，这都是一件功德无量的真正的大事。

四、走向世界的雕虫小技

朋友举了个例：有家理发店的广告是一副对联，内容是"虽是毫末之技，却是顶上功夫。"双关语运用得妙到毫巅：剪掉的头发自然就是"毫末"，但又是顶上（头顶上）的功夫。其实根雕同样如此，虽然是一根破树根，扔在谁家门口都嫌碍事，但经过根雕大师的慧眼巧手，却能精心雕凿成绝世艺术，甚至可以登上世界级的艺术殿堂，成为令人叹为观止的佳作。如此一来，作为一个以根雕这种化腐朽为神奇的艺术形式，打造成一个独具特色的小镇，也就在情理之中了。

今年 12 月 12 日至 19 日，这个目前国内规模最大、工艺水平最高、唯一以根雕艺术为主题的国家文化产业示范基地，开化根雕小镇将迎来一场国内根雕界的盛事——第七届中国（开化）根雕艺术文化节、第二届"一带一路"国际根艺文化交流周。

绝对的盛事。要知道，根雕，不仅仅是根雕，它更是根啊，使一切乡情、人情、文化、艺术甚至经济，成了有本之木。

开化文友又开始侃侃而谈如数家珍了。什么开化钱江源国家公园体制试点区是全国首批、长三角经济发达地区唯一的国家公园体制试点区；开化先后获得了国家级生态县、全国生态文明建设示范区；全国首批"中国天然氧吧"等等，开化还是第一批全省大花园典型示范建设单位之一；首批省全域旅游示范县，拥有1 个 5A（根宫佛国）、2 个 4A（古田山、七彩长虹）、7 个 3A（金溪桃韵、九溪龙门、秀丽潭头、金溪砸碗花湿地公园、霞山古村、玉屏公园、御玺茶公园）景区和 21 个 3A 景区村，处处可游、处处皆景，"两茶一鱼"（龙顶茶、油茶、清水鱼）、开化纸、开化青瓷、开化菜让人感觉经友友一介绍，好像到了桃花源。

但我的疑问还在：按说，和其他艺术手段相比，根雕大概还要算做是雕虫小技，也不像宣纸湖笔那样有显著的地域特色，包含着特有的地方风情元素，放眼全国，根雕似乎处处可见，只要想，随便哪里都可以挖个树根回来大搞一番，凭什么开化根雕就能占据世界根雕的一席之地，成为一个地域的特色经济和文化产业？

友友还是一针见血，一语中的：文化。根雕满世界都有，但只有开化的根雕，能称之为文化，因为唯有它，把艺术带入经济强旋涡，而经济又反过来回哺于它，共荣共兴，这是开化根雕生于斯长于斯更成名于斯振兴于斯的最合理的解释。

往根雕的起源上说，这种独具魅力的艺术是中国传统的雕刻艺术之一，它不是一块平板从零开始的雕刻，那种雕刻是以匠人的想象和构思为起点，先是想要雕什么，再去找相应的合适的型材，而根雕则是先有型材才有想象和构思，先要拿到一块树根，按树身、树瘤、残枝的自然形态以及畸变形态为基础，通过匠人的想象、加工及工艺处理，创作出人物、动物、器物等艺术形象作品。

这里面需要太多的灵性。

《新唐书》中就有记载，"泌尝取松樛枝以隐背，名曰'养和'，后得如龙形者，因以献帝，四方争效之。"，大意是唐时邺官李泌采用天然树根，制作龙形抓背（现在俗称痒痒挠）献给皇帝。大文学家韩愈在其《题木居士》中有"火透波穿不计春，根如头面干如身。偶然题作木居士，便有无穷求福人"的诗句，这里的"木居士"，说的就是一件被视作"神佛"形象的根艺作品。

根雕也是需要文化自信和文化自觉的。这有徐谷青和他的子弟们将根雕作为事业的信念和深厚的文化基础做根基，他们"一辈子只认准一件事""一生只做这一件事"这种精益求精、执于一心的工匠精神，是根雕产业发展最为珍贵的底气。

在这个世界上唯一以根雕为主题的5A景区里，游客们可以看到各大场馆的主题根雕艺术，十二生肖长廊以一首《十二属诗》开篇："十二属诗：沈炯鼠迹生尘案，牛羊暮下来。虎啸坐空谷，兔月向窗开。龙阴远青翠，蛇柳近徘徊。马兰方远摘，羊负始春栽。猴栗羞芳果，鸡砧引清怀。狗其怀屋外，猪蠡窗悠哉"；"道行天下"馆的主雕像则是巨型根雕作品"老子"造像，衬以"万世师表"为主题的儒家思想大型根雕系列以及《道德经》主题的根雕群，气势恢宏，儒雅而大气，展现了道家和儒家的文化思想交融交织而达成的中国传统文化终极含义；释迦牟尼主佛根雕，形体庞大，重达40余吨，想见其形体庞大做功之精巧，据说这尊雕像的根材是花巨资从中缅边境一路跋涉而来；醉根天工博物馆则是一座唐汉风韵的仿古建筑，外观莲花为灵感，寓意莲开佛起，与拱角飞檐形成"合"字形态，暗含着"天人合一"的佛家主题；占地面积近千平方米的童趣园，是目前世界上绝无仅有的以"寻根"为主题的动物塑像造型群落，它以根雕为载体，以动物为主要表现形式，分为"海上、陆上、空上"三大系列，几乎涵盖了中国神话传说中的所有动物形像计 30 类群种 600 余个动物，紧紧围绕儿童心理兴奋点，集动物根雕主题、娱乐休闲、美食、科技教育科普于一体，是亲子游不可多得的美妙殿堂。

从景区总体上看，合着中国道教、佛教、儒家、法家、墨家等东方教义的精髓，大方无隅，大器晚成。大音希声，大象无形。以五千年的华夏文明为基调，以大型根雕艺术为载体，横贯古今世界，纵横五千历史，通过对传统文化的领略、传承和艺术创新，让游客感受传统精神世界与现代物质世界的双重感悟，把文化和生活、道德与规则、理想与现实重新搭建成一座实体视觉感悟的平台。

在浙江各式各样的特色小镇里，能把艺术打造成普世文化的似乎只此一家，根雕小镇在浙江省旅游类特色小镇当中特色领先也排名领先，现在已经成为响当当的文旅项目投资、根雕企业集聚、工美大师落户及后继人才培养的重要平台，也成为浙江省着力推崇的艺术文化基地。但是徐谷青他们并不停留止步，他们正在制定和实施开化根雕产业继续振兴的宏伟计划，着力从产业培训推广、后继人才栽培、品牌扩大推广、销售平台建设等方面全方位提升开化根雕文化产业集团的综合发展水平。每年一次的"一节一周一赛"已成为全国根艺界最具影响的节庆赛事文化品牌，吸引着全中国顶尖的根雕大师参与其中，"一带一路"国际根艺文化交流周活动更成为打开世界的重要窗口。

　　"一带一路"国际根艺文化交流周活动是从 2017 年开始策划实施的，通过与国际木文化学会合作交流，共促共荣，两年来共吸引"一带一路"沿线 100 多个国家和地区的 360 余件根艺作品参展，30 多个国家和地区的根雕艺术家与全国各地 80 余名根雕大师同台竞技、创作交流，40 多个国家和地区的留学生来开化游学，成功打造全球首个国际木根雕文化交流基地，实现了以根艺为媒，传播传统文化，促进国际交流合作地目的，这是一个经济文化并生并存的成功案例。

　　文化吸引从来都是世界型的道德意识基因，而根雕与绘画、音乐一样，它没有语言交流障碍，只凭视觉便可以感觉艺术的魅力。而开化根雕更上层楼，将根雕产业与休闲旅游、国学文化、亲子家教、历史学习、科普传播、电子商务等结合起来，以"根雕小技"辐射整个浙江直至全国，不仅扩展了根雕的普及，更带动开化文化和经济的第二次复兴，让世界领略开化根雕的浩大气魄。

　　徐谷青说："根宫佛国文化旅游区是我要留给社会，留给子孙后代的遗产。这句话一直激励我不能停歇，坚持创作，不断前行。能留下遗产，传播文化，回馈社会，我想，这是作为艺术家应该为家乡，为社会贡献的力量。"

　　近年来，徐谷青为首的开化根雕艺术家们通过创立"技能大师工作室"，开设"国际根艺学堂"、"谷青班"等，为社会培养根雕人才，扩大影响，努力传承，大力发展，并将这里设为中国根雕现场创作大赛基地，成立中国工艺美术协会根雕专业委员会，通过种种途径，把业内从事手工艺的人才和专家们联合在一起，交流合作促进，增强根雕社会影响力。

　　艺术和经济完全可以整合发展，开化将这种理念锻造成一个模式，以艺术养经济，再反过来经经济促艺术。树之根，艺术之根，文化之根，民族之根，更是人类命运共同体之根，害着青山绿水，就是守着金山银山，山上有取之不尽的树根，也有取之不尽的生命之根、文化之根。

　　而开化，则是根之家乡。

丽水遗落在瓯江江畔的画卷：
古堰画乡特色小镇

古堰画乡特色小镇是国家 4A 级旅游景区、国家水利风景区、世界首批灌溉工程遗产和联合国教科文遗产所在地，核心区域总面积 3.91 平方公里。2016 年，先后被评为首批中国特色小镇（全省 8 家）、全国深化城镇基础设施投融资模式创新试点镇、首批浙江省特色小镇文化建设示范点、最美乡愁艺术小镇、2016 同程旅游十大休闲旅游目的地、2016 浙江旅游总评榜之年度旅游景区人气奖；荣登"十一"假日"旅游安全保障最佳景区"。搭乘全省美丽城乡建设的东风，小镇建设遵循"艺术之乡、浪漫之都、休闲胜地"开发理念，以其独特是文化魅力，凸显出万种风姿。

"流珠溅玉瓯江水，争奇竞秀括苍地。"莲都地处浙西南腹地、瓯江中游，为中国优秀旅游城市、国家森林城市、国家园林城市、国家卫生城市，是名副其实的休闲之乡、摄影之乡、油画之乡、水果之乡、长寿之乡。古堰画乡就位于莲都的腹地碧湖镇。

　　碧湖镇是一个平原，是丽水主要的产粮区，其地势为西南高东北低，常闹水患，在此修建通济堰后，将水系分为四十八派，干渠分支渠，支渠分毛渠，迂回曲折，渠渠相通，呈竹枝状分布，遍布整个碧湖平原，并利用西南高东北低的地理形势，形成大面积的自流灌溉，另外，各支渠利用尾闸拦蓄余水，将其注入众多湖塘储蓄，以备旱时不足，形成以引灌为主，储泄兼顾的竹枝状水利网。

　　古堰画乡特色小镇由古堰和画乡两个隔江相望的部分组成。古堰指的就是通济堰。

　　春水正涨，建于公元 505 年的国家重点文物保护单位通济堰，行水汤汤，水声轰鸣。通济堰与都江堰齐、它山堰、郑国渠、灵渠并称为中国古代五大水利灌溉工程，至今已有一千五百多年的历史，是世界上第一座拱形大坝，比西班牙人建于十六世纪的爱尔其拱坝和意大利人建于十七世纪的邦达尔拱坝要早一千多年，在我国乃至世界水利史上都是一个伟大的创举。它是世界上最早的拱形大坝，坝长 275 米，底宽 25 米，高 2.5 米。一千五百余年来经受各种自然灾害的考验，岿然不动，至今依然发挥着它的作用。

　　通济堰旁边，就是堰头村，因位于通济渠的堰首而得其名，它的形成自然与通济堰有着非常紧密的关系，因古堰的建造，当地的先民因地制宜在此建村立业，渔耕劳作，渐渐形成古堰、古道、古民居的古村落格局。大港头自古就是浙西南一个重要港口，是瓯江水运交通的中转站，南宋中期就成为海上陶瓷之路的重要一站，水上客运盛极一时。

　　从堰头村口进来，就闻到一阵阵樟树的香气。迎面便见一棵

巨大而奇特的香樟树，树干中空能容数人，树干老态龙钟，枝叶
又生机勃勃，导游小钟说，此树多次遭遇雷击火烧，几次濒临死
亡，又奇迹般枯木逢春，所以当地村民称之为舍利树。堰头村有
十几棵老香樟，每一棵的树龄都在千年之上，如此大规模的及高
树龄的古香樟在浙江是独一无二的，在国内也是罕见的，它们分
布在主干渠两岸，树根深扎堰堤，牢牢的护卫着堰渠堤岸，是古
堰的守护神与见证者。

从舍利树向前行不多久，便见一题有"南山映秀"的古民
居。说这是清代早期建筑，房主叶朝鼎自幼聪慧过人，5 岁吟诗
作对，6 岁能弈棋弹唱，生平熟背四书五经，为人正直，他的儿
子却天性爱武，长大后十八般武艺无一不精，结果官居五品武
官，文武父子流芳后世。

古街古亭古埠头形成了堰头村的特色文化和独特景观。小镇
便围绕"堰"字做文章，充分挖掘千年小镇的古堰文化、农耕文
化。对原弘济书院进行重新设计布展，更名为世遗通济堰馆，以
展示通济堰历史文化及水利灌溉原理为主题，运用现代声、电、
光等多媒体手段，通过沙盘演示直观展示通济堰水利设施世遗奇
观，系统解读通济堰水利管理体系，凸显通济堰古代水利设施对
当地农耕经济、文化发展的重大作用，目前项目已完成建设。

在古堰坐上画舫似的旅游船，去江对岸的画乡，同船的是一
群来自上海的摄友，每个人都是摄影家的标配，遮阳帽，百袋背
心，登山鞋，大大的摄影包，脖上挂着长长短短的照相机，年龄
都在六十开外，也有更大一些的，典型的退休团。

对着如丝如画的风景，他们不吝于溢美之词，用软糯甜美的
上海话，轻声感慨。更多的是趴在窗沿，贴着玻璃举着照相机咔

嚓咔嚓个不停的。开船的师傅是个五十来岁的汉子，脸庞黝黑，眼角眉梢都盛满笑意。他不停地吆喝着："各位老师，各位老师，注意安全啊，我们古堰画乡到处都是风景，不着急哈，需要小船的到江中拍摄的，跟我说，跟我说哈……"

在他休息的空当，我与他聊了起来。师傅姓林，原来是附近的渔民，以前以打鱼为生，日子过得累又清苦，几年前，因为古堰画乡火了，他便到这里来开旅游船。"节假日，或周末，一天最多的时候要开六七十趟，饭都来不及吃，只能在船上扒两口。"他抓起水杯喝了口水说，"再累能有打鱼累？现在这是神仙似的生活了，每个月稳稳的拿工资，不用担心刮风下雨，都亏这古堰画乡了！"他朗声笑了，脸上的线条舒展开来，仿佛被春风吹软的大地，一枚枚笑意从地底上冒出来似的。

"师傅，师傅，我们要两只小船，你把我们停那边的码头，好伐？"一个头发斑白，精神矍铄的老大爷过来，指着不远处的小码头跟林师傅说。林师傅顺着他手指的方向看过去，说："大爷，那个地方不好上船，不安全，你看，你们年纪都大了，安全第一，对不对，你不要急，我让小船来接你们。"他拿着电话打起来。安排好一切后，他又对我说："小船是我弟在开的，我也有一条，也是他帮我管着，经常有游客要坐小船去游览，或拍照，有时候，有重要客人来，或是画家或摄影家来，我们也要现场还原一下当年的瓯江帆影，你懂的！"他又哈哈笑了起来。

我忙点头，懂的懂的。有一回在云和采风，当地政府也安排我们看了瓯江帆影的。平静如砥的水面上，两岸青山倒映水中，帆影点点，滑行其间，水光山色，烟岚淡淡，如诗如画，引得一众作家惊叹。

"今天会有帆影吗?"我问。

"今天游客少,应该没有的。"他看我有些失望,又道:"过几天,我们这儿有马拉松比赛,那天可能会有!你不是在这边采风吗,那时候再来看,你扫我微信二维码,我们加个好友,到时候有的话,我喊你!"他把搁在驾驭台上的二维码图片拿过来,让我扫,"要坐小船,要了解什么,都可以联系我,我是古堰画乡的老居民了!对了,还有名片,上面有电话,可以打我电话!"他又递给我一张名片。

从古堰到画乡,只有十来分钟的水路,还没来得及仔细看两岸的风景,船就停在大樟树码头。

"上岸小心点,不忙拍哈,岸上景色更美,小船在那边,看到没,就那两条,要坐小船的,从这边上从这边上。"

看他忙,我只好先上岸,约了回来还坐他的船,再听他聊聊古堰画乡,聊聊他自己。

画乡码头上的大樟树,已有 1300 年树龄,号称"华东第一美樟",几人合抱的树身,亭亭如盖的树冠,树叶嫩绿,如同扑了一层金粉,久雨的春天里,湿润的空气里,满是樟木独有的馨香。隐于云后的阳光,偶尔射出几道光芒,被树叶碾碎了,洒在地上,脚踩上去,仿佛脚底吱吱有声,在轻声叫唤着什么。

导游小钟带我走进 800 余米长的江滨古街。从大樟树码头上来,穿过一条绿荫掩映的鹅卵石小道,迎面是一条弧形围墙,墙上绘着一幅幅小小的风景画,这大概是传说中的丽水巴比松画派的招贴吧。古街基本保持晚清民国时期风貌,石板路,两侧的砖木房,都是有了岁月包浆的,店招也很文艺,石门印社,石堰窑,来画吧,归然陶艺,木言木语,一默家,画中游,智木斋,歇歇吧，再坐一会，开家小店等等，有丽水本土特色，又能让人一看就心下了然。"智木斋"的主人是一对画画的夫妻，十年前来这里，相识相恋相守。他们见证了小镇和老街的变迁，见惯风云往事，难得的是开店不看门的从容。这份从容与安详，便是画乡的精神。街上和江边许多画家支着画架在作画。远山绿水，古街老房，都入了他们的画，而他们，也成了画中的一景。

"歇歇吧"，"再坐一会"，顾名思义，应该是茶吧，酒吧，咖啡吧。一路行去，只觉得这八百米古街就是一篇"慢"文章，让人只想坐下来慢慢读，缓缓品，一盏清茶，一杯咖啡，一份手作，热气氤氲，身子便柔软了下来，俗世里的繁杂和疲惫，便脱壳而去，只留下清清爽爽的一具肉身，沐浴着阳光，浸染着草香，如同门前的那一把菖蒲，绿绿的，莹莹的，嫩嫩的，宛如初生。

一、"巴比松画派"

画廊在街中间，一间二屋的砖木房，门面并不大，进门即可见一巨幅油画，非卖品，是当地名家的早期作品。画廊里展示的，都是丽水巴比松画派的作品，有声名在外的画家作品，也有笔触尚拙，却灵气逼人的学生写生，画上所写，大多是丽水的自然风光。这就是闻名遐迩的丽水巴比松画派。

画乡因活跃此地的"巴比松画派"的崛起而兴盛。巴比松本是法国小镇的名称，之所以有这个异国的洋名，是因为两者不约而同地表现了"故乡的原风景"。在山水乡村这些寻常意象的背后，隐藏着心里的热爱与失落。不变的主题是心之家园，永恒的情感是乡愁。

丽水因优质的自然人文环境，自古以来就出现了不少绘画大师，像古堰画乡碧湖保定村，出了明代宫廷画家代表吕文英，喜作山水画，留下《江村风雨图》等传世佳作。近现代有丽水青田籍画家张弦赴法国勤工俭学，入巴黎美术学院学习；早期留日画家林达川先生多次来丽水写生，并在丽水举办个展，对丽水油画产生深远影响。油画家林一鹤晚年行走在丽水的山水之间，留下了许多油画作品。

上世纪六十年代，一批浙江美院附中的毕业生陆续分配到丽水各县市区文化馆工作，像梁铨、盛二龙、刘家开、沈古运、胡委伦等，这些画家虽然不是丽水市本籍画家，却对这块土地深深眷恋，他们中有几位一直就扎根在丽水，从上世纪 70 年代末开始，一直画身边的风景，他们成为了丽水巴比松画派最初发起的主要成员。

到 80 年代末，这些老前辈们开始更加频繁地走出画室，走进自然，逐渐发展形成了一个地域性油画群体。经过多年的实践，这一油画群体不断坚定风景写生和创作的信念，所创作的作品在省内外产生了一定的影响，得到了省里知名画家的高度肯定，觉得丽水的画家与法国巴比松画家很像，精神与绘画品格俱佳，于是就在各种场合称他们为丽水"巴比松"画派！

自 90 年代开始，丽水巴比松油画群体的壮大和发展得到了越来越多来自各方的关心和支持，尤其是浙江省美协、中国美院、浙江画院等机构。一波又一波画家慕名前来丽水写生、创作、讲座，给丽水油画群体带来外界的信息和新鲜的观念和技法，更多的年轻画家陆陆续续加入到丽水巴比松，到目前，丽水巴比松围绕市本级辐射到全市范围内的成员已经达到 200 多位，形成了老中青三代画家齐头并进的发展态势，其中位于市本级的丽水巴比松代表画家有 40 余位！

丽水"巴比松"油画顺应了 80 年代中国油画发展的方向，他们的画风受到大众的欢迎，得到丽水市、莲都区历届党委政府的高度重视，加上全国油画创作大环境的影响，特别是得到习近平总书记的关怀和激励，他们的创作方向更加坚定执着。2006年，时任浙江省委书记的习近平到丽水调研，给予丽水"巴比松"油画深切关注，还指明了方向路径，在称赞丽水良好生态环境的同时，谆谆告诫当地干部，"绿水青山就是金山银山，对丽水来说尤为如此"。从那以后，历届党委政府始终遵循"绿水青山就是金山银山"的重要嘱托，一以贯之地养好丽水这一方山水。

丽水巴比松群体在多年的坚守过程中涌现出了吕明哲、沈古运、胡委伦、詹维克、管建新等为代表的丽水巴比松画派的先驱人物，这批老画家主要以描绘朴素的山水风光为主题，风格相对写实，出现了像詹维克表现古堰画乡码头的场景的《渡》等优秀作品！

现在的丽水巴比松则是以丽水市美术家协会主席蔡志蔚领衔的一批中青年画家为中坚力量，如陈江洪、李跃亮、胡伟飞、张健、叶桦、吕晓南、单震宇等，他们还是主要以丽水本土的绿水青山为创作主题，但风格上比以前的老一辈画家更丰富。还有近年来涌现出的以雷建华为代表的，徐成杰、蓝巍、朱乐、陶华峰、黄小华、王子晋、徐剑锋等一批青年画家，年轻画家的绘画风格在前辈的基础上呈现出了更多元更开放的状态，不仅主题上突破了以风景为主，风格上更是大胆超前。目前整个丽水巴比松油画目前在全市范围已经发展到近 200 余人的规模，呈现出百花齐放的绘画氛围。

2008 年以来，古堰画乡先后承办了 6 届国内知名画家写生行活动，吸引了近百名国内知名院校画家前来创作，创作作品 710 幅，其中 82 幅作品被古堰画乡巴比松油画馆收藏；特别是 2016 年在古堰画乡成功举办的中国写生大会，共邀请到国内外著名画家 24 人，是莲都区首次举办的规格最高、跨时最长、社会影响力最大的一次写生盛会。还组织"莲之韵·梦之都"丽水巴比松油画展、"金秋华章—莲都鹿城"油画展和"老屋述说"油画展和莲都区农民书画展等活动。

小镇通过登记、管理以及组织活动等方式，对画家进驻后的美术沙龙开展、绘画艺术交流、美术人才培育等软件环境方面给予最大的支持，以服务至末梢的严谨态度为区内外艺术家创作提供良好环境，打造古镇画乡的内在之魂。良好的创作环境和创作氛围在画家们口口相传下，到大港头创作的画家越来越多。截至目前，大港头镇共有 49 家行画企业，200 多名创客常驻，油画产值达 1.2 亿元，成为全国首批 20 家乡村旅游创客示范基地。同时，全国近 300 家高等院校在此建立艺术教育实践基地，年接待写生创作人数 15 万人次以上。大批艺术家到大港头落户，古堰画乡逐渐成为艺术家的圣地。

二、一默家

从画廊出来，走入一默家。一块发白的古木，上面是墨绿的三个大字"一默家"，古朴又有别样的生气，简拙的门面，一棵刚发新芽的藤本植物，蔺草香与药香，吸引了我们的脚步。进得门来，药香和草香更浓郁了些，还混杂着一些粗布的香馨。墙上挂着各式各样的老物件，布的，竹的，木的，草的，像生活用品，又是艺术品。布的是背包，靛蓝的，扎染过，针脚细腻，像一首山曲乡歌；竹的是长匾，编了写意的花草，也曾装过稻谷吧，或是清明的糍粿；木的是窗扇，细密的格子上，停了两只仰头鸣唱的喜鹊，似是对答，似是独吟；草的是蔺草扇，一大一小两把芭蕉形的扇子，重叠成相依相偎的一段浓情。桌子椅子都是旧木头做的，保持着原有的姿态，纹路，树瘤，都成了一段段时光里的故事，静静地等待着读它的人。此外，就是一架一架的陶瓷了。那形态各异的瓷杯瓷瓶，幽幽地泛着清冷的光，曾经的手温，曾经的烈火，都退却了，都隐入那或光滑或粗拙的身体里，只有静下心来的人，才能捡拾起那一瓣瓣沧桑的花蕊吧？竹笸箩里放着一个个散着药香的香囊，各色老布做的，古色古香。一个中年妇人坐在桌前缝着香囊袋，还有一个年纪稍大一点的，往香囊袋里装药草，那些各色各样的香囊，原来就是这样子诞生的。窗边，坐着一个穿着汉服的男子，三十多岁，扎个小辫，他正在绣花，靛蓝的老布上，白纺线绣成一丛丛竹，他一针上，一针下，上的是竹杆，下的是竹竿，音乐轻轻，他喝口茶，手下的竹叶仿佛被风吹过，微微地荡漾了起来。他说，每一片，每一处，每一针，都是我和日子。

老板娘端着一大笸箩的东西出来，坐到桌前填快递单。那些青花茶席，老布草药香囊，蔺草扇，都是顾客在一默家的网上订购的。她说，一年备货在于春，闻到蔺草香与药香，方觉日长渐暖，忙碌而充实的旺季到了。

老板娘是有故事的人。2016 年才来画乡，先做陶艺，后来做民宿，因为喜欢老布，2018 年，她又有了这家布庄，从伴手礼到香囊、布包、茶席做起，她拥有了自己的品牌"布布生香"。她说，布的美好在于它用自己的肌理和质感来表达情感，布也可以用线条和造型诉尽思绪。"布艺是我一向玩的陶艺延伸，它表达的依然是我。"

七五后的她，像她身上亚麻色的布长裙一样，沉静有香。她是遂昌人，毕业于浙师大，在中学教语文。她有很好的文字功底，在一篇介绍她的民宿的文章里，她以《睡在瓯江的怀抱里》为题，写下她的"一默家"和家里七个以诗经里的植物命名的"孩子"。

2016 年 1 月 16 日，我从丽水中学辞职，告别了工作 15 年的教师岗位，来到画乡，开了我的第一家陶瓷主题民宿：濯泥山房。濯是洗的意思，"濯泥"是陶瓷制作中的一个环节——淘洗泥土。我本是一个玩泥巴的人。如今，很多人都是因为民宿而认识我，其实我只是个打酱油的。正是因为这个身份，让我对于民宿，对于开店有了审美的距离。

于我而言，民宿首先是一件悦人悦己的事情，其次才是谋生谋利的事业。

2017 年初，我开了第二家店，这是一家位于江边的民宿。如今，在画乡已有一年半了。很多人说：我觉得你在这里已经很久很久了。我说：我觉得我一直在这里，从未离开。

是的，我是画乡人，画乡是我家。我的幸福感不是一年开两家店，因为这只是一个开始，我的幸福感是我在画乡找了归属感，找到了家的感觉。

我的第二家民宿，就叫"一默家"。

我用《诗经》里的植物名称来为我们的八个房间命名。名称中的色彩与空间的软装色调及主题呼应。

1. 绿苔：清新素雅的标间，房如其名，"绿苔"的色调是绿色的。整个空间用了不同层次的绿色，最引人注目的是窗前的柳树。一年四季，柳树上都会栖息各种鸟儿，隔着一面窗户的距离和你啾啾私语。窗外，蓝天碧水，白鹭白帆。坐在窗边，可以清楚地看到江水中翻跃的鱼儿。"绿苔"是个在一楼的标间，内有两张 1.3 米 ×2.0 米的床，房间面积约 30 平方米。

2. 粉桃：玫瑰灰与月亮灯，粉桃是一楼的单间，1.8 米 ×2.0 米大床，室内空间约 28 平方米，粉桃的亮点不止是坐拥江景的大漂窗。我用粉灰的色调处理墙面，让人感觉浪漫温馨但不失神秘悠远。房间的床头灯是月食灯。曾经有个姑娘说，她想买月亮灯想了好多年，因为太贵没有下手。我不由得庆幸：做民宿，让我把想买的东西一网打尽！想做的梦统统照进现实，真好！

3. 黄芩：明亮温暖的单间，"黄芩"设在一楼楼梯边，因为房间和楼梯隔了一个储藏室，所以这个房间也非常安静，不被走道中的人打扰。这是民宿中相对小的房间，但也有 25 平方米。房间以黄色调为主，内有 1.8 米 ×2.0 米大床，临江观景大漂窗。在未改造前。她是一个临江的茶室，是这栋房子里最美丽最有人气的空间。

4. 蓼蓝：中国蓝和轻古典，"蓼蓝"是个在二楼的标间，内有 1.3 米 ×2.0 米双床，开间比一楼标间略大，面积约 35 平方米。卫生间比其他房间都大。房间内有藏青色遮光帘，软装带中国古典元素。在未改造前，她是整个民宿中订房率最高的房间。

5. 白萍：饱览山水的套间，"白萍"是个二楼的套间，由两个房间并成，面积约 35 平方米。房间内有两个观景落地大床，内设独立浴缸和 2.0 米 × 2.2 米大窗，无论是坐、卧、躺，都能将两江汇流的绝美风景一览无余。松荫溪常浊，龙泉溪常清，汇入窗前的大溪（瓯江支流）后，可以看到泾渭分明的奇特景观。房间外设有一个小客厅，无论老街如何热闹，这里始终宁静。

6. 丹荑：有一点绚烂，有一点雀跃，年岁渐长，喜欢素雅和沉静。而年少时做过的梦始终没有褪色。在这个空间里，我用了更多的色彩：带民族风的软装布艺，浅黄色的墙面，床头挂了一片香樟木板——那是一条鱼的形状。

丹荑，是我曾经一个学生的名字。因为这个名字记住了一个聪慧的女孩子。荑，念"提"，是指初生的赤芝。这个房间因为有了这些元素而感觉跳跃青春。

丹荑是个复式的房间，一层是 1.8 米 × 2.0 米大床，二层是 1.3 米 × 2.0 米小床。一层约 28 平方米，二层约 12 平方米。一层有观江景的大漂窗。二层是阁楼，有一个看星星的天窗。

7. 青艾：却望瓯江是故乡，我们一直在寻找家园，让我们此心安住的未必是出生地和成长地，而是给予我们强烈归宿感的地方。一江碧水，一抹远山，两行白鹭，三两知己，相信这里让你乐而忘返。青艾是个大复式房。一层约 35 平方米，有 1.8 米 × 2.0 米大床和观景大漂窗；二层约 16 平方米，有 1.5 米 × 2.0 米大床和看星星的天窗。

青艾的软装风格是朴素温暖和乡村风情。我用了一张老的蜡染布做成床旗，用青花描边的杯子来喝咖啡……因为遵循简洁的原则，空间依然典雅。

她的民宿，是给那些只想静静、想慢慢、想停停、想玩玩的人，不需要任何名目，只因春光已好，为自己安度一个周末——只想取悦自己。

她的民宿是她对世界的一种态度，对人生的一种表达，或许正是因为有了这样一种情怀，她的画乡生活才更具意义，更有意味。正如她在她的"一默"微信公众号里写的：

我的故事始于缘分。

出生于教师家庭，我几乎没有离开过校园。我曾是一个多么书生气的人啊，我最信任的就是书本。想不到我会成为一个玩泥巴的手艺人，想不到我会辞职，把工作室升级为主题民宿，想不到我会从一个个体工商户成为一个公司老总。但这一切就这么悄无声息但又"轰轰烈烈"的发生了。

当所有的人都在关注我的所谓"勇气"时，我只觉得，人生最大的勇气并非一个选择，而是接受变化，并且保留自我。

当老板娘的日子里，我还是店员、服务生、钟点工、客服和讲解员。开店模式开启，几乎足不出户，好在往来有白丁，亦有鸿儒。做民宿的人都擅长搜集故事，我也是。只是打动我的，并非情节，而是我所未知的人生。

记得民宿大咖金杜老师（民宿"宛若故里"创始人）曾说：最好的服务态度是笨拙而真诚。我本笨拙，好在有意真诚。世上并无完美，唯有情谊可以让诸事臻于圆满。地处景区核心地带，嘈杂乃是民宿硬伤。因主业仍陶瓷制作，故无刻意商业推广。然而开业半年以来，许多客户便从老客的推荐中来，不为别的，只为放心。这份意料不到的顺利，源自于我曾经的职业——语文老师。我把客人当作学生，付出便不在话下，沟通的核心不会是利益得失，而是身心的愉悦——民宿是旅途的一部分，而旅行的目的便是治愈。治愈的方式，可以是我们精心布置的空间，也可以是亲人故友般的知心相处。

在与"丽水山居大使"结对的论坛上，我把一句话赠送给我的同行们："己欲达而达人，己欲立而立人；己所不欲，勿施于人。"

谁说我辞职就不再上课了呢？告别是相聚的开始，人生有太多的重逢。

开店以来，结识的朋友众多。很多深层次结交的朋友，起初并非我的客户。比如台湾的路锦云阿姨，年登耄耋，宛然闺秀。我们的交往始于她的躲雨，此后不时信息沟通，不久她会来住一阵；和台湾摄影师薛天水老师的相识，始与我带他去老街上找民宿，犹记得在梯田依依惜别时，薛老师说再来看我。而我的愿望是为薛老师策划一次摄影作品展，薛老师说会带台湾的陶艺家同来；与夏楠（《生活月刊》记者、编辑，策展人，曾策划展出台湾牧师冯君蓝的摄影作品《微尘圣像》）的认识交往，源自于小云姐将我的陶罐送给她；和音乐家柴昀喆老师的结识，因为偶遇后的两顿便饭招待，柴老师不久前回画乡举办雅集，或为家中小儿的二胡老师；和助手佑暖的携手，是因为她来店中流连茶叙，我为她寻找合适的民宿……

结缘不是故事的开始，而是故事的果实。只要初心不改，我们总会和同气相求者一次又一次的重逢，绵延浩荡，山高水长。即便往来的面孔一再变化，我们都在那里，还在那里。

因为有包容和热爱，于人世的变幻流动中，我们得以初心不改，内心更暖。

生活如此，经营如此，艺术更是如此。

我想在画乡做一个公共艺术空间，名字就叫相逢。

喝着茶，听老板娘娓娓而谈，品味着她的那句话：所谓秘境，并非人迹罕至，而是不染世俗。画乡的珍贵，亦在于不染世俗。岁月悠悠而老，一江春水如新，我们在时光里用慢，化解奔袭而来的繁杂与慌乱。

老板娘的儿子放学回来，这个十三岁的阳光少年，已读六年级，拉一手好二胡。原本他在城里念书，被功课压得像折翅的小鸟，疼痛，焦灼，不快乐，所幸，老板娘的离职来画乡，他这只小鸟便像挣脱了羁绊一般，自由飞翔。

在一默的微信公众号的评论区，曾有这样一则留言：犹记得上一个春日携友入住一默家的时光。清晨在瓯江边醒来，窗外绿水萦绕，远山苍翠。老街不似热门古镇般嘈杂，生活气息浓郁。做陶艺，制香囊，画乡"虚度"的数日让人更贴近生活本来的面貌。

这就是一默家的初衷吧。

三、米乐娜民宿

与一默家相邻的是米乐娜民宿，高大的威尼斯水城墙画格外引人注目，推门而入，老房子原来的天井，被改造成阳光房，大大的圆形沙发和空旷，让人眼前一亮。阳光房高高低低挂了一群开得正艳的鲜花，鲜花中是一块老朽了的木头，灯就装在木头上。主人就坐在沙发上勾织麻袋子，这些袋子将套在我们头顶的花盆上。天井的一面墙上，绘的是意大利街景，另一边挂着意大利米兰布雷拉伯利美术学院教授盖太诺·格里洛赠予"米兰老乡"米乐娜的第一次的毛笔画作。

主人姓吴，莲都人，曾是青田县人民医院的一名儿科医生，九十年代末去了意大利，米乐娜是她的意大利名字。在意大利的20年间，她开过酒吧，办过中国餐馆，做过外贸。每年六到九月，她都会送儿女回国度假。前些年，她到画乡，发现一大批人在画油画，作品很有特色，她便将一些画作带去欧洲进行销售，销路很不错，后来她又多次回国来这边采购油画作品，一来二去，这些丽水巴比松画派的作品，勾起了她的乡愁。年轻时，世界那么大，我想去看看，年岁渐长，落叶归根的念头像藤蔓渐渐爬满心头，年迈的父母那孤独的眼神也羁绊了她天涯浪迹的脚步，即便旅居二十年，他乡也难成为故乡，华侨在外诸般不易，而国内发展又快又好，处处都是商机。她发现她想要的诗和远方，竟然就在她的家乡画乡老镇，这里有她想要的生活，慢，舒适，宁静，清幽和如诗如画的江南风情。于是，她回国，在老镇上开了这家中西合璧的客栈，她想把意大利的生活复制到古堰画乡，让她30多年没见的老朋友们一起感受她的意大利旅居生活，她还想把自己20年在意大利的生活经验，怎么做西餐、怎么做蛋糕，分享给来她的客栈的客人朋友，品尝纯正的意大利风味。也想尽自己的微薄之力推动古堰画乡发展的广阔、深度。

决定做民宿后，米乐娜参加了莲都区政府举办的民宿创建首届创客班，有很多知名的专家给她们上课。她发现国内的民宿与欧洲的民宿区别很大，中国的民宿讲的是诗和远方，注重亲情和情怀，而在欧洲，他们只是把家里一个多余的房间拿出来作为出租，缺乏整体设计和规划，也缺少情感和理念的融入。

租下这间民房后，米乐娜保留下原有的乡村风情和地方民俗特色，又注入意大利风情，将周边自然环境和人文风情进行有机融合，打造成具有浓郁欧式风情的民宿。民宿只有五个房间，房间名命名为米兰、罗马、佛罗伦萨、威尼斯、比萨，她让每个房间融入了意大利五个城市的风情。米乐娜深喑人与人之间的情感建立过程中食物往往起到极其重要的作用，不是说"抓住他的心，先抓住他的胃"吗？她把客人当作自己的家人，所有餐饮食材都是要选用最好的，一酱一汁都亲手烹饪。牛排、甜点、意面，还有纯正有奶香味的意式咖啡和巧克力酱，她的食物与她和民宿给人的感觉一样，真诚，简单、温情，不做作。

　　有一回，绍兴来了一家子人，爸爸坐在露台弹古筝，小朋友则在一旁认真做作业，妈妈阿姨外婆就悠闲地喝着米乐娜亲手为她们做的拉花咖啡，他们脸上的笑纹和轻松自在的神色，让美乐娜觉得，世间再没有什么比这更赏心悦目的了。

　　过年时，来她家过年的客人很多，米乐娜把丽水传统的风俗年味分享给他们，又为他们准备了一场欧式的小 party 和现场互动，虽然彼此素不相识，但大家都玩得很合拍很开心，纷纷相约明年还要来这里过年。米乐娜为能够把在欧洲二十多年的生活方式和意大利的饮食文化、风土民情展现给客人而感到欣喜。

　　米乐娜调了一朵焦糖玛琪朵给我，乳白的瓷杯里，绽放着一朵褐色的花，香气如潮涨来。正午的阳光从穿过阳光房的玻璃洒下来，年轻的帮工在阳光房的二楼平台整治花房，翻动的泥香和着花草的香，把春天渲染得很生动，主人家的小宠物狗格格在脚步蹭来蹭去，撒着欢儿，长长的金发配上软萌的眼神，让我这拒狗于千里之外的人，也忍不住伸出手抚摸一下，看它乖乖地趴下享受你的爱抚，心间好像有什么东西化了一般。这样的午后，身子是柔软的，心也是。

　　说到对古堰画乡的期待，米乐娜说，如果古堰画乡能再多些文化品位，让别人能够安下心来，停下脚步思考和创造就更好了。当它不仅仅是一个走马观花式的旅游景点，不仅吸引游客，更吸引传统手工艺人汇集，那才能使小镇有一个好的业态。

　　米乐娜的期待，其实小镇管委会已在努力实施中。为实现艺术到产业的真正转变，莲都区陆续投资7亿元建设古堰画乡巴比松油画馆、中国江南巴比松项目、风情商业街项目、画家苑项目等一批的油画产业平台，以实现山水古镇的升级转型。一方面，区摄影家协会以"玩摄影"线上平台和线下营地结合的形式，打造国际一流摄影基地，形成独特的摄影主题旅游氛围；另一方面，与省金控公司和丽水市生态产业基金谋求深度合作，共同出资5亿元（其中省金控和市生态产业基金现金注资2亿元）重新组建浙江丽水古堰画乡旅游投资有限公司，以企业的方式、市场的方法服务景区建设。同时，一批工商资本也纷纷涌入，除油画产业，民宿产业、创客产业、养生农业以及其他文化产业都已初具规模。特别是在莲都美术家的带领下，很多艺术家更是在画乡扎根，打造出品味独特"艺术＋"旅游服务业，形成独具画乡特色的茶道文化、民宿文化以及创客文化等等。

　　习总书记"绿水青山就是金山银山，对丽水来说尤为如此"的重要嘱托，给小镇的发展指明了方向。小镇独辟蹊径，以艺术滋养山水，让山水产金生银。特别是2016年在古堰画乡成功举办的"古堰新韵"小镇音乐节，是莲都音乐家协会对古镇拓宽艺术门类、营造艺术氛围的一种新尝试。音乐节期间，共有来自国内外的 5 位艺术大师、15 位著名音乐领军人物、130 多位音乐家、60 多音乐学子参与，活动不仅在音乐领域产生了较大的反响，更是让大港头成为普通市民心中的艺术殿堂。如今的大港头，游人留连忘返，画家如醉如痴，作家诗意蓬勃，摄影家快门不断。据了解，古堰画乡 2016 年门票收入就达到了 1600 万元，占莲都区旅游总收入的 85%，同比增长 63.6%。应该说，有了油画、音乐等艺术元素的滋养，小镇的山山水水因此更加丰厚，远山、近水、帆船、油画、书吧、作坊、音乐以及在各处写生的画家们，都成了绿水青山的一部分。

古堰画乡正按照艺术小镇、旅游小镇和创业小镇"三镇合一"理念，全力打造"景美、民富、镇强、业兴"的特色小镇。

古堰画乡犹如一幅遗落在瓯江江畔的画卷，借着特色小镇的春风，重又掀开新的一页。

江南好莱坞：象山影视小镇

"《长安十二时辰》，你觉得如何？"一向不追剧的朋友突如其来如此一问倒是弄得我一楞。

"还好吧。我也不是很关注，不过据说剧情紧凑、名角汇集，演技没的说，服装化妆道具布景都很到位，好多影视名流用极度还原这四个字来形容这部剧。"

"看来你还不算孤陋寡闻。再提个问题，剧中'熙攘繁盛，光耀万年'的长安城是在哪里拍的你知道吗？"见我摇头，他继续说，"我们还是亲临现场吧。"

"多远？"

"大概不到四个小时。"

"就为了看一个剧的外景地？"我失笑，中国太多的影视外景地都不过徒有虚名罢了，很多剧组拉来了巨额的赞助，然后找块地皮就大兴土木，剧一杀青人一撤，就把外景地扔给地方政府，有的剧组还要从这个所谓的影视城每年再抽点利润出来。结果就是剧组不管，当地政府也根本无暇打理，扔在那里几年就人比草高。我指着刚刚搜索出来的一组数据，"你看，据北京大学文化产业研究院的调查数据显示，国内目前3000多家影视基地中能够盈利的比例仅5%，另有15%的影视基地勉强达到温饱，而剩下约80%的影视基地处于亏损状态。"

"不是还有5%吗？你就一定知道我领你去的是在另外的95%里？"

"但至少这已经很说明问题的本质了——中国的影视城经营模式整体上是失败的，落后的，跟不上潮流的，也就基本上磨灭了一探究竟的兴趣。"

朋友已经失去了争辩和解释的耐心，他合上电脑开始往旅行箱里塞衣服。"走吧，咱们眼见为实。"

一、神雕带来的希望崛起

东海之滨，600多个岛屿星罗棋布，与大陆上的一块合成三面环山的盆地遥相呼应。这便是象山县的全貌，因县城西北有山"形似伏象"，故名象山，"三面环海，一线穿陆"的地理位置得天独厚，自古便是海上要冲，更是东部渔业的中流砥柱，中国东部与海外的海上枢纽。县内600余年的石浦渔港兼渔船停泊与军事防御功能于一体，是中国东部极少见的历史名港。

杭甬高速果然是江南最便捷的高速路。从杭州市出发，三个半小时左右，象山已然在望，远山近海，倒很世外桃源的感觉，海天一色，极目楚天舒的壮美让我眼前一亮。

"话说当年非典时期，大概是2003年的时候。张纪中正打算筹拍内地版《神雕侠侣》，在全国范围内寻找合适的外景地。当时浙江广电和象山旅游局就邀请他考察松兰山附近的赤坎寨里一带、泗洲头灵岩山一带和新桥狮子山桔场一带。当时象山正努力开发旅游资源，打造长三角滨海度假群。当时已经初具规模，松兰山度假区、石浦渔港旅游区、大塘港旅游区等景区也相继开发，景区名气不是很大，正合着张纪中'取景地不为人知，别人根本不知道是哪里'的要求，再加上风光秀丽，双方一拍即合。"朋友为了防止开车犯困，每次上高速都滔滔不绝。

"你的意思是说，没有《神雕侠侣》的拍摄，就不会有现在的象山影视城喽？"

"那当然，当时几个机缘巧合，一是新神雕的拍摄需要，二是象山旅游业的需要。张纪中可以投资建设适合拍摄的外景地，旅游局则可以提供天然的景色。古人说天时、地利、人和，那真是缺一不可的。"

当时象山还默默无闻，除了当地土生土长的渔民很少有外地人光顾，污染少，没有重工业，更没有大城市的喧嚣和热闹，世外桃源一样。这里空气清新，茂竹修林，又没有太多现代建筑，草场山地都符合新的拍摄需要，当时张纪中的原话是"最初选址选在象山县城近郊，因离城太近，县城扩张后影视城发展将会缺少空间，于是考虑再三，最后将影视城建在了象山新桥镇一个几乎没有电线杆的空旷地块。"

新神雕剧组的外景地选址敲定后，张纪中和美术师钱运选结合象山实际和剧本需要，用半个月的时候游遍象山，确定了整个外景地的基调，并设计出预想图。象山旅游局全程绿灯，唯一的要求就是外景地的建设要考虑到日后剧组杀青后这里的旅游问题，整个设计布局不仅要适合拍摄需要，还要符合象山旅游局提出的旅游观光需要。这倒是象山人的远见卓识，并不想凭白无故弄出一块地皮来成为吃不下又吐不出的鸡肋。剧组占地可以，但要在符合剧情需要的前提下还要考虑到日后旅游的需要。这一附加条件让象山人因此受益匪浅。

浙江人擅长放眼未来的精明为日后的象山埋下了伏笔。

随后张纪中几百人的团队大张旗鼓地进驻这里，106 个严格按照宋代建筑风格木结构建筑就拔地而起，政府投资 1．2 个亿，6 个月时间从这片草场上崛起了神雕侠侣城，这也是剧中襄阳大战的襄阳城外景地，后来的《琅琊榜》中的金陵城也是这里。2004 年底，象山影视城主体工程竣工，正式进入拍摄阶段。

神雕拍完了，人员撤走了，这个影视城也冷清下来。想想也是，象山影视城当年被寄予厚望，政府花大力气下大本钱，但是现实情况是，象山周边有横店、车墩、无锡等影视基地的包围，这些影视城都已经经营多年，有着充足的人气、影视人脉基础和完善的外景体系，而象山只有一座神雕城，在业内还默默无闻，连小字辈都算不上，虽然早在开建之前象山县政府已经为日后的旅游创收做好了准备，但是一无经验二无出奇之处，还是难免秋草渐生人迹稀冷。

《神雕侠侣》剧组完成拍摄相继撤离后，一度成为象山经济标杆的影视城就迅速冷却。当时只有一个神雕侠侣城，一年只能接待两三个剧组，主要是在横店人满为患排不开档期的时候，接一些小剧组外溢的戏，每年接待剧组数量只有个位数，游客也逐渐失去了兴趣。这些剧组本来资金就不雄厚，再加上故意压低价格，象山影视城空着也是空着，虽然价格低但也聊胜于无。就这样惨淡经营着，渐渐门可罗雀。偌大的建筑群要人力物力和财力维护修缮，地皮被占用而不能及时有效地收回地皮成本，这本身就潜藏着巨额的经济损失。若是当做旅游景点经营，人工、设施、水电等成本无疑又是不小的数目；若是当做拍摄基地来管理，又缺乏与周边其它业已具备规模的影视城相竞争的实力；但又不能就这么撒手扔下不管，如果关停荒废，不仅当初上亿的投入根本无从谈起经济回报，更让这块地皮最终沦为拆掉重新安排的结局。

那更是死路一条。

最主要的是影视城的配套设施很欠缺，地理位置更是糟糕。从最近的宁海高速口下了高速到象山影视城要在山道国道上颠簸近两个小时，道路不通，再加上缺乏成套的住宿和商场等生活服务设施，影视城的服装道具等也几乎没有，周边更招集不到足够的有演出经验的群众演员，等等，等等，象山政府着实犯了难。

2008 年下半年，听说陈凯歌要筹备拍摄《赵氏孤儿》，象山影视城几乎是瞄到了救命稻草一样欣喜若狂，他们多次派员与陈凯歌接触，希望他到象山影视城来考察，从而给象山神雕城一个重新振作的机会。经过几次洽谈和实地探察，象山影视城原有的基础和周边景致基本符合拍摄需要，加上象山方面的诚恳态度，陈凯歌对象山整体满意，最重要的是这里冬天不冷，不会耽误拍戏，更不会因为横店那样的影视城人山人海而过早剧透，于是，陈凯歌拍板决定把《赵氏孤儿》放在这里拍摄。不到五个月，作为象山影视城的二期项目，一座"赵氏孤儿城"挨着神雕城建成了，城中有城楼城墙区、桃园行宫、府邸等，还根据剧情需要建造了军营、学堂、客栈和市场等，与神雕城的唐宋味道不同，这个赵氏城充满秦汉遗韵。

龟山终于开始向前迈步了，原地踏步的日子太痛苦了，每个象山人都珍惜这个机会，他们全力配合，给剧组创造能提供的最好条件和政策。当赵氏孤儿剧组杀青撤走之后，象山影视城已经不仅在规模上扩大了一倍，更以此为动力，借机修缮改建完善了相应的配套设施，整体面貌焕然一新，同时这个剧热播之后，外景地象山也渐渐在业界有了知名度，剧组良好的口碑也成为绝佳的推广广告，象山影视城似乎一夜之间成了影视业内小有名气的存在。

2009 年，张纪中版《西游记》开拍。张纪中对象山风光无比喜爱，鉴于象山影视基地设施已经近乎完善，张纪中又决定将这里当做其最重要的一个外景拍摄地，"西游记乐园"也开始动工。这几个剧组的助推之下，象山政府一鼓作气，出重资加紧建设影视城宾馆、贵宾楼、摄影棚三项工程，相应的配套设施和酒店饭店大型购物中心等也一一破土动工，同时积极拉动团队游和各种旅游项目，随着影视剧拍摄数量的节节攀升，游客人气渐渐有了起色。

象山终于在距离横店 120 公里之外，有了与其分庭抗礼的资本。

二、象山影工厂

2010 年 11 月，宁波影视文化产业区管理委员会成立，主要针对象山影视城这块半熟的骨头是个怎么吃法。虽然几个知名剧组的推波助澜之下象山已经成为影视界的一个新生代的宠儿，但当时的剧组入驻比例远远抵不上影视城庞大的经济开支，象山基地还是月月亏损毫无盈利迹象。

主任陈建瑜也感觉无从下手、无从突破，横店等档次更高也更成熟的影视城就竖在那里，几乎跨不过去。全国各地考察一圈后，陈建瑜发现全国的影视基地虽然有大有小有盈有亏，但基本经营模式都是先引资投拍一部戏，然后剧组撤走留下一处外景地，影视城则将这处外景地做为旅游项目二次开发。但是基本上都只停留在观摩上，配套的生活设施和为剧组服务的体系几乎为零，如此的经营模式最终只能一命呜呼。于是他灵感突现，别人都打造影城，我们同样的目标，后来者肯定不能居上，不如另开新灶，规避影城的主攻方向，转向影工厂，着力开发配套产业，而不仅仅单一的和同行们拼外景地。

"回归影视，围绕影视，打造电影工厂，从软件上为剧组提供全方位服务。"这一思路一旦确定，便一顺百顺，一成百成，剩下的只是如何向着目标投出第一镖了。

走新路远比老路艰苦，但新路也许就闯出了柳暗花明，老路无风无浪，却永远不会有陌生的风景让人眼前一亮。普遍性和特殊性都有机会，但特殊性一旦有了鱼入大海的机会就会翻身成龙大展鸿图。象山的新路，就这么在陈建瑜的手底下诞生了，象山，像一个跑了太久的马拉松运动员，终于挺过了疲惫到极点的中程，从中国影视的边缘地带渐渐步入中心。

象山有个中桥影视文化有限公司，若要问这个公司与别的文化公司有何不同之处，那么答案只有一个：大型和超大型的摄影棚，以及专业生产电影道具的厂房。这就是象山的影工厂目标。

总经理励茂坚的目标是再建成一个 30000 平方米的道具制造车间并再搭建一个面积达 8000 平方米的摄影棚。浙江一向是纺织和服装的加工重地，有着集团型的纺织人才和技术，这让象山看到了希望，何不依托强大的纺织技术，做道具服装的重头戏呢？励茂坚正是这众多的纺织精英中的一员。几年前他还是一家服装厂的老板，当时象山政府为了撬动社会资本发展影视产业，向有纺织技术的人才大力倾斜政策，他在政策的鼓舞下转行杀入影视道具行业，几年来已经小有成就，成为一个远近知名的拥有15000平方米的专业摄影棚和10000平方米的置景车间的影视人，正是励茂坚的大型和超大型的摄影棚，让很多想在室内拍摄远视角大广角镜头的剧组瞄准了象山，也提升了接待大剧组的能力，励茂坚拍着朋友的肩说，这个摄影棚建成后，将是整个华东地区单体面积最大的摄影棚。

摄影棚的转型成功后，象山再不用去拼命与同行死磕外景地，而是在两座本就足够壮观华丽的外景地之上，转而投入更多的精力发展周边文化产业和影视配套产业，近年来先后建成了亚洲最大的水下摄影棚、电影拍摄标准摄影棚、中国首家高科技数字摄影棚落以及众多特色影棚，甚至一些家庭也开设了家庭摄影棚，让那些有拍摄爱好和想拍摄家庭小短片的爱好者们有专业的摄影场地和设备。仅摄影棚的规模上，就不仅只拼大，更拼袖珍和特色，以及相应配备的完善，让象山影视城的拍摄剧组从每年两三个增长到每天接待十个以上，那些家庭式的摄影棚每年接待的客户就更是数不胜数。目前象山影视城拍摄剧组数量居全国第二，各种尖端摄影棚需求火爆，预订要排很久，甚至很多剧组在还没有完成最终定稿就要提前来象山预订。

真是一票难求啊。象山的另开门路竟然让自己的前路豁然开朗，从自卑走向自信很可能只是一步之遥，如果不想给自己划一个句号，那就划个惊叹号吧，若不堪腐朽，必将灿烂，可以没有力敌天下的勇气，但是必须要有战胜自我的信心。

硬件上，外景地早就投了几个亿，虽然规模比不上同行但在特色上毫不逊色，摄影棚也有了，甚至是全中国独一无二的，一些特技效果必须到象山才能拍，但是离影工厂的目标还有很远的路，整个影视产业链还未闭合，于是理所当然的，星光灿烂公司在象山揭牌，那是全国最大的道具公司之一。接下来，国内最大的影视器材公司新峰影视器材公司入驻象山，另外一支国内最大的服装道具公司朱氏兄弟公司也投资入驻。从器材租赁维修到服装设计制作再到各种道具的配套，象山终于密闭了影视剧拍摄的全部链环。

再过硬的硬件也需要软件的配合。软件上，象山加大服务分工和细化，最微乎其微的项目也替剧组考虑周全。在象山有职业影视服务部和演员工会，每个剧组都配备协拍员和安全员，从选景、置景、换景、杀青等环节人盯人服务；另外还加大了酒店、车队、餐饮等附庸配套的健全，以满足不同剧组对生活和工作的全方位要求，依据象山影视城的自身特点，不能做大做强，那就做细做好，与同行比巧劲，扬长避短才能出奇致胜，这一点上，象山人做到了极致。

软硬兼施，齐头并进，全方位管理和服务。几年之后的象山已经是柳暗花明，特别是对剧组的配套服务上真正做到了国内第一。这里从秦汉到现代的剧组都可以接待，从树叶披身到秦俑车马，从冷兵器到火箭导弹，景地、道具、服装，不同的剧组要求几乎都可以当天得到满足，而且是不必走出象山，本地的库存基本上能满足大众性的剧组需要，极特殊的专用道具和服装，在象山本地也能很快的解决，如此一来极大的方便了剧组拍摄，减少了剧组的费用支出和时间周期。同样的戏，别的地方开出的价格，其中的七成是成本，但是别处的成本价，象山已经不仅敢接，还有利润。

功夫肯定不负有心人，在价格战上稳中取胜的前提下，象山并未因价格低廉而缩水服务和技术支持。影视的产业化、数字化、国际化、全域化已经在象山遍地开花。2018 年，象山影视城共接待剧组 369 个，接待游客 280 万人次，新增企业 792 家，在中国主题乐园品牌影响力排名中，象山影视城跻身前十强，成功地从横店无锡等兄弟影视城虎视眈眈的合围中脱颖而出独树一帜。

思维决定行为，思路决定出路。当年一座神雕城孤芳自赏叶落成堆，让人感觉用它挣钱不行，拆了又可惜，烫手的山芋一样左不是右不是。谁想到思路一变，天高地阔。在太多的前辈面前，象山影视城名不经传毫无出奇之处，更被那些前辈比得寒伧，但它硬是凭着三寸气在，突出重围跑成了第一名。

短短 16 年时间里，从一片荒芜的橘林之上，出现了一个占地两万亩的以神雕侠侣城、春秋战国城、民国城、唐城等外景地为中心，辐射整个象山的文化产业园。从《琅琊榜》到《芈月传》再到《长安十二时辰》，那些名动一时的影视剧，都是从象山，走向全国，象山也从一个单一的影视城，走向了全面突围的电影工厂。

三、"阶梯式"投资的典型成功

"仅仅是勤劳和另辟蹊径吗？"我知道自己的疑问有些低能，但是面对横店等早已名传全国的影视基地的前辈面前，象山的崛起还是让我吃惊，也还没真正明白其壮大的秘密。

影视城的工作人员回答："当然不是。阶梯式投资是秘诀之一。比如，外景造价在 100 万元以内的，象山方面会独资兴建，按剧组要求满足拍摄需要，剧组撤出后就成了景点收门票；而景地造价在 100 万以上的，剧组独资修建的话对剧组来说投资太大，象山影视城就会注资修建。这样一是减轻剧组投入，二是景点最终会留给象山创造经济利益，而象山也相当于找到了赞助商，降低了自身投资的风险和资金难度，又变相引资，更会吸引更多的剧组来投资。这是典型的双赢。这些年仅景地引入这一块就超过 10 亿元，而自身投入最多不过一半。有了双赢体制，外景地越建越多，道具服装等产业也有了订单，酒店等配套设施也客满为患，发展可谓迅猛。目前已经是国家级 4A 景区了。"

我盯着象山影视城的介绍宣传栏看，里面头衔众多，什么中国旅游景区休闲创新奖、全国首批海洋文化产业示范基地、亚洲金旅奖·首批最具特色魅力旅游目的地等等不一而足。2019 年宁波品牌百强榜第 11 名，品牌价值达 96．7 亿元，成为宁波文旅第一品牌。

在配套设施和旅游项目上，象山影视城业已形成以江湖小镇、玄幻世界、星梦工场、武侠天地、唐城、民国城六大功能区块景点，《三生三世十里桃花》、《王者天下》热播影视剧均有象山影视城的功劳。《长安十二时辰》的拍摄时外景地投资 5500 万元，用地 72 亩，唐城项目可谓恢弘，从筹拍开始，《长安十二时辰》剧组一千多人在象山前后共计一年有余，这样的规模，无论从专业场地租用到服装道具再到吃饭睡觉的消费，对象山都是绝大的经济产能。

经济产能还得益于在影工厂的成功模式下，象山影视城充分拉动了周边附属经济发展。目前象山仅影视类主题酒店就有近三百家，9000 个床位，还有可供剧组租用的五百多辆各式车辆，周边村镇经过初步演技训练的群演人员两千余人，常驻影城的群众演员六百余人，其中不乏武行、特型、特技替身等半职业和全职业演员随时待命，剧组随时调动都有足够的支持。这不仅缩短了与周边城市交流的时间差，更方便了周边众多实景地的取景，临海石滩、仙居树林、石梁瀑布、西店紫溪洞、前童古村等风格各异的外景地可以达到当日往返，山、海、岛、礁、湖、村等周边风光都可以直接进入镜头，成为象山基地以外的取景地，不仅满足剧组的需要，更拉动了这些地方的经济。

穷则思变。当初神雕城时代的象山影视城守着一块鸡肋左右为难，但是已经光着脚了，就任你穿多高贵的鞋我都无暇羡慕，只顾着低头跑，再抬头时，已经天高云淡。做事业不需要太花哨，把功夫做足做厚，好运自然来。

有志者，天不负，终于到了象山领跑的时代。

上海国际电影节、金鸡百花电影节、香港国际影视展等招商推介会上都出现了象山影视城的身影，小小的象山目前已经与世界各地的 1500 家影视公司存在实质性的合作关系，先后引进阿兰公司等国际级的电影设备公司，将国际上最先进的影视器材引进来供剧组使用，安德鲁·戴维斯等国际名导、明星的加盟更是把象山影视城变成好莱坞的分片场；在国内，象山影视城与浙江博地控股集团、光线传媒、长城影视公司、中影集团、北京青年电影厂等著名影视企业合作成立影视联盟，成立象山影视城集团，成为具有完整产业链的多元化的影视集团。除此之外更有井柏然、潘粤明、何炅、倪妮、钱林森等明星工作室 1434 家落户，与国内任何一家影视公司相比，综合实力都毫不逊色。2019 年 1 - 8 月份，影视产业区营业收入实现 17．5 亿元，景区经营性收入 7624 万元，门票收入 6556 万元，进入全国影视基地景区前三甲。

一座原来惨淡经营的影视城，竟然打败了象山千百年来的主推产业海鲜，成为第一大经济支柱，不仅带动了一个产业，富裕了一方百姓，也真正让象山经济有了质的飞跃，从单一的色调变得万紫千红的绚丽。

人不必自我惊吓，但要时刻有危机感，如果缺乏这种心理弹性，人便难免会裹足不前。一座城市也是这样，认清位置，看清形势，还要抓住机遇。我不敢想像如果当年象山政府面对投资数亿的一座孤城咬牙放出一个"拆"字，今天的象山还会不会如此引人注目，记得一位叫塔列斯的希腊神曾大声说过："人啊，认识你自己！"

一座城市，也要如此。唯有如此，才不会显现出精神和气质上的衰态；也唯有如此，才能显得气度上的从容、慷慨。

四、江南好莱坞

"你知道一个好的模式下的影视城，其最重要的经济敏感点在哪里吗？"坐在咖啡店休息的时候，同行的象山文友问。

"好的取景点？或者说，好的硬件加配套服务。"我看着窗外来来往往的人群，答得很是迟疑。

"勉强给你及格，但也不完全对。应该是这一切都发展到一定层次上之后的后续的全面经济撬动能力。比如这里，普通老百姓原来只是种地捕鱼，换了钱去影视城逛一圈，与明星来个不期而遇。现在不是了，他们本身就是演员，就是服务者和参与者，同时除了种地捕鱼，还做着影视周边产业，小吃啦，道具零活啦，服装缝纫啦，服务员啦，影视工厂的员工啦等等。这样一来，用一个点带动一个面，基础的影视产业是整个经济链的核心，旅游和附属产业则是影视产业的衍生产品，又是最终推动力，同时把影视城的明星效应二次开发到旅游项目中来换取利润。这才是一个真正的聪明的影视城应该做到的。"

文友的卓见让我豁然开朗。

的确，象山的成功恰恰说明了这一点。

进入象山影视城，你会发现，这里的游客体验活动几乎和电影里一模一样。走在与电影里完全相同的街道上，耳边是各种叫卖声，街边的小贩、商家，让你如同置身于一部大片之中，而那些皮影戏、顶缸、上刀山、蹬伞等杂耍艺人更会让游客也参与其中互动，cosplay 人物秀，就如同一个数百年前的唐宋集市。明星见面会、粉丝应援会等活动更是随处可见，你拍照的道具可能就是关公在三国里用过的大刀，你很可能穿着一件《三生三世十里桃花》的服装被摄入镜头，微电影的主角可以是你，抖音的背景可是货真价实的《琅琊榜》拍摄地，这种真情实感的旅游项目着实让人兴奋；绿幕抠像、VR 光影体验等科技产品、影视庙会踏青节等更是让人流连忘返。

旅游业依托影视核心产业也蓬勃发展。象山影视城主题乐园的总体构建工作是委托全球知名的加拿大 Forrec 公司具体实施的，这家世界知名公司在国内的作品有南昌万达主题乐园、万达西双版纳国际主题乐园等，都取得了十分明显的经济成效。这个主题乐园以场景生活化、生活艺术化、艺术娱乐化、活动趣味化、旅游互动化的经营理念，相信当象山影视城主题乐园建成后，也一样会成为象山经济的支柱之一。

通过多元发展，全方位强化，服务效率好、经济提速快、发展潜力大、品牌人气足，随着影视城的名声渐响，游客也越来越多，象山周边村子的普通百姓临街的开店，有经验的去做群演，有工作的也下班后街边摆了小摊挣些外快。餐饮、民宿、洗车、理发、超市，最不济煮个面卖个茶叶蛋都足够孩子上学的费用了，"旅游饭"让这里的百姓尝尽了甜头。

要想富，就修路。十几年前，这里是整个宁波市最偏僻的地方，交通极其不便，现在已经把路修到了开车几分钟就上高速的地步，光是附近的机场，一小时车程的范围内就有两个，如果这两个机场航班吃紧，那么再加一小时车程，附近有四个机场可供选择。

杭州、天津、北上广也没有如此的便利。

象山模式已经成为整个江南的经济楷模和学习榜样。2017 年 8 月 21 日，举办第三届省级特色小镇论坛，108 位省级特色小镇镇长齐聚象山星光影视小镇，对小镇的建设和产业发展高度评价。2017 年先后获得浙江省五一劳动奖、省品牌产品和省服务业重点企业。2018 年以来，被《消费日报》评为 2018 年美丽中国极受欢迎的影视旅游目的地，被浙江旅游总评榜评为年度景区人气奖等荣誉，象山影视城成为中国制片人协会常务理事单位，象山影视城品牌价值进入 2018 宁波品牌百强榜前十名，实现 90.7 亿元，位列旅游类品牌第一名。

"说到象山，从前我也耳闻过，只知道这里的海鲜是一绝，真的没想到居然还有这样一个文化产业。"返程的路上我掐了下表，从车子在影视城发动到进入高速，果然只有几分钟时间。"但是说实话，虽然是一个经济腾飞的典型例子，但是经济毕竟只是经济，有时候正因为经济发展太快了，会让人觉得文化苍白。"

朋友哈哈大笑："你能想到的，象山也已经想到了。据说象山政府正在与宁波财经学院、北京电影学院协商创办象山电影学院，已经进入实质性建设阶段，预计 2020 年 3 月正式招生，规划规模年收学生 4000 人。到时候这里不仅是江南影视的拍摄地，更将是影视专业人才的培养基地和输送基地。至于影视金融方面，影视产业基金、影视担保中心等都会成系列有系统的为相关企业提供强大的金融扶持和保障。怎么样，够周到全面吧?"

"这是真正的影视一条龙啊。不仅是一条龙服务和经营，更是货真价实的一条影视巨龙。"

车子驶离收费站，循着落日回首，一片夕阳的余辉将象山影视城映照得金碧辉煌。

农耕的现代传奇：庆元香菇小镇

　　去丽水参加"知名作家走进丽水弘扬浙西南革命精神"创作采风活动，去庆元县斋郎村的路上，在手机上参加一个网络趣味问题比赛，其中有一部分是中国各行业的始祖，什么木匠的始祖、地动仪制造者、风铃的发明者，一路顺利答出，倒是在"香菇之祖"这道题上被难住了。

　　身旁的文友正歪着头打盹，我推推她，身为中国香菇之乡庆元人，她当会知道，可她睡意正浓，只头也不抬扔给我两个字："百度。"

　　"答题有规定，不许百度。"

　　"如果百度算抄袭的话，那你问我不也一样是抄袭？"文友抬起头来，"不过这答案我还真知道。香菇始祖本姓吴，民间传说还不少。说来话长啊。"

　　我递了一瓶产自百山祖的矿泉水给她，意思是您醒醒脑，细细道来。

一、香菇之祖

　　宋时，庆元龙岩村有个吴姓家族，兄弟六个，单说老三，左邻右舍都叫他吴三。这一天吴三至尊寿宁滩上给官家挑盐，盐筐很沉，吴三越走越慢，渐渐脱离了队伍。当他走到斜滩岭时，已经是气喘吁吁了。正好这时候五显神从此路过，见这后生虽然一付农家汉子形象，但眼聪耳明生得白面皮大耳廓，很有佛缘，于是有意点化。

五显神本来只是当地的猎户，兄弟五个，以聪明正直德为名，老大名叫柴显聪，老二名叫柴显明，老三名叫柴显正，老四名叫柴显直，老五名叫柴显德。五弟兄乐善好施，经常把打到的猎物送给村里人，还用打猎时采到的药为村人治病疗伤，人缘非常好，方圆百里无人不知。这五人死后，人们为了纪念他们，尊他们为神仙，即称五显神或者五显王。宋代江西德兴、婺源一带信奉五显神为财神。因其名字首字都为显，所以叫五显神。

话说五显神见吴三路过，便将手中的竹杖向路旁一抛，化作一株桃树，自己则变作一个老太太，再将包袱变作一个扎着冲天辫的小女孩站在桃树旁边，等吴三过来。

吴三挑着盐担，费尽力气一步一歇沿着石阶往上爬，见一个满头红发的老大妈领着小女孩站在路边愁眉不展，那小女孩还呜呜地哭个不停。就问老太太，"这孩子怎么了，是不是哪里不舒服？"

五显神说："这位兄弟，我们祖母俩是要去庙里进香的，走到此地孙女口渴，想拉那桃树上的桃子解渴，但是我们老的老小的小，摘不到桃子，兄弟可否帮个忙啊。"

吴三看了看那棵桃树。树下是个深不见底的水潭，桃树枝凌空伸向水潭中央，只是在树枝的顶上孤零零地结了一个桃子，偏巧那桃树又瘦骨嶙峋弱不禁风，桃枝还没有扁担粗，如果自己不小心跌下水潭去，恐怕连骨头都找不到了。吴三还在犹豫，小女孩却跑过来拉着他的衣袖越哭越伤心。吴三慈悲为怀，把心一横就上了树。可是他无论怎么爬，离那桃子总差着那么三两寸，吴三向前爬，桃子就往后退，吴三始终够不到。桃枝越弯越厉害，最后"叭"的一声断了，吴三抱着桃枝从树上跌下来，"扑通"一声跌落潭水。

　　过了不知多久，吴三渐渐清醒过来，睁眼一看，自己就躺在一个岩洞前面，洞上高悬一块匾，匾上三个大字：五显神。匾下是个神龛，神龛里坐着一位金面红发的大神。这不正是刚才路上碰见的那位老大妈吗？

　　五显神说，刚才一试，你果然是菩萨心肠，我有意传你些手艺，好让天下百姓安居乐业。

　　五显神留吴三在洞里学了三年法术。三年功德圆满，吴三也就再不用去挑盐了，他回到龙岩村，开始把在洞里学到的手艺传授给十里八乡的村民。什么纺织印染、造纸裁衣，更有未卜先知的法术。六月天人家都忙着做扇子卖，他却让本村的邻居们做起火笼来，当他把火笼做好，果然天气大变，雪如鹅毛，邻村上的人个个都来买火笼；冬天大雪封山，别村的人都做火笼，他却让本村人编起了蒲扇，当他把蒲扇编好，天上当真出了大日头，人们热得受不了，纷纷来买蒲扇。本村的人神乎其技，都说吴三成仙了，还尊称他为吴三公。

　　有一年开春，吴三公做了个梦，说是五显神让他多砍栲树和米榆备用，他迷迷糊糊地还没来得及问砍树做什么，突然一阵鸡叫把他吵醒了。他呆呆地想了好几天还是没想起来五显神让他砍树做什么，但是他还是按照五显神的旨意率领本村的壮劳力进了山，砍回了很多栲树和米槠，因为一时想不起这些树砍回来要做什么，就暂时堆在村头。这一堆就是一个月，风吹雨淋，这些树渐渐发霉，长了老斑和青苔来，再这样下去，这些树就全都腐朽了。

村上的人都说吴三公江郎才尽，已经没有神仙附体了。纷纷指责他。但是吴三公不为所动，每天围着这些树绕来转去左思右想。想了很久仍然不明就里，一急之下吴三公就病倒了，两个月躺在炕上起不来。

后来有一天，突然有人跑过来告诉吴三公，说是那些树上长了一朵朵小雨伞般的东西，水嫩嫩的很好看，仔细闻闻还有一股清香味。

吴三公一跃而起，病似乎好了一半。他跑出去把那雨伞一样的东西采了一兜回来，放到水里煮，果然芳香四溢味道鲜美，吴三公请全村的人来品尝这从没见过的美味，并叫它香菇。

从此以后，吴三公天天召集村上的人上山采菇，并继续伐倒栲树和米槠回来，香菇越长越多，摘下来吃不完的吴三公就让人架火烘干贮存起来留着冬天吃。

五显神见吴三公虽然明白了自己的意图，但也只是任香菇自然坐胎生长，心中着急，于是就派出一群白鹇，这些白鹇每天都落下来咀食香菇，把香菇吃得一颗不剩。吴三公见自己辛辛苦苦种的香菇被毁，很是生气，就命令村民们用斧头对着落在菇树上白鹇乱砍。这么一折腾，那些讨厌的白鹇就都飞走了再没回来。不过几天之后，菇树上那些被刀斧砍过的地方便长出了更多的香菇来。吴三公心中一动，便命人每天在菇树上人为地砍出刀痕。这就是香菇种植的一大进步，吴三公也因此开创出"砍花法"和

"惊檐法"，使得香菇的产量成倍上涨。

此后吴三公还多次改良香菇的种植方法和介质，让香菇不仅大，还香，更增加了产量，成为远近闻名的美味。吴三公还把香菇种植技术无私地传授给其他人，庆元邻近的邻近的龙泉、景宁等地的百姓也学会了种菇做菇，逐步向福建省和江南各省拓展，清乾隆年间有资料统计，庆元周边几县菇民达 15 万人，9 万以上是庆元人。

吴三公的母亲刘氏和妻子刘香蕈也是做菇能手，她们有着庆元人祖辈相传的诚实善良、坦诚无私的品格，婆媳二人在西洋村古驿道旁搭了竹棚摆设茶摊，无偿为做菇人做饭沏茶，还开发出菇足汤为乡亲治病。后人们为了感谢她们婆媳两人对做菇人的无私奉献，在她们摆设茶摊的地址上建了二夫人庙，这座庙至今尚存，庙前有联云："圣出西洋香菇母，爱国护民保安康"并尊称她们为菇母。

明朝的时候，国师刘伯温偶然吃到了名气如日中天的庆元香菇，觉得此种美味简直不应该是人间该有的，后来又把香菇作为贡品献给了皇帝，并向皇帝接连递上奏本，让庆元周边几县做菇营生的百姓可以减税少捐，并向明帝朱元璋讨封，吴三公于"明神宗万历三年，敕封为判府相公"。因为吴三公功德无量，造福一方，这里以做菇为生的菇民便将吴三公、五显神、刘伯温尊为"菇神"。

已经老迈的吴三公后来遭遇了丧子之痛，儿子吴小七在做菇时不慎从树上跌下来摔死了。吴三公白发人送黑发人，一时气结，卧床不起，宋嘉定戊辰年（1208 年）8 月 13 日撒手离世，葬于吴处五叶兰花，明万历宗谱载："公葬乌龙墓，与父隔壁，吴处兰花形。"吴三公的葬身地至今仍在。

吴处五叶兰花的墓地每逢清明、农历 3 月 17 日（生日）和 8 月 13（祭日）都香火旺盛，人们自发地建起了吴三公祠堂，每年这三个特殊的日子，龙岩村民都要到吴三公祠隆重祭拜，数百年来已经成为当地的固定习俗。

宋淳熙元年（1265 年），吴三公去世五十多年后，《庆元县志》记载，盖竹村（今竹山）菇民吴标梦见吴三公父子，第二天他家后边的菇棚里新伐回的树干上就长满了拳头大小的香菇，吴标感菇神显灵，就在村口建灵显庙，开始举行菇神庙会，庙会上买菇卖菇的市场越做越大，祭拜菇神的香火也越烧越旺。

后来显灵庙里的塑像和五显神被迎请到县城拱瑞堂安放供奉，西洋村菇民还自发集资在吴三公生前为母守墓行孝的地方建吴判府庙，这里至今仍然供奉着香火。清乾隆年间，祀奉吴三公的菇民增多，庙小拥挤，加上菇民捐赠颇多，几个县的菇民一商量，决定再次扩建，并将菇神庙迁建至溪边古驿道旁，就是现在被称做西洋殿的所在，光绪元年（1875）曾遭焚毁后再次重建，每年 6 月 16－18 日为香期，外出制菇的菇农无论多忙也要回乡过节还愿，在这里跪拜给庆元人民带来无限福祉的菇神吴三公。

明朝时，这种发源于浙南山村的制菇技术传入日本，因当时庆元地界属处州府，日本人习惯称庆元香菇为"处蕈"，随即庆元香菇便传遍世界，欧洲各国也认为处州是世界香菇的发源地，1989 年原国际热带菇类学会主席张树庭教授题词："香菇之源"；1994 年 12 月又为龙岩村吴三公祠题词："香菇之祖"，很多国家的农业学者和农学院专家都到西洋殿祭拜吴三公，台湾省学者赖敏男博士称吴三公为"中华香菇之神"，并于 1995 年专程到龙岩村吴三公祠祭拜吴三公。1991 年开始，庆元县连续多年举办香菇节，2005 年，庆元县政府编辑出版了香菇文化系列丛书，在县城隆重公祭吴三公。

庆元由吴三公之功，历经千年，形成了以诗词、地方剧、药膳及菜系等香菇衍生文化，被誉为"世界香菇之源、中国香菇之乡"；"浙江庆元香菇文化系统"还成功入选第二批中国重要农业文化遗产，成为全国第一个食用菌方面的农业文化遗产保护地，"中国庆元香菇文化节"、"香菇养生宴"更成为当地菜谱上的特色菜，每个来庆元的人都要点上一道，品品香菇的味道，寻寻菇神的影子。

吴三公虽然遗迹众多，但史上是否真有其人亦未可知，也许只是香菇匠人口口相传的一个美好传说，除了史册上吴三公的生辰和祭日之外，关于吴三公的正史大多语焉不详，目前还找不到确切的文字记载。也许吴三公只是与大禹、黄帝一样存在于人们意识里的杜撰之神，但中国农耕文化的精髓也正在这里：对勤劳朴素、聪明才智的先祖们无限的崇拜和五体投地的敬仰之情。

二、香菇之源

绍兴古称越、会稽郡、后又称越州，南宋高宗赵构的年号为名，源于"绍祚中兴"一语，意为继承帝业，中兴社稷；江西浮梁，因该地盛产青白瓷质地优良，宋真宗景德元年以皇帝年号为名置景德镇，沿用至今；南宋宁宗庆元年间重臣韩侂胄打击政敌，影响极大，有胡纮者上书朝廷，弹劾宰相赵汝愚，以后宋宁宗就专用韩侂胄，胡纮诬陷理学大师朱熹，这就是著名的"庆元党禁"。南宋庆元三年，胡纮在家乡析龙泉县置县中，曾亲具奏章极力请命，同年十一月，宁宗诏准，并以年号赐"庆元"为县名。

而上面提到的胡紘，字应期，颖悟好学，博学强记，才华出众，旧县志载："家贫无置书钱，有贩者求售，读遍还之即不忘"，堪称庆元史上奇人。

中国历史上用皇帝的年号命名的地方大多有其恢弘的历史原因，放眼中国也屈指可数，皇家以年号赏赐，乃为极其荣耀之事。

现在的庆元已经从历史名城的角色转变成绿色、健康、丰硕之城，这里是国家主体功能区和浙江省重点生态功能区，生态环境质量指数（EQI）在 2004 年全国 2348 个县（市、区）生态评比中名列第一，空气负氧离子达 4 万个/立方厘米，主要河流水质连续 11 年保持在 Ⅰ、Ⅱ 类国家水质标准，86% 的森林覆盖率放眼整个浙闽也是绝无仅有，骄傲地成为"中国生态环境第一县"。

亚热带季风区昼夜温差大，又不会有过冷过热的极暴天气，这种气候干爽又湿润，降雨充沛又不会形成涝灾，这里是浙江省重点林区，林木种植量大，境内阔叶林面积达 5.02 万公顷，适合蘑菇类生长，再加上有吴三公这样聪明坚持、任劳任怨的人民，年食用菌总产值 30 个亿就在情理之中了。原来的农业大县，现在食用菌已成为其第一经济支柱，占农业总产值的 61%，全县食用菌企业近 300 家，产值超亿元企业 4 家，已形成方格、大山合、百兴等 10 家食用菌精深加工企业；食用菌生产种植户近 6000 户，食用菌行业从业人员约 7 万人，占农村劳动力的 54%。成为"全国最大的香菇集散地"，拥有全国最大的香菇市场"中国香菇城"，市场年交易额达 10 亿元，被评为"浙江省十大农副产品市场"、"全国文明市场"，香菇、黑木耳在渤海商品交易所成功上市还入选"中国食用菌行业十大事件"。

小东西做出大学问，这一向是浙江人的拿手好戏，这里的人从不会提出问题然后袖手旁观，而是在提出问题的同时已经开始探寻答案了。香菇虽小，但文章可以做到很大，本来只需要种植、收获，然后等在家里或者最不济挑了担子出去叫卖几圈也就够了，但庆元人显然不甘心如此，如果做，就要做到最好、最大，能把小小的香菇翻出新意，甚至做成香菇文化，庆元人的扎实肯干和灵活的头脑终于把祖传的香菇做成了大产业，做成权威，即便这样，庆元人依旧朴实无华，丝毫没有装腔作势的模样，他们依旧天不亮就钻进菇棚，天黑了才捶着腰出来，仰面向天伸展一下腰身，叹一声："今天天气真热！今年收成真好！"

据科学鉴定，每 100 克干香菇中含蛋白质 13 克、脂肪 1.8 克、碳水化合物 54 克、粗纤维 7.8 克、灰分 4.9 克，并富含钙、磷、铁、硒、维生素（B1、B2、C）等 7 种人体必需的氨基酸，现代人从当年的大鱼大肉中抽身出来回归绿色包住、健康饮食之后，香菇的作用就日渐重要，大兴安岭的木耳、诸暨的香榧和庆元香菇一向被称为天然山地营养的三架马车，"一荤、一素、一菇汤"成为营养膳食习惯的最佳配合。

吴三公的后代们突然发现，吴三公当年的心愿即将达成，香菇的时候来临了。

随着地沟油等食品安全让人谈虎色变、杯弓蛇影之后，一度让全国人民对食品安全产生的极大疑问，对蔬菜、水果、甚至是肉类的放心程度一跌再跌，并很自然地把食物的原材料转向土鸡、野生竹笋等很难人工合成或利用其他手段加工翻新的食材，而香菇作为生产成本低、绿色天然难合成，且因为价格低廉不仅经济实惠又因其低价，而杜绝了造假的放心食品渐渐落入人们视野，开始深入人心。

质朴的人从不弄虚作假，就像山间绿林中偶尔闪现在人们视野里的石头砌成的房子和房顶的炊烟一样，他们坚韧地守着祖上传下来的这天这地这水，还有这养育着千秋万代的手艺。那些房子不怕风，敦实得让人放心；那些人不怕穷，朴素得让人落泪。但越是不怕穷的人，越能富有，因为骨子里，他们有着无坚不摧的坚持和百折不挠的决心。他们把当年只能果腹的香菇活生生做成了当惊天下殊的大事业，让庆元这个小县城成为世界瞩目的一方重镇。这里没有皇族标榜，没有哪个将相留下的余荫，这里的一切都只能靠一双手，那手，老茧纵横，却固守着一方水土，把一份坚韧深深地植入后人心中，像这里的香菇一样，蓬勃生长。

目前，庆元绿植类规模不断扩大，香菇年产量 7500 万棒，黑木耳 3500 万棒，灰树花 1200 万棒，国内香菇市场消费需求大、消费区域广大，世界上每年对香菇的需求量达二十亿公斤，绿色食品需求大国加拿大、美国、日韩等国也从前几年的冷淡中恢复过来，而与中国接触和交往渐多的非洲地区也受到国内食品走向的影响，对香菇的需求量逐年增大。

鉴于此种乐观局面，庆元县抓住机遇，决定再次挖掘香菇潜力，2013 年庆元制定《中共庆元县委关于打造"寻梦菇乡、养生庆元"的决定》，决定突出打造香菇特色产业与特色风貌，以香菇产业及香菇深加工周边产业为主，从原材料栽培、生产、加工、包装、销售、广告创意和香菇文化等多方面加大对香菇产业的深化力度，从粗加工领域向休闲、保健、药用等精深加工领域升级，并带动原辅材料、塑料、机械、菌种等产业发展。从科技角度和高新要求上培育香菇保健品、加快食用菌技术升级和挖潜，努力打造"中国香菇第一城"。

把小蘑菇做成大产业，一直是庆元人的梦想，也是骨子里一直不肯退让的决心，更是他们赖以生存的支柱。香菇做大了，附属产业也要相应提升，才能在保证主业的基础上，真正让香菇走出庆元，走向中国，再走向世界。庆元县花大力气加大了周边环境和道路状况的改善，衢宁铁路、龙庆高速公路构建"西进东出"大交通格局，公路和铁路的完善使地处浙江西南的庆元县已经可以接入浙江 4 小时交通圈、跨省 1 - 2 小时交通圈。长三角经济区的向周边辐射、海西经济区不断向西南纵深推进的速度等等这一切均为香菇小镇融入区域平台、加快壮大提供了强力支撑。

基础有了，技术有了，市场大环境也有了，接下来就是可持续发展的力度和广度了。庆元县委出台了《关于实施香菇生产114 计划的意见》，全力接轨高校和对引进人才的政策倾斜，全方位打造以"香菇保健养生、市场消费体验"为主题，以"科工贸一体、内外市场扩容、线上线下联动、品牌整体营销、物流复合现代"为思路，以"交通开放、工贸富民、空间集聚、人居提质"为路径，明确"香飘四逸购物地、科工联动长寿地、乐享文旅宜居地"的"三地合一"定位，营销"寻梦菇乡·养生庆元"的品牌，创建香菇历经典产业的特色小镇。

经过多年努力，庆元先获"全国食用菌行业特别贡献奖、国家级出口食品农产品质量安全示范区、食用菌生产标准化示范县"等称号，"全国食用菌行业最具影响力品牌、中国农产品区域公用品牌、中国驰名商标、浙江著名商标、浙江区域名牌农产品、浙江十大农产品品牌先锋、浙江十大名菇"等荣誉，成为全国唯一被命名的"中国食用菌产业基地",率建成年生产香菇1000万棒的庆元县食用菌主导产业示范园、剁花法保护区等食用菌发展平台,"庆元香菇"品牌价值46.17亿元,连续6年名列全国食用菌类品牌首位。从单纯的香菇产业园到香菇博物馆,再到香菇主题公园、"百菇宴"美食街和香菇创意文化园以及生态乐活居住区,香菇已经贯穿了庆元的四肢百骸,串联着从香菇生产、加工、研发、交易到香菇朝圣、文化、旅游、居住等功能的全方位景区化生产链的完善和建设。庆元也已经从单一的香菇生产向香菇交易、电商发展、旅游休闲、养生体验等功能于一体的香菇商贸旅游综合区迈进。

三、香菇之都

从香菇养殖棚出来,朋友带我参观了电商园。

电商园总投资1.2亿元,总面积达37000平方米,是一个多功能、多业态、多手段、多渠道的电商创业创新基地和资源共享平台。开园两年多来,目前已有90多家电商企业入驻,与生产无缝对接,实时对接,利用高新科技手段,完善电子商务产业链、推进电子商务较快发展的公共平台。

无论怎样落后的产业,只要与新时代的电子商务接轨,就具备了奔跑的能力。2018年1月,"新时代、新动能—2018首届庆元跨境电商出口高峰论坛"在电商园成功举办;半年后的7月13日,县电商创业园联合工会成立大会在电商创业园胜利召开,并设立职工服务中心,电商创业园职工服务中心下设无忧工作室和法律援助工作室;同年9月12日,庆元县2018年邮储银行杯"奇思妙想,创赢菇乡"创业创新大赛总决赛完美收官;仅仅一个月后,杭州点雇网、蝗虫培训进驻庆元电商创业园,同一天,庆元县电商人才孵化基地启动仪式召开，随后庆元县奕辰企管公司联合杭州蝗虫培训中心承办的庆元县第一期电商设计师就业班开班。

电商园成为庆元全方位触电互联网及打造品牌的强心剂。一个电商园，拉动了庆元百十年发展缓慢的节奏，像一支气宇轩昂的曲子，从舒缓的前奏进入到铿锵有力的主旋律。

在电商介入的同时，庆元更是对后备人才的培养做到抢前抓早。他们分别与浙江省文化馆、浙江自然博物馆、浙江音乐学院、浙江财经大学艺术学院、小百花艺术团、浙江省文工团建立合作关系，对接庆元县斯大食用菌有限责任公司、浙江百兴食品有限公司、浙江英标菇品有限公司、浙江江源菇品有限公司等多家企业，对这些企业近远期的人才需要进行合理分配和提前培养，同时通过各种渠道引进省级以上高端人才 98 人，国家级工艺大师 1 个，国家级非遗大师 1 人，省级非遗大师 6 人，国家级烹饪大师 7 人，其中享受国务院津贴 2 人，151 人才 2 人。

人才与电子商务的结合，真正把只知道钻菇棚的种植变成了与时俱进的互联网信号组成的香菇产业集团。他们从乞求上苍给他们一个好天气的旧式农耕一步踏入了持续发展的现代经济体系，而人才的连续性也自然地被提上了日程。

与高校合作就是庆元产业前瞻性的另一举措。近几年他们分别与丽水学院工学院、浙江农林大学、浙江理工大学科技与艺术学院、丽水学院生态学院、浙江西安交通大学研究院、浙江工商大学食品与生物工程学院建立定向培养合作计划，同时成立多家研究会、行业协会等配套的技术联盟，努力提高传统香菇种植技术和质量，仅 2018 年就新增有效专利 117 个，开发的历史经典产业文化产品 12 个。相信不久的将来，定向培养的香菇专业毕业生将会陆续在这里安家落户，为庆元的再扩大再发展展现出他们青春的微笑。

"历史最早、市场最大、质量最好"，香菇从它问世的那一天起，就属于庆元，属于浙南的山山水水，它小巧，多情，不漂亮但足够妩媚，不温柔又分外体贴。它默默地滋养着这里的风露江河，从贩浆走卒到将相帝王都不亏欠，就这么一传千载，流芳万年。

"小而特、小而美、小而精。"庆元地小但山秀人杰，水美菇香，"高山台地与林菇溪水、香菇种养与精深加工、菇乡风貌与始祖文化"几乎成了庆元的名片，这里从吴三公开始，用一片菇树养育了山民耕夫，再以菇兴镇、农贸联动、契合菇乡禀赋的外向发展之路，优势条件可总结为"五个最"——世界最早的香菇发源地、环境最佳的菇木生长区、辐射最广的香菇产业圈、全国最大的香菇市场极、研发最快的菌类品牌区，从此，让这美味传奇，香飘世界，名震东方。

庆元，简直就是一个农耕的现代传奇。当太多的土地被工业霸占，一个个工业园耸然建起的同时，这里依旧山清水秀，依旧日出而作，依旧守着田园间的一亩三分地，依旧在施肥、灌溉的劳作里，体会现代农业带来的一片生机。

天下第六福地：文成森林氧吧小镇

　　去铜铃山是八月中，在海拔 800 米以上一日历遍四季，正午穿单衣，夜里盖棉被，着实过了一把寒暑交集的瘾，下了山仍赞不绝口。不愧是岩门大峡谷上的人间天堂。

　　"不虚此行吧？"文友刘丽嘉又开始卖弄她的地理知识了，"古有诗云：碧草深湖水西流，奇峰掩映二悠悠。堤长漠漠天连水，岸远沉沉雨洗鸥。依藻神鱼求变化，从来水鸟任浮游。胜川溪水源于此，钓客何须问别洲。好诗配好景，赶明儿我再领你去耍。"

　　"那你就再介绍点，离这里近的，不用太颠簸的。三清山天台山雁荡山就算了吧，去过好多次，太有名气的没意思。"

　　"当然，我介绍的都绝对是名不见经传但美不胜收的绝佳所在。这附近其实有个名气不大但绝不后悔的避暑胜地，文成森林氧吧。"

　　"文成？我们现在不就是在文成吗？"我清晰地记得铜铃山就地处文成，怎么这附近还有比铜铃山更胜一筹的地方？

　　丽嘉不语，车子直接拐上了一条新修的柏油马路。

　　我开始百度这个文成森林氧吧：位于浙江省温州市文成县西坑畲族镇和铜铃山镇，是健康养生、森林旅游、休闲度假、文化创意、时尚运动等一体的综合旅游休闲景区，依托文成石垟林场、浙南闽北最大的滑雪康体中心和全球最大的药师佛文化养心中心为主体，天鹅堡、月老山、天圣山文化园等组成，为"天下第六福地"。

　　"那前五个福地是哪啊？"

　　这种问题一向是丽嘉的强项。北宋《太平寰宇记》称："天下七十二福地，南田居其一，万山深处忽辟平畴，高旷绝尘，风景如画，桃源世外无多让焉。"天圣山安福寺就位于历史上的南田区域内。洞天福地是道教仙境的一部分，多以名山为主景，或兼有山水。认为此中有神仙主治，乃众仙所居，道士居此修炼或登山请乞，则可得道成仙。分而言之，"洞天"意谓山中有洞室通达上天，贯通诸山。相传道教有十大洞天，三十六小洞天和七十二福地，皆仙人居处游憩之地。世人以为通天之境，祥瑞多福，咸怀仰慕。道教潜隐默修之士，喜遁居幽静之山林，故多择有仙迹传说之处，兴建宫观，期荫仙风而功道园融。历代以来，道侣栖止，香客游人络绎不绝，故洞天福地已成为中国绵绣河山之胜境。这福地洞天可大有说道，《天地宫府图》云：'十大洞天者，处大地名山之间，是上天遣群仙统治之所。'也就是说，这十大洞天是道教里最高级别的神仙居住的地方，这小洞天则是次一等的高层领导的位置了，所谓小洞天三十六，要从福州长溪的霍桐山洞开始数起，山东泰安东岳太山洞、南岳衡山洞、西岳华山洞一直到婺州金华山洞，都是世上少有天上难寻的洞府；而七十二福地就更有名气了，地肺山排名第一，也就是现在关中境内终南山，老子当年曾在此讲经炼丹；浙江省临海市仙都县的盖竹山排名第二；接下来是仙磑山，在温州梁城县十五里近白溪草市，东仙源，在台州黄岩县；西仙源排名第五，也在台州；而这第六福地便是我们现在马上就到地方的南田山了，古书上说，'南田山，在东海东，舟船往来可到，属刘真人治之。

"刘真人治之？"

"对。"丽嘉肯定地说，"这里也是刘伯温故里，就是这位刘真人。"

我微笑，看她刹住车，右打方向停车入位，啪地解开了安全带，揉着被安全带勒得有些麻木的胸口，"你们老刘家真出能人啊。"

一、天鹅城堡

"全中国森林不少，但没几个地方敢叫森林氧吧的。这里面有几个硬指标，让很多的'森林'离氧吧很远，不敢对外吹牛自称氧吧很是着急啊。但这里绝对算。"丽嘉前面带路，走得风风火火，"这里的森林覆盖率高达 96.5%，平均负氧离子含量高达 6 万/立方厘米，与世界卫生组织对于'空气清新'的标准对比，这里的"清新"程度，足足是标准的 121 倍，水质也达到国家 I 类标准，纯净度已经可以达到直接饮用程度。"

直接饮用就是随便哪个小河沟，蹲下去捞起一捧就喝还不用担心拉肚子。工业大发展的今天，放眼全中国这样的地方也是屈指可数。原始、清纯，它从不衔远山吞长江的气壮山河，却小巧精致得玲珑剔透，整个山区分明就是养在深闺的女子，含嗔带笑，微闭二目，让人有一亲芳泽的冲动。

天鹅堡其实紧挨着铜铃山，海拔 900 米，以德国新天鹅堡及世界著名胜地阿尔卑斯地区的建筑风格为蓝本打造的避暑养生胜地，集森林养生、避暑度假、休闲旅游为一体的大型森林养生度假综合体，也是文成县十大旅游配套项目之一，这里有室外的天然泳池，也有浙南唯一的室内滑雪场，更有江浙很难一见的欧式乡村别墅，迷你高尔夫、网球场、自行车骑行健身道、室外瑜伽修炼区等，怎么运动都是有氧，怎么狂野都是浪漫，不都说城市钢筋水泥不近人情吗？这里不仅近了人情，还近了天堂，回归本心，本就是道教之源。

别的不说，就说这泳池。泳池建于天鹅堡度假酒店旁边的悬崖上，整个酒店突然就伸出这么一块，从地面上看，毫无出奇之处，但是要从天上看就不得了了，这分明就是山间的一片海。泳池水面与池同高，本就露天，再加上无边际设计，似乎就这么游着游着就直接通了仙进了画入了瑶池，羽化而登仙说的大概就是这个意思。泳池为上下两层，上层是天然水温，下层则是恒温泳池，两层泳池一高一低，落差 23 米，池底部以透明玻璃镶嵌，人在画中游，就像在张家界走玻璃栈道那般惊险刺激。

游泳似乎无法成为旅游业的拳头产品的招牌，想想就知道了，游泳馆现在几乎每个城市都不止一个，最不济还可以驾车回乡，谁家门口还没条河呢？浙江从来不缺水。但是到这里来个屋顶上的通天游就完全不同了。你感觉自己在天上飘，在云里游，甚至很担心自己会不会一不小心游到泳池外面去。天人合一的感觉在一个泳池里就能体会到，不得不说这是个开窗式的绝佳创意。

天还早，天鹅堡住一晚的念头还没起来就被打消了。继续向前走，前面是一座土黄色的方形建筑，丽嘉开始跑步前进了，

"可以滑雪喽，可以滑雪喽。"兴奋得返老还童。作为南方人，她不止一次提到过对滑雪的向往。雪对于南方人来说本身就不常见，而在 37 度的八月里去滑雪？我加快脚步跟上去，那土黄色的方形建筑上几个红色的大字，"天鹅堡滑雪场。"

那建筑毫不出奇，甚至可以用"老旧"这个词形容。不是建筑的时间久，而是那颜色过于沉稳，建筑形态也过于中规中矩，没有什么亮点或特色可言。但是走进去就完全不同了，这是个在江南人看来足够惊呼的完美世界。对，完美世界，现实世界是不完美的，那么我们就亲手造一个。

这里一年四季 – 5 度恒温，国际化标准雪道，滑雪教练免费教学，滑雪场面积很大，平坦舒缓，介绍说这个冰雪乐园总投资有 1 亿元之多，滑雪场引进澳大利亚的人工制冷和造雪技术，雪层厚度维持在 50 厘米左右，绝对的弹性十足也绝对的保证安全，两百多米长的滑道和一万一千平方米的面积，五六百人一起嗨完全没问题。

不知哪里放着淡雅的音乐，给一片雪色里增添了纵深感和起伏感。雪道的坡度适中，适合从零基础到专业运动员所有的技术状态水平。从盛夏的绿色里一脚踏入白茫茫一片，我哼着不在调上的《打虎上山》，弯腰捧起了一小堆雪。

是真雪哦，清凉，柔软，从指尖直泌到骨子里，脚下吱嘎吱嘎地响着雪粒被压实的细碎的声响，整个人都变得剔透起来。雪，让人舒爽，那触感和踩踏、滑感都特别带劲。

因为身体有些不适，不敢受凉，只好坐着看她在雪中如痴如狂，默默体味那雪的曼妙，坐着无聊，茶水、咖啡、热饮喝了个遍，看着丽嘉摔了半个小时的跟头之后终于气喘吁吁地回来了。

"刚才我看了介绍，这里还有温泉。"我给丽嘉倒了杯橙汁，拉着她去泡温泉。

那是一处舒缓的小山坡，青翠、温和而又细腻的感觉让人突然从冰天雪地里走出来眼睛很是不适应了一会，青蓝色的假山上刻着黑体的"天鹅堡温泉"几个字，假山是人工堆叠的，与随便哪个城市的街心花园里的假山别无二致，那几个字也透着从打印机里吐出的拓痕而并非名家手笔，不过可以揣测设计者的用心：太多的某某大师题词、太多的天然火山石假山了，人造的终归是人造，与其勉强与天然贴合反倒不如干脆就是全人工，过重的雕凿痕迹也的确能朴素大方和真实，与这纯天然的周边环境别具一格的融合得天衣无缝了。所谓大巧必拙，看来独到的匠心的确也能从虚假中显出真实，从人工创造中搞出一种浑然天成的融洽感，这才是真的用心独到。

穿过一个溶洞，眼前一亮，温泉区从低到顶都有不同的功效和特色，泉池中是光滑圆润的大块的青石，刚刚从滑雪场的冰天雪地里出来，置身于此刻的温暖舒适之中，远山近水、蓝天白云，放松到瘫软，轻松到迷醉，在这里，你能想到的所有与唯美主义的和浪漫主义相关的词语和诗句都会喷薄欲出，甚至你不必深入其中，只要远远地望一眼，就能懂得不与生活较劲，不与坏情绪掰手腕该有多重要。

这温泉水温衡定在 45 度，温泉中含丰富的矿物质，缓解疲劳焕发活力，保健、美容、护肤、疗养之功效集于一身。"生态、美食、保健、游乐、运动"五大养生体系该是天鹅堡小镇的代名词了。

整个天鹅堡像藏在一本童话故事书里。湖泉处处，却都不大，星星点点的散布着，不拥挤又互为陪衬；路不宽，但整洁干净，踩在落叶上沙沙响，曲径通幽处的纵深感和禅意浓得化不开；建筑偏欧式，圆形亭柱和尖阔的屋顶配上时不时映入眼帘的浮雕装饰巧妙地融入了鲜明的东方风格，灰红色的基调与周边的绿树鲜花很融洽，远山近水半人家，很有些水墨山水的简练饱满的写意感，你不必走进去，只远远望上一眼，就有一种舒适安逸的轻松感在四肢百骸里漫延开来。

入夜，篝火晚会、露天电影、真人 CS、摘菜钓鱼烧烤，有微醉的人在闲散漫步，恋人们则躲在角落里数星星，淡淡的白兰地的香气和夜风里轻飘飘的钢琴曲糅杂在一起，这不是俗世而是隐世，不是出世而是入世。谁会想到这里早在千年之前是吴越交锋的战场，铁马阵阵，金戈铮铮，而此刻，你只想深深地呼吸慢慢地走，远处，有闹市的灯光飘飘摇摇，眼前却只有风声花香青春得意。

临睡前，草地上突然亮了灯，还有婚礼进行曲，有小孩子嬉笑着在草地上跑，惹得夜虫禁声。谁家在求婚还是在结婚？反正是喜气洋洋的。

一夜无梦。

二、拜月望日

昨晚的婚礼进行曲还在耳边，早上就要爬月老山。

云顶观日楼海拔 1339 米，几乎可以与天下第一峰黄山比个高低了。这是文成县最高峰，可观"五湖四海"奇景。东临碣石以观沧海，曹操的大气磅礴似乎就在这里，大口地呼吸着空气中浓郁的负氧离子，从水杉、云松、红豆杉等几十种珍稀树种的树冠下低头穿过，阴翳蔽日，更有隐士之感，还似平步青云的得意。

树尖上不时的蹿过几只松鼠，鸟鸣低一声高一声，或远或近的山泉水只在听觉上已经动感十足了。我很奇怪王维在写"明月松间照，清泉石上流"的时候是不是到过这里。一口气爬到山顶，几乎晒不到太阳。丽嘉说，这里的常年平均气温12.8度，有"空气维生素"之美称。

哦，所谓宜居，这里大概应该是一个最正确的解读方式。

木古水奇，山险路峻，物富景幽是月老山最主要的形容词，这是国内唯一一座以"爱情"为主题的山。

月老庙不大，看上去也毫无浪漫可言，两层拱檐，灰顶黄身。它傍山依湖，小巧玲珑地在群山之间隐介藏形自得其乐，到这里来拜上一拜的当然都是红男绿女，恋人们祈愿求福的圣地。月老庙前是一片"爱情海"，山间无海，这只是一个湖而已。但一个湖，能被以爱情冠名，当是寄托了无比的美好期待。月老庙前的水，若一定要有个名字，当然还是用"爱情"更恰如其分，爱情海上长年漂着一艘船，船上是两颗交叠在一起的心，这便是那艘心心相印船了。这船并未拢系在岸上，而是随波而荡，任行无束。漂泊吗？两颗心只要在一起，就无论天涯海角都是家。人说，"心如不系之舟，一任流行坎止。"看来这便是那随心所欲之境了。

美好，原来不是老守田园的静止，而是誓死不分开的心。

面向爱情海，对岸的苍翠之中鲜艳醒目地竖着一对大大的喜字，它们和心心相印船上的心一样结对出现，该是相依相伴到地老天荒的架式了。

这对巨型红双喜高7.9米、宽9.9米，内部的彩灯要晚上才会亮起，以便让这喜庆映在湖上。

喜庆从来都与那铺天盖地的夜色有关。西厢记、红楼梦，那些经典的爱情哪一个离得了月色相伴？月下，有一位老人，人们叫他月老……

千里姻缘一线牵，这一牵，就是千年万年。

面向月老庙，我深深一拜，不为别的，为爱情。

似乎只有悲苦的爱情才能称得上感天动地，怒沉百宝箱的杜十娘、河汉相隔的牛郎织女，任是哪一段都让人唏嘘，但月老偏偏多事，拿着根红线左右端详，似乎经他的红线一牵一绕，便锁得住一世好姻缘。

可是杜十娘的红线呢？织女的红线呢？月老不答，月老只微笑，度他的情，结他的缘。

不管怎样，愿天下有情人终成眷属，是前生约定事莫错姻缘。有些遇见，没有红线也可以花好月圆，而有些相逢，即便月老垂青，也爱莫能助。

且不管他，我还是宁愿相信这世上所有的美好。

离开月老庙继续向山上走，去看朝阳。看日出，要去云顶观日楼。

这座名字霸气的云顶观日楼最早原本是林场防火瞭望台，世博会后被极具创意地改建成世博会中国馆的模样。用大红的楼顶衬着满山满眼的绿，醒目又稳重，灵动而庄严。看日出，有崂山、黄山、泰山，更有第六福地的观日楼，当真是日出重楼处处红，满眼金光近山中。一处消防观察哨，现在也居然如此动人。

太多的观日描写和金字文章，但真的身临其境看一眼太阳从群山之后跳将出来，却又是另一种激动，仿佛生命底层的一些什么蠢蠢欲动的激情被瞬间唤醒，衬着山间猎猎风声，让人有无限的感慨与联想。拜访过太多名山大川的日出，突然在这山不在高水不在深的无人处极目远眺，总会有更多的关于太阳和青春的情怀与众不同的呈现在那些光环之上。看日出，我们真的会相信，有关"我们是谁，我们来自哪里"这种伪哲学的命题其实浅薄得很，日出是自然学科的问题还是精神层面的问题就更不必去深究答案。东出西落一向被认为是追日的夸父搞的鬼，或者是太阳神阿波罗的双轮战车，现在科学已经证明了那些都是假神，都是文字里的臆想，但是这些文字和所谓的假神与自然不是敌人而是盟友，佛道基督，无论哪个神，都不如太阳这个天然的火球更伟大和神圣。我们不必费神去用科学来求证出，上帝是一个虚构的文学人物，更不必用上帝让那些怀疑上帝的人知道精神领袖是一种物理存在。

我们只需要知道，太阳，就在你手指的方向，这就够了，就足够好。

下山就要沿着滑雪场走了。这和昨天的滑雪场完全不同，这里，是山间林地可以与天地共呼吸的室外滑雪场，与室内的那个相比，更多了些山风野趣。月老山滑雪场是浙江目前建成的首个室外滑雪场，同时也是月老山的特色项目之一，去过东北滑雪的朋友应该能感觉到冰天雪地中的狂野刺激，但是在江南，这个室外滑雪场却多了妩媚和细腻。它不像东北的滑雪场，真的是在与天斗与地斗，它温凉，和润，有江南特有的柔软和精巧。

滑雪与滑草似乎应该是两个季节才能玩的项目，在这里则被巧妙地结合在一起了。滑完了雪就可以滑草，与滑雪相似，滑草同样刺激惊险动感十足，但与滑雪不同的是滑草是真正与绿色擦肩而过又时刻相连的，作为森林氧吧的创意之一，草是不可或缺的，从草身上一路擦过，草香和绿色便撞了个满怀。

绿水尖滑雪滑草场。它的主人叫周运元，是土生土长的文成人。在杭州打拼多年之后，事业有成的他故土难离，投资 2000 万元偕妻子回到家乡文成创建了这个滑雪滑草场，政府一路绿灯，几个月时间这里已经初具规模，2015 年 7 月，周运元的绿水尖滑雪滑草场正式对外营业。

层峦深处的天下第六洞天，怎么能没有洞？

地下漂流是丽嘉进山时就喋喋不休念叨着的。仁者乐山，智者近水，有山之处必有水，山与水一向焦不离孟相偎相依。

在第六洞天玩一次地下漂流才算真正接近了道家真味。文成的地下河水源充沛曲径通幽，月老山更是文成地下河的代表地段，原生态的地下河与现代化的改造让这里的地下漂流充满了情趣，洞内冬暖夏凉，四季皆可游玩，洞口宽阔伟岸，洞内曲折回旋，探求未知让幽闭症一扫而空，乐此不疲的探寻、欣赏，有水滴声、船桨场，歌声，真的别有洞天。

三、天圣安福

健康和快乐真的是可持续的，这是养生的可持续发展观。

爱因斯坦说过，"上帝不掷骰子"，但佛祖允许他的信徒们屈膝一躬并焚上一炷香，并声称心诚则灵。上帝和佛祖也并非是一对天敌，他们有共通之处：劝人向善并慈悲为怀。上帝与佛祖之间，不会有胜败之分，也不会把败者绑在火刑柱上烧死，更不会扬起铡刀。

祈福心切的丽嘉去了安福寺。

文成县西北，西坑畲族镇是位于部，是浙江佛学院温州分院所在地。从地图上看，恰好国家级风景刘伯温故里、铜铃山峡和岩门大峡谷这三大旅游景区的中心地带，镇上还有龙麒源景区和仙人谷景区。11 个行政村中有 4 个是畲族村，畲族人口 2480 人，占全镇总人口数的三分之一，这里是浙江省重点少数民族镇。

如果说风水学是迷信，那么仅从地理位置上看，安福寺已足够称得上黄金地带安福寺就成了这个黄金地带的镇地之宝，1200多年前的公元 808 年始建，好吧，还是不谈风水学，只说这里的灵风慧水，养育了宋朝宰相富弼、明朝开国元勋刘伯温、现代文学泰斗赵超构等史上重臣名人。

山名天圣，可见雄心傲气，雄心有可倚之奇才，傲气更有傲里夺尊的资本，这里有全国最高瀑布"百丈漈"，也有浙南最大淡水湖泊"飞云湖"，更带着刘伯温的余韵，猴王谷的灵气，和安福寺的清幽。

安福寺依山而建，静雅雄浑。千年的历史让它看了个遍，几多王侯将相，几多悲欢离合。所有参透俗世的心都不再张扬，于是，它静默了一千多年，不说话。

在它的旁边，有隐修谷，据说谷已千年，但是少见人迹更多鸟鸣，也从没听说过此间有羽化登仙的故事。梧溪从南向北横穿而过，幽静闲适，远离城市喧嚣。有佛声经声，有禅香花香，更有让肺泡饱满的甘甜清冽的空气，想想都觉得奢侈，那些毫无压迫感的呼吸，让负氧离子穿过口鼻直入心底，尘世的浊气下降，带着草木芳香的清气上升，山间一日可换世上千年，这晶莹的存在感，鸦片般让人上瘾。

一路缓步而行，看竹山风响，莲动筏舟，在这样的景色里是肯定不会坐浏览车的，一个不适合徒步的景区，同意意味着它不适合观赏和静心品味。

　　终于弄懂了古人所云"闹里安身，静处为人，来若风雨，去似微尘"的境界了，人，应该保持强烈的安静感和及时有效的生活。

　　而这里，无疑可以让你同时满足安静和有效这两种状态。

四、第六福地

　　山迢迢，水迢迢，这里曾经因为被大山环抱，外人难进，里面难出，这一块少见人烟不被打扰的清静所在"养在深闺"默默无闻，它没有少有人识，但正因如此，反倒成就了这里人迹难寻、天然无污染，绿色无破坏的悠闲圣地。小镇拥有浙江保存最为完好的原始次生林，先人们更是早就发现了这里的好，他们在这里耕种和收获、休闲与悠闲、生息及延续，他们不惊扰世界，也不让世界惊扰，安静、淡然、轻松身影自由。

　　而当这里被选评为特色小镇之后，那些安静之处仍然得以保留，只是多了人为的绿色、人为的景致、人为的规整，在环保的死要求之上，这里依据地理优势，将欧陆风情天鹅堡度假酒店、猴王谷特色树屋、特色精品民宿等与天然风光完美结合，滑雪场滑草场滑索滑道也不与环境相违，集时尚运动、户外拓展，健康养生于一体，继续着他们"中国长寿之乡"的传奇。

　　旅游经济相对总是有季节性和破坏力，因为游人多了而造成自然环境的损伤，因为季节不同而游人稀少，但这里不同，夏天，这里不热；冬天，这里也不冷，天然氧吧果然名不虚传。对于一些景色，有时候真的没有比静默不语的置身妥当的办法了。

　　沿途不时有叫卖声和小店，据说山下的街上还有成规模的店，代办批发托运的那种。丽嘉的背包渐渐鼓了起来，装的都是些别无分号的特产。在开发旅游资源之外，还与浙江中医大学和温州医科大学形成战略联盟，深度开发养生系列、禅修养心、保健食品等与佛教养生相关的配套产品体系，带动中草药种植和绿色农业的发展，培育形成疗养、养老、民宿、餐饮、酒店等业态，打造独具特色的健康养生基地。我甚至觉得应该在这里住上几天，被丽嘉指着山下的水库断然否决，"这里的水太甜，容易生蛀牙。"

我大笑，这理由，这比喻，倒是和这山里的风光一样别开生面。

珊溪水库这个浙南 500 万人的饮用水之源在开发之后仍然有直接饮用的质量，97% 的森林覆盖率每年只增不减，山哈文化园、溪后畲寨、畲族风情街等项目带来的具有地方特色的文化衍生产品，畲族服饰、手工艺品、民俗体验、畲家饮食等相关产业更是旅游硬通货，有了经济效益，就可以更好的开发这里的山山水水，有了美好的山山水水，又可以持续发展更广泛的旅游资源，一旦进入良循环，就一顺百顺的有了不尽的动能。

电视上常说，有地方出售新鲜空气，还是罐装的，最早是当玩笑看的，后来当了真。来过文成，回过头想想，我要不要也装上几罐带回去，每当疲惫不堪之时，打开一罐，深深吸上一口。

好心情和好空气，这不是噱头，这是货真价实的奇缺资源。来文成，什么都可以不做，深呼吸却绝能少，来文成，可以不醉酒，但一定要尝尝醉氧的滋味。

人生苦短尘封久，天地何处静我心？真该与文成森林氧吧小镇早早相逢。